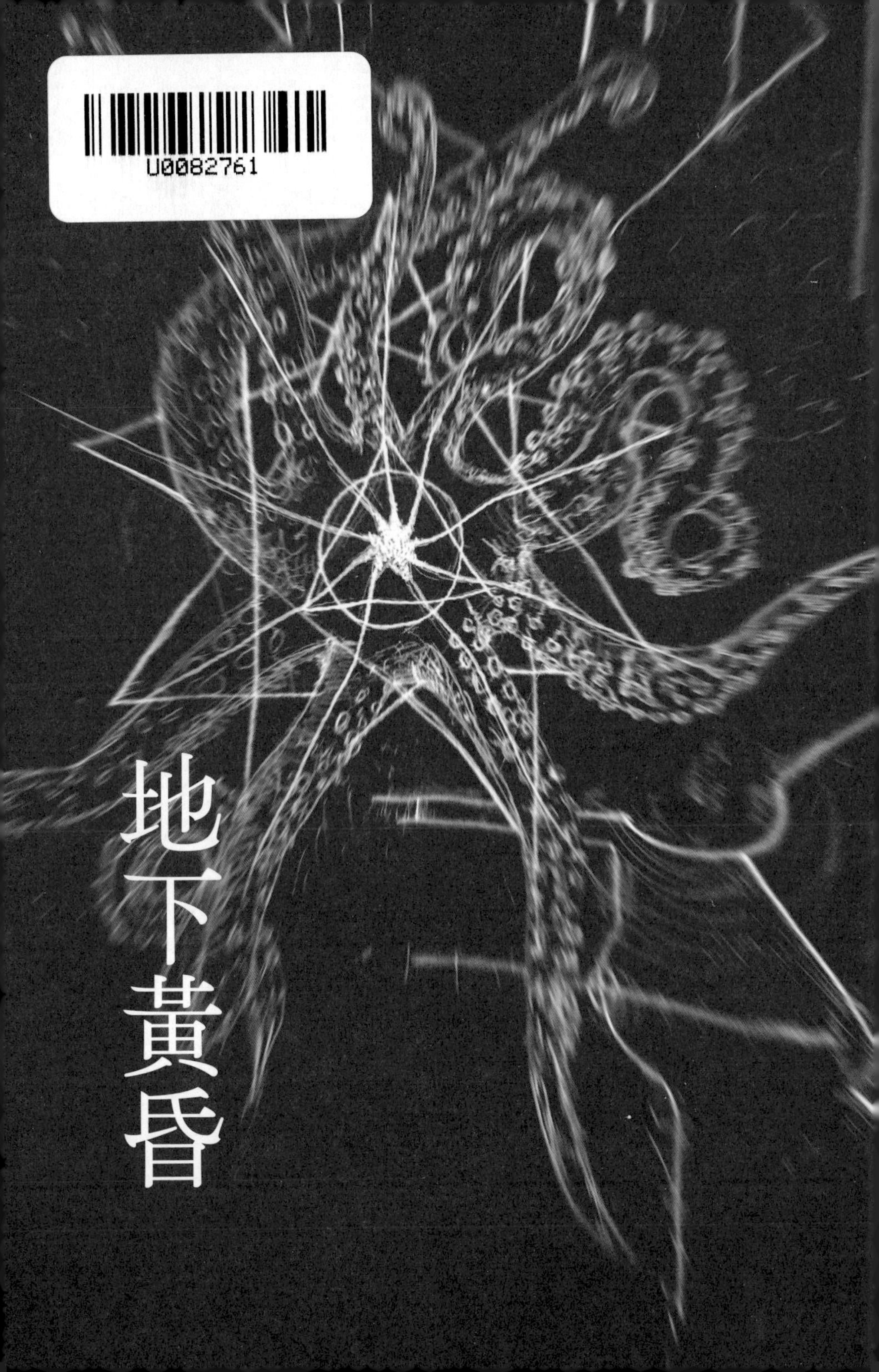
地下黃昏

目錄

推薦序

劉定綱（奇異果文創／創意總監）

這是一本用克蘇魯元素包裝的創傷書寫。

創傷反應有一些特質，像是反覆播放的記憶片段、無止盡的痛苦，或是對於「結束」的渴望；像是記憶躲藏在無意識的深處，必須花費許多功夫，才能讓記憶從海平面下浮起。創傷書寫通常伴隨對記憶的挖掘、對痛苦的處理，以及對創傷記憶的重新喚起、安置。當創傷書寫跟末日主題結合時，會帶來新的火花。當我們想像何謂末日時，我們會認爲它是時間的停止、既有人類體制的結束；但同時這也是可能既有痛苦的結束。

創傷的心靈可能會渴望末日，然而，前提是這個末日意味著什麼。末日很可能只是人類時間的結束，而宇宙時間仍然持續。末日後人類身體消滅了，那意識呢？意識會隨同身體和物質世界灰飛煙滅，還是會以別種方式繼續存在？

我們現在最常想像的末日起因大多只能處理物質跟肉體的消滅，沒辦法面對意識的問題。而克蘇魯引發的末日，可以處理意識，因爲在克蘇魯神話體系中，舊日支配者引發世界末日的方式不只是物質世界的災變，還包含意識的侵入。人類的創傷、想隱藏的事情，各種痛苦、焦慮、恐懼，都是克蘇魯的養分；當邪神完成了佔領，人類的苦痛好像也都會隨之消失。這種末日或許反倒帶來一種可能性：雖然肉體被征服了，但意識活在進化的世界，甚至苦痛不再。

什麼造成人類的苦痛？是他人的存在，意識之間的互相不理解，以及時間所引發的焦慮。克蘇魯統治的世界能夠解決這三者，它讓多個單獨意識融合成一個集體意識，成為一個主體，讓時間變成可控制的變項，讓他人的存在跟自我之間不再有隔閡。克蘇魯統治的世界對一個創傷狀態的人而言，或許是究極的解脫。但這樣的解脫眞的是救贖嗎？是眞實的嗎？虛假的快樂是否也是快樂？什麼是眞實，什麼是虛假？

若將《地下黃昏》視為創傷書寫，它尋找的是第三條路：將虛假和眞實、恐懼和快樂等量齊觀。沒有虛假就不會有眞實，沒有恐懼就不會有快樂。因此，就算在克蘇魯統治的世界，人類獲得進化，不再受制於時間、不再有個體的焦慮和恐懼，眞實和虛假擁有相同位置，但對人類而言既有的美好事物也跟著消失。對創傷的人來說也是如此。

當創傷透過意識的進化獲得解決，它帶走的是苦痛之所以為苦痛的背景成因。這是一種究極的換位思考，代價就是眞實與虛假難分。如果文學追求某種心靈意識感受的眞實性，克蘇魯書寫除了意味末日與苦痛結束，是否也指向轉化及面對創傷的可能？

《地下黃昏》並非廉價引發邪異的恐懼，更示範了克蘇魯元素與科幻題材如何直指人的內心。

我的精神是完整的。

前言

撰寫人：吳桓中

我不敢說我對克蘇魯神話體系很瞭解，看得不多，但我一直對宇宙主義這類概念很有興趣。關於人類在宇宙中的微不足道；我們在時空上、肉體上、理智上、心靈上的限制；萬物的隨機、無意義。些許恐怖，十足虛無。只要願意，可以用某種病態的幽默感去看待。一旦用這樣的比例尺開始看自己生活後，對自身境遇的蔑視和冷漠帶來的那種超脫與快感，是令人成癮的。

這些成爲我發想《地下黃昏》劇本部分元素時援引的概念。我那時告訴自己我要做的是，有點洛式科幻的、關於青春期焦慮的黑色電影。我想拍一部鬼片，但鬼不是鬼，是自己的過去。

《地下黃昏》二〇一九年一月開拍，我們先拍了一個禮拜。三月繼續拍了一個多禮拜，月底進入後製。後製那段時間我每天焦慮到不行，比前製或拍攝時都還慘。我一打開剪接檔就會頭痛肚子痛。剪了幾場，但沒有辦法把片子完整拼出來。我渾身不舒服，有團障礙在我內在某處，我不知道怎麼做。

後來有天，我在學校還哪裡，聽到王品喬說，她哥一天還兩天就把她《虛擬青春》的初剪生出來，神速。我聽到後感覺有道光，我想：求救時候到了，我需要外力支援。王首仁答應後過了兩三天，我們坐在他們家客廳，看這部片的初剪。整個觀影過程我好飄，心想：哇，沒有想像中那麼慘嘛，該拍的都有拍出來。看完後整個人舒坦許多。站在他的初剪上、在原想法跟新加入的點子間，我開始把片子修成我理想的樣子。畢展放映完後花了快一年，時而狂喜，時而驚懼，我慢慢才與那團東西和解。

在寫前言這些內容的此刻，我突然想到，小孩結婚時父母上台致詞不知道是不是這種感覺。

這部片算是我自己某種成長儀式吧。兩個主角在故事裡也經歷了他們的成長儀式，透過對話、重演、模仿、「起乩」，把某些人事物的靈魂召喚回來，換個角度來理解自己的生長環境，瞭解自己從重要他人習得的人際關係是什麼樣的。劇本裡每個角色都包含了我的一部分。

我想透過這部片對童年和青春期做個總結。總結我所關注的，成長中的某些事。那些我感興趣的、困擾我的、我沒法全然理解的事情。我想寫關於我熟悉、我認識的這些心靈，關於他們在漠視自己命運與肯定自我感受之間的擺盪，關於建立起的防禦機制如何讓自己離自己越來越遠。自我消逝，但不是悟道或迷幻的那種，而是變得像殭屍的那種。我想探討心爲什麼變得越來越冷，我們爲什麼躲進神話、躲進哲學、躲進懷舊裡。我們試著獲得解釋，試著爲自己處境提出一種解釋，提出某個說法。試著創造一個讓自己的脆弱和無能爲力得到緩解的地方，在這般憤怒中創造自身存在意義。我想寫關於愛與暴力之間的共通點，兩性（抱歉，我經驗狹隘）在關係裡的某種拔河，及賦予在對方身上的、眞摯的信念與錯誤的著迷間的曖昧界線。關於在親密關係中如何發覺並認識自己成長過程帶來的偏執與心魔，及那些東西如何毀壞這段關係。

東拉西扯了一大堆，我把那些我沒有答案的問題，雜亂地堆在這部片中。儘管方向可能錯誤，技法可能笨拙，但我盡了全力且做出來了，這點値得我嘴角上揚吧。完成了又一次的自溺練習。

自己故事由他人詮釋並再延伸對我來說是新奇有趣的。我猜首仁看到他不能不講的東西吧，共通的核心、生活中共通的焦慮。所以我們有了這部同名小說，同個故事在不同講述者及不同媒介（另一個世界，if you will）所呈現的不同樣子。首仁提供了他的一種解釋，較明確的、沒那麼曖昧的。我自己喜歡電影這項媒體可以透過對音畫與時間的掌控去傳達難以言喻的東西（還不敢說我夠精準就是）。我對我故事有個概念，我不想去「講」。首仁找我編組，第一次給我看時，我滿抗拒文字上的這些明確，我自己對故事既有的想法也讓我進不太去。但放了一陣子，拋掉預設心態後再看，我開始滿能欣賞裡面那些設計與描寫，內容相當精彩。我像回到小時候狂讀《波特萊爾大遇險》那陣子的狀態。你能感覺到，放下書後，你看世界的方式稍微不一樣了。這部小說可以看到他先前作品中出現過的元素，也承襲了他先前在講的主題，關於眞實性的、關於同理與共感的，和他對於我們作爲社會群體，所提出的忠告與警示。跟電影相比，小說更有感情更有道理可循吧，相較之下沒有那麼冷。首仁爲這些角色提供了更多呵護。不知道，我自己對解釋東西有種慣性的排斥。

前陣子在《美麗失敗者》裡看到的一句話，我覺得和這部的某種精神契合，在這裡引用作結：「要想在陌生的事物中發現眞理，首先你得捨棄你觀念中難割難捨的東西。」

一切仍值得努力吧。去理解，去感受，所有。去找與遊魂共存的方式。

第一章
來自過去的呼喚

恐懼來自未知，可當時的我沒有在恐懼前停下腳步，反之將手伸入，接受來自彼岸的邀請。好奇心驅使我打開被童年那場大火封印的牆。

越過恐懼的高嶺，便是全知的高聳樹木。半石半木形態、超脫存在的纖維緊緊連結，看起來像擁抱著什麼。我想，應該是這本被我取走的古書吧。

古書封面上的文字我看不懂，畢竟只有高中學歷；但陳懿可以用標準的阿拉伯發音讀出：『Kitab Al Azif』。她說直接解讀的意思是『虛假之書』。

它的虛假之處，我深有體會。

~~或許我不該繼續寫下本~~

我的腦已被南極的冷侵蝕，思緒中充滿雜訊；唯有寫下這些「文字」，才使混亂變得舒緩。已經太遲了。

我，胡宗諺之所以把這些記錄在『虛假之書』最後幾頁的空白，是因爲發現書裡的規則，這解釋了這本書現今的樣貌。期望下一個接到這本書的人可以完成我未能完成的。

好拯救那些本應該（已經）消逝的事物。

只要明白了過去，知曉了未來，便可以改變現在。但若在恐懼前停下，那詭變的永恆會到來。

基隆外海的海風很涼，我想這本書不會跟著我一起回去…祂們已經在附近。海看起來都很像，我擁有的現在已經不多了。

胡宗廷，~~如果最後是你看到這些字的話~~

你跟我借的耳機到現在都還沒還我。

1

民國九十九年六月二十二日～

陰天，打著乾燥的雷，卻一點雨都沒下。暑假開始的前兩個禮拜，學校邀請了幾個有頭有臉的人來舉辦講座。

講座邀請範圍很大，從朱學恆到軍公教將軍、高學歷研究人員。講座皆辦在那一成不變的禮堂。用來做全身健康檢查，放假、收假的集合禮堂。這天學校請來中研院氣象局的研究主席，來告訴大家關於氣候異常的大小事。

『我們總可以從異常中認知到世界在什麼地方出了問題。』講師叫陳孝銓，他是台灣氣候異常調查的首席，多次代表國家去參與國際氣候轉變論壇。

『研究天氣異常中最讓我感到有興趣的是那些像人爲的部分。』『究竟，人要怎樣才能靠自我的力量去扭轉鋒面走向，讓自然來摧毀秩序？』

『那你覺得颱風的形成，會不會是因爲所有的勞動者都感覺太累了，所以他們想好好放個假？』我舉手發問讓大家，包含老師都噗哧一笑。

『應該不是這樣，颱風早在社會形成所謂的休假制度前就已經存在了。』

『那可能讓颱風天放假是個錯誤的決定吧。』我的回答再次讓禮堂充滿吵雜聲，只不過這次老師可笑不出來；訓導主任喊著大家安靜。群體失控只能發生一次。

『或許過去颱風發生是因爲氣候環境造成；但現在這麼固定、頻繁的颱風「季節」，會不會是因爲勞動階級得知颱風天可以放有薪假，所以每到那段時間人們開始期待放假的意識能量，導致颱風眞的出現，帶來對於秩序的災難呢？這有沒有回答到你，人類用自身力量改變氣候生態的觀點？』我在說這句話時與她對上了眼。

她坐在第一排教師、貴賓席的座位，一片沉默時，她轉頭看著我，似乎在微笑。她就是陳懿，陳孝銓博士的女兒。

陳懿的狀態很糟糕。

『從來沒人敢這樣和我爸講話。』這是她開口跟我說的第一句話。

我感受中的她，一直與現實保持距離；具體來說：她的身體非常虛弱。皮膚慘白，思緒傳導速度極爲緩慢。但仔細觀看可以發現許多細節；她每一下呼吸都帶有目的跟選擇。她保持渙散的眼神不是放鬆，是在仔細看著每一道空氣中的縫隙，同時處理外在資訊。

特別的地方在她的「時間」感受與大家都一樣。我的推論是，『時間』是她與『當下』唯一的連結。這讓我從她身上感受到強大的焦慮。一個普通的高中生，接受九年的國民教育，思考方式跟社會不脫節。所以感受一個與我存在的現實保持固定距離的人，會是多麼的危險與焦躁。沒錯，焦慮的是我。我不該評斷她。

『你就是有在聽他講話才會產生這些疑問。大部分人都沒在聽他說話，才事不關己的樣子。但只要我每次想跟他開始討論一點事情，他就會發脾氣。有些大人喜歡那種不被反駁才會產生的優越感。』我們坐在校園外圍人行道的鐵桿上。我不知道應該回她些什麼，也不確定自己聽懂多少；只能跟她說一些我在無名小站上寫的話題。關於「怪異」的研究。也表示自己對她帶有的怪異產生好奇。當我們交換聯絡方式時，陳博士從校門走來。

『還沒有看過能跟我女兒聊得來的人。』『你住板橋嗎？我們住在天母，等等回去應該會塞車。』的確，他感覺不是很喜歡有在聽他說話的人。『你剛才的問題蠻有趣的，以後想做什麼？』『保持好奇心很重要，學校可能都沒教。』彷彿，他知道自己說的都是廢話，也因此感到厭煩；說話時總緊皺眉頭，感覺有什麼壓著前額葉，逼他說一些無聊的話，自己明白，可就是欲罷不能。

當發現我們都沒在聽時，他好像放鬆了一點。察覺到轉變，我跟陳懿同時笑了出來，沒多久，他也一起跟著我們笑了起來。

2

民國九十九年六月三十日～

我與陳懿持續保持聯繫，對她的訪談逐漸從 MSN 轉移到臉書。

『網路社群其實是末日行銷，大家開始慢慢意識到眞實的社會裡沒人對你的想法眞正感興趣；出門逛街聊的也只是櫥窗裡有什麼，誰跟誰在一起。在補習班也是，每個人都說上了大學後就自由了，可以想做什麼就做什麼，最可怕的是，連老師也這麼說。』

我把她傳給我的訊息複製貼上到電腦裡的 Word 檔。

『現實的生活早就已經死了。所以有人決定開啟通往另一個世界的大門；網路社群像一艘巨大的方舟，只要你能滿足最低的社會需求——「網路」，便能踏進甲板，躲避大洪水。儘管現實的身體被洪水侵蝕、推擠，撞上各種都市殘骸，意識仍然可以在方舟上享受各式各樣的資源。』

《網路方舟：千禧族對於地球的背叛》成爲我在無名小站的最後一篇報導。訪問尾聲她告訴我：『接下來就不會有人看無名小站了，就如同自營的柑仔店一樣，光顧沒有自動沖泡咖啡機跟座位區店面的人們會隨時間消失。』

訊息就停在那，沒多久，臉書通知傳來一則活動邀請。邀請者是 Yi Chen。「第九屆國際氣候異常論壇」一個由民間氣候研究者主辦的活動，邀請各國的氣候專家，每年到南極各觀測站研究氣候生態，陳孝銓在其中。

她問，想不想一起去？陳懿是單親家庭，暑假父親離開後沒有人可以照顧她；她的爺爺奶奶也都過世。博士有個弟弟，但兩人多年沒有聯絡。博士從三年前開始參加，從那時開始，與一群氣象專家鬼混成了陳懿每年暑假的既定行程。

『因爲每次只有我一個小孩，他就想說邀你一起來，感覺你會有興趣。』雖然只是文字訊息，但我隱約感覺到她想要我一起去，因爲怕無聊。『喔，對。他說會幫你出機票錢。』

陳懿的網路人格跟現實相距甚遠；她在網路上相當健談，語言結構也有條理，但我可以從她斷句的方式、話與話之間的空白中感受到眞實的她。可能網路跟社會的距離與她跟世界的距離有著相似的尺寸；這讓她感到更多自由。或許提到的末日、方舟，都是在講自己。她是那艘方舟上的唯一乘客。

我按下了活動的「參加」鍵。

不久，我卽坐在通往阿根廷的飛機上。行程：先飛到阿根廷的布宜諾斯艾利斯→坐車到烏斯懷亞↓搭船到南極。所有的科學家和研究者會先在港口集合，再一起搭船。飛機上，我因爲前天晚上沒睡好，帶著耳罩與眼罩，進入夢鄉。

爲了成功進行這趟旅程，我欺騙了家人；這是我犯下的第一個錯。當他們想像著，我在新竹參加無聊的科學營時，我其實正在南極冰屋裡享受著未知與距離調和的雞尾酒。

每當人與人之間的想像與現實對不上，眞實會產生漏洞，虛假即能鑽入縫隙，擴大裂縫。

出發前，博士還特地跟我要了母親的電話，因爲我告訴他，她同意這趟旅程，也很相信他的爲人；所以他希望能代替我報平安；當然，我給他的電話不是母親的手機，只是某個曾經打給我卻響一聲就掛斷的惡作劇電話號碼；這是第二個。

第三個，就是我沒有拿回借給胡宗廷的耳機。少了音樂的陪伴，許多時刻，我獨自擁有的只有寂靜。

飛機上的夢，巨大的身影站在遠方，當時，祂還是背對著我，告訴我：『你不應該來此地。你應該保持無知。』這是祂給我的警告，但我只把這當作另一個能被遺忘的噩夢。這是第四個。

3

民國九十九年七月十二日~十三日

經過長達三十一小時的飛行，落地後我們匆匆買了三明治和礦泉水便搭上巴士，帶的行李不多，博士只背了個背包，陳懿也是，只有我拉著小行李箱還背著背包。

下飛機後，陳博士走路的速度變得比平常快；陳懿很自然地跟上，她快步時的雙手會抓著背包的背袋，好提高速度；我則不適應寒冷的感覺，身上穿了兩件毛衣再加上大外套，步伐完全跟不上他們。好在巴士上開著暖氣，才得以把這厚重的負擔脫下。『你等等還要穿回去嗎？』陳懿坐在我旁邊開玩笑說。

陳博士用著流暢的西文與司機聊天，我們坐在公車的最前排；博士似乎與司機是老相識。『他們在聊一些關於家庭的事。』陳懿聽的懂西班牙文讓我很訝異。『我沒有眞的很懂，我只辨識得出幾個字：爸爸、小孩、很會吃，之類的。』她補充。

巴士沿著海岸線開，我看著窗外的風景，陳懿則是啟程幾十分鐘後就睡著了。火地群島的沿岸可以看見大大小小的冰川及陸地上的企鵝。遠方的景色對於巴士上的我們來說，只是緩慢地在旋轉；因此，我相當相信我看到的不是錯覺。

我看到了什麼，第一個反應是叫起陳懿，我轉頭時，睡著的她因爲車體搖動，大力的用額頭撞了一下我的牙齒。痛得無法說話，也忘記了那瞬間古怪的存在……

睡著的陳懿順勢倒到我大腿，以致剩下的路程我都忘記欣賞窗外的極地，而是看著她打呼的臉龐。

巴士抵達，我們來到港口邊的酒吧，天氣雖冷卻沒下雪。陳懿理所當然地走向角落的座位區，博士走向吧檯。古老木頭製作的桌椅有條理地擺放在窗旁，戶外的景色是海洋與冰川，幾艘漁船在海上浮動，繩索連接著栓綁在港口，漁夫坐在木棧上釣魚。

酒吧的名稱是「Whippoorwill」，招牌上畫著一隻深藍色的三聲夜鷹。

『三聲夜鷹的叫聲可以重複長達四百次以上，很像在提醒周遭的生物危險即將到來，你不會想聽到牠們的聲音，牠們聲音只會讓你想趕緊離開。』看著菜單上可愛的夜鷹標誌，陳懿一邊自言自語。菜單上都是西班牙文，我根本看不懂。

博士把托盤放上桌，兩瓶汽水和一杯酒。沒多久，一個人走過來和博士搭話，兩人用西文溝通。『他們先到了，在那邊。』陳懿大概跟我描述她能懂的字。她一邊讀著桌上的報紙，一邊跟我說：『我看這幾天就幫你翻譯他們說的話好了，不過我只能聽懂一點。你英文好嗎？我西班牙文還可以，英文就很差了。』她用手指著報紙上的字，小聲地唸：『Clima…Extraño…』

『唷，陳博士！』幾個人在另一處的座位與我們招手，用著英文。我的英文能力算在校園裡名列前茅，就中華民國過度的教育模式，高中的英文程度可以聽得懂大部分的對話。他們腔調聽起來是美國腔。

陳懿跟我提過會來參加這個研討會的人大致上有誰；幾個來自美國的業餘研究家、俄國的氣象局人員與實習生、日本的氣象研究員跟小說家、台灣的幾位研究者、大陸跟印度的學者，加上一些西方人跟南極當地研究者，總共快二十個。整個論壇使用的語言是英文，但每個人之間的溝通方式依照喜好；像博士除了日文跟斯拉夫語外的都能溝通，陳懿本身很討厭英文，而只要她父親會的她都能聽懂一點，因為叛逆的關係，她的斯拉夫語特別好。主要是東斯拉夫語支。

我馬上察覺，受邀來的人語言能力都特別發達；這似乎跟氣象沒有什麼關係？

『我參加的樂趣就是偷聽大人的對話，一個小孩在會場走來走去，基本上沒人在乎，更不用說我爸了。』陳懿的眼神，她的專注力完全從報紙轉到我身上：『我印象中你英文應該很不錯。』她正打定了什麼主意。

一知半解正是萬惡的根源。

4 民國九十九年七月十四日～

我們在三聲夜鷹的二樓度過了一個夜晚，少部份人在十三號抵達酒吧，剩餘的在十四號一大早抵達。

論壇裡有少數人被稱爲「核心圈」：來自台灣的陳孝銓博士、北美洲蘇魯研究團隊的古斯與米思留先生、莫斯科的費多羅夫夫妻檔、日本文學家春日部桂一、南極觀測站負責人（同時也是本論壇的創辦人與嚮導）羅曼。陳博士原本不是核心圈的人；原本的位置是由另一位大陸人所擁有，但那位研究者在兩年前因事故去世，新進的陳博士因其優秀的學術能力，而被羅曼以外的核心圈人士推薦進入。

十四日早晨，我被酒吧特殊的鈴聲叫醒，三聲夜鷹的鳥鳴錄音；每當有人推開酒吧的玻璃門，便會觸發。當然，只叫四次。起床時，博士已經刷好牙從浴室走出，而陳懿正穿上一層層的大衣。

『兩小時後出發。』博士拍拍我的背，拍得很大力，我一下子就醒了。

港口聚滿了人，大部分是從外海捕魚回來的漁夫，與海鮮市場的商人；我走進人群尋找父女倆的身影，四周至少有五種語言以上的對話，我最先看到那幾個大陸的學者，音量不小的『快過來！』吸引了我的注意。

我先看到高舉右手的大陸人余海波，接著是朝他小步奔走過去的符雯，接著才看到他們路徑中間的陳懿。她戴著一個頗大的聖誕節配色毛線帽。

一艘大型的捕鯨船新阿卡姆（Nuevo Akam）號停靠在港口，它就是我們要搭乘的船。『你們準備好了嗎？』羅曼從碼頭走向我們，參加者以過去的分組有條理的站好。我們沒有與其他三位台灣研究者在一組，我、陳懿、博士三個人站在隊伍的中間，靠近昨天在酒吧與博士打招呼的那兩個美國人，古斯手中拿著一個咖啡外帶杯，抖得厲害。

當博士轉身與那三個台灣人打招呼時，他們正在交頭接耳，其中一位稍微打量了我一下後，對陳博士生硬的笑著點頭，再回去與他的團員對話。

『看來今年的出席人數比往年好，我想各位都很好奇今年年初的氣候異常，那就讓我們像以往一樣的努力探索吧！』羅曼簡單用英文說了幾句，大家也簡單拍了幾下手。『上船。』

我問陳懿為什麼搭的是捕鯨船，而不是一般的渡船。『有看到船尾的那個巨大紅色貨櫃嗎？普通的船可載不了。』她回答。

「新阿卡姆號」上存在著陰謀，表面上它是艘捕鯨船改裝成的觀測船艦，載領眾多科學家、研究者前往南極大陸一探氣候變遷與異常的眞相，但這異常的原因並非是人類大肆的破壞自然環境，而是道更加深層的大門即將被打開。

那個紅色貨櫃裡的裝置。

『我們都只是祂的一場夢，整個世界都只是祂的一場夢，當祂甦醒之時，我們與世界終將消逝。』

船上的第一個夜晚，我做了一個清醒夢。

夢中醒來時已經半夜，船身慢慢地搖晃，沒到不舒服的程度，但後頸感受到強烈拉扯。睜眼看到的第一個景象是掛在天花板上的小燈輕搖晃，周遭陰影不停轉換定位，眞假難分。從床上坐起，看著對床的陳懿仍在熟睡，可睡在吊床上的博士已經消失。

環境與我認知的房間很像，但有點的不同。木地板上灑滿散發紫藍色微光的小球，我欲伸手觸摸，但動作時，腦後的力量更劇烈的拉扯，我想大叫，才意識到無法發出聲音，眼前景象開始顫晃，物件的實體並未移動，但輪廓都短暫脫離原有的主人。

『我們已經很接近書了，多虧了□□□□融化了多餘的冰層，□□的入口有□□□□……Y'lloig ehye.』低沉的男性嗓音從半開的門外傳來，那聲音使用的大部分是英文，只聽得懂一些，奇怪的是句尾使用了其他語言，非常明顯，那一小段質感聽起來不一樣，發出它的不是喉嚨、聲帶，更像腦波、思緒。而聽到的我，在理解到它的意思時腦部張力開始舒緩。

『我的精神是完整的。』突然的放鬆讓我重重摔下床，不明白為何聽不懂，卻能理解意涵？

解答可能是…這個語言誕生於當時的狀態之下。

想再次移動時，放鬆的感覺結束，拉扯回歸，這次加上胸腔內部的劇烈疼痛，我倒頭看著地上的小小發光球體，詭譎感從我的瞳孔侵入，將恐懼、焦慮、憤怒的情緒勾領而出；我的意識不允許它這麼做，但越是抵抗，上層腦部越是麻痺與不適。就在這一刻，我想到了一個方法。

我用盡想像力，去模仿剛才聽到的聲音。『Y'lloig ehye.』我的腦部瞬間放鬆，旋轉起身，雙手落地跪坐在房間地板，盜汗取代了拉扯。

抬頭看著前方的門縫，一張黑色小卡放在地板，我伸手將小卡從門外拉進，卡上完全黑色，沒有其他圖案。將卡片翻面，看到那個圖形的瞬間一股奇異的舒適感從胸口蔓延；一個充滿新異教主義感的符號，中間一朵像花的物體朝外延展，構成類似藤蔓或觸手的肢翼，顏色不停轉換，可見光三原色同時存在。符號的下方有著一個單詞『Un-agl Sam'fhta』。

『地下黃昏。』

然後，思維開始拓張。

我抬起頭，直視空間縫隙冒出的眼睛，同樣，祂們也正直視著我。眼睛們化作一個個雲霧狀實體，祂們有著佈滿活體管線的巨大雙腳，如太陽烈焰般綻放，也有著像是觸手一樣的東西，在虛與實間流動，細長的雙手及爪子，穿梭在我們的世界，不適用物理規則，我們的建物對祂們來說沒有意義，整個現實就像魚缸，而祂們正是在裡頭遨遊的

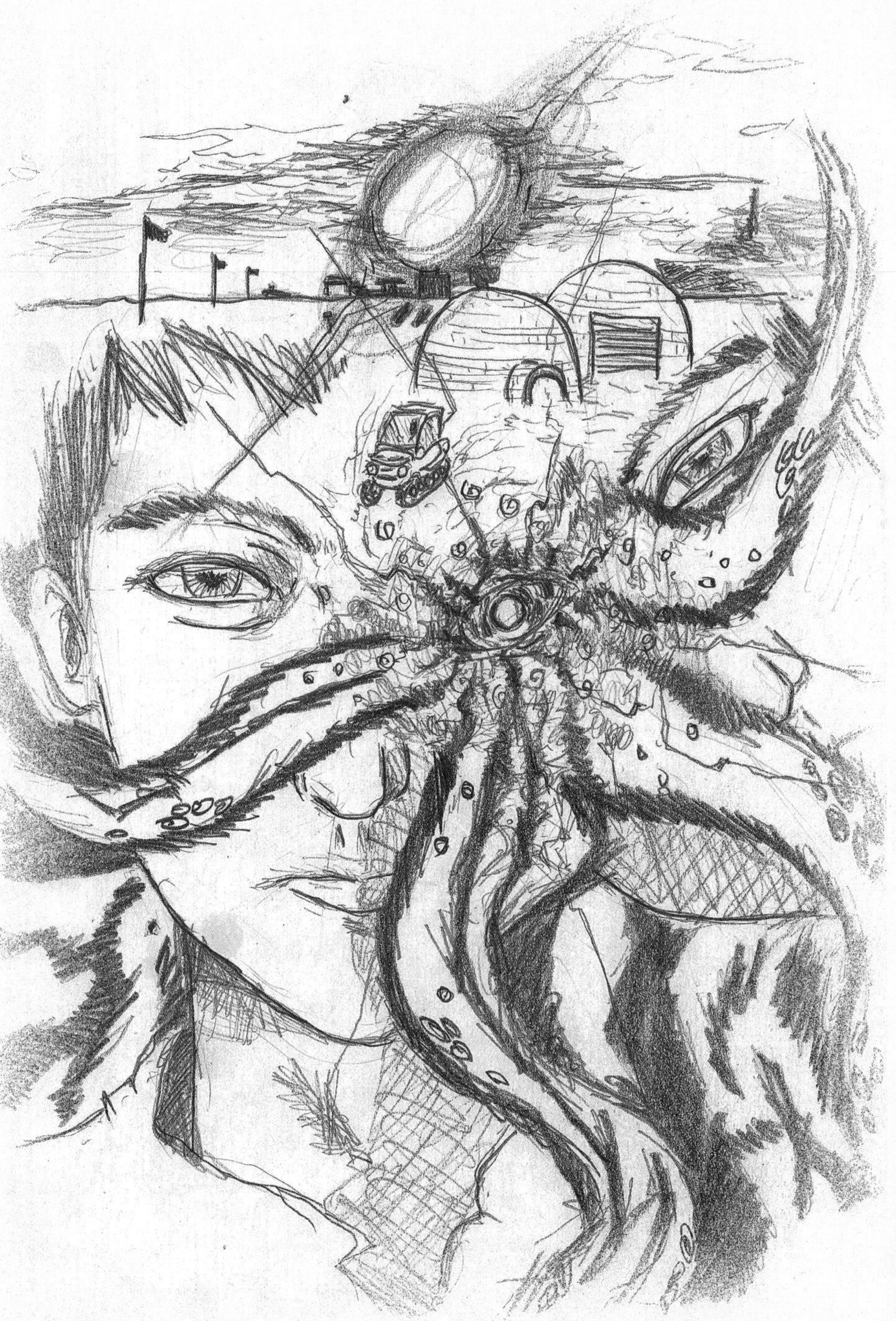

魚。

我視線與其中之一相交，透過視覺交流，祂開始模仿我的動作，用祂細長的雙爪相互接觸，創造一個圓形。我跪在地板上，弓著身，看著直覺擺在雙手上的圓形。我將手往前伸，彼此的圓形互相接近。

強烈的好奇心包裹著恐懼。我意識到，若不去害怕，祂便無法傷害我。但當與祂眼神交會，我感受到祂希望我害怕，希望我去想像自己被祂給撕裂，去想像那些爪子穿過身體，從內部將我分解。祂像鏡子，將恐懼反射爲眞實。

不自覺地開始想像自己膜拜祂們的畫面，我抵抗，但一個又一個想像不停反射到我面前。看著祂，同時看著我的恐懼。

鏡射的距離給了我逃離的空間。『Y'lloig ehye.』我的精神是完整的。祂們慢慢變回空間縫隙的眼睛，察覺之前，全都閉上。那句話就像門把，說出便是將門帶上。身體緩慢回到了應有的感覺，我回頭撿起那張黑色小卡，上頭的符號呈銀白色。忍不住去想這是否刻意留下的？

5

醒來已是白天，望著牆上的掛鐘，下午三點了。陳懿打開房門。『你醒了，讚喔，不用尷尬地叫你。快出來看。』說完她轉頭離開，留下半開的房門。我雙腳下床，觸碰冰冷的地板，不太記得有沒有做夢。

穿好大衣，隨著陳懿的軌跡來到船艙外，有群人在船側甲板倚靠著欄杆，我在人群中找到陳懿與博士。一隻手遞給我個裝著熱咖啡的馬克杯，他戴著一副佈滿刮痕的眼鏡，眼角與臉頰上的皺紋通過眼鏡連接在一起。『你不會想錯過這個景象的。』米思留先生用手套包覆住我拿著馬克杯的手，第一次看清楚他的長相，頭頂上棕色的毛髮所剩無幾，但鬢角卻沒有怎麼被影響；微凸的嘴唇稍微乾裂，英文口音帶有南方氣息，溫和並彎曲，嗓音粗糙，這與他所使用的文雅語句稍嫌對比。

『Spectacle.』他是這麼說的。

那是一隻與我們共游的鯨魚，牠跟在船邊，相隔一小段距離並行。碎冰被牠行徑的水流撥開，牠身體的顏色比海更藍；「新阿卡姆」的船長站在人群的最左邊，用西文跟羅曼說話。

陳懿走到我旁邊，告訴我他們在討論那隻鯨魚的品種，似乎看不太出來，很少見。

『很酷吧。』她感嘆時幾乎面無表情，可我完全被眼前的畫面給吸引住了。

她沒說半句話的用一副望遠鏡跟我手中的馬克杯做交換，我猜她只是覺得冷了。

鯨魚的背上充滿疤痕，這說明牠是個生存者，經歷過不少與掠食者的戰鬥，並活了下來。灰色的深溝，荊棘般的側面裂痕，像被一把又一把的巨大鋸子給劈砍過。不久，牠潛入深海，從藍色之中消失。

費多羅夫先生敲打手中的菸盒，將其中一根煙拉出盒外遞給我。我聽不懂他們的語言，他也沒想用英文重複一次的意思。

寒冷的天氣使我臉頰僵硬，無法擠出任何表情地對費多羅夫先生搖了搖頭，並告訴他『I don't smoke.』。他說了句話，並將菸盒湊到我面前；陳懿走過來代我跟他進行了一小段對話後，她接過那支菸。『他說不抽菸的話會更冷。』我問她：博士允許妳抽菸嗎？『當然不行，開什麼玩笑？我們還未成年。』接著，她拉著我走進船艙。

在走道之間穿梭，陳懿顯得悠遊自在，她非常熟悉路線。經過臥室區、室內大廳，來到尾端的貨艙。那是一個巨大的方艙，鐵灰色的牆壁，一扇鐵藍色的巨大拉門，上頭布滿青綠色的鏽斑；拉門開著一條小縫。陳懿將門推開至能側身進入的大小。

這艘船是退役的捕鯨船，退役後由團體最初核心圈合資買下，改造成專屬的觀測船。「新阿卡姆」這名字也是後來才取的。『阿卡姆』是美國一個小鎮的名字，羅曼的家鄉。船上的捕鯨設備都換成觀測裝置，而貨艙正是船上的觀測中心。

一個穿著皮夾克的白人坐在門口左方的辦公桌前打瞌睡。陳懿看了我一眼，要我安靜。我們放輕步伐前進。

內部中間擺著一張大圓桌，放滿紙筆，挺雜亂的，貨艙很大，兩層結構看起來像工廠。中央簍空，周圍建立第二層的平台，擺放的器材持續運轉，所有的電纜有條理地集中到第一層的右下角，黃色鐵網圍住它們跟發電機。我跟著陳懿走向左後方；一條巨大的鐵管由第二層的機具伸出，跟隨著左方船艙的牆壁，從一個洞口出去，穿進船尾的紅色貨櫃。

洞口前方擺著幾個木箱和看起來像是消防設備的東西；陳懿坐到靠牆邊的鐵管上，我則選了個木箱。她往旁邊的窗框伸手摸索，不久摸出一個金屬打火機。『還在耶。』她語氣平穩地說，搖了幾下打火機，打開，點火。她深吸一口菸，感嘆：『啊，好久沒抽了。』我就在那看著她抽菸好一會兒。陽光透過窗戶灑落，從她口中吐出的煙霧看起來比她的身體還更加清楚。

船上第二晚的夢，我站在一個偌大的平原中，淡黃色小草散發微微螢光，跟著大氣循環飄動；望向平原的消失點，遠方有著傾斜的尖山圍繞，身處在一個盆地之中，而正前方是盆地的開口。心裡有股奇怪的感覺，想起了上一個夢，甚至是所有曾經的夢，彷彿夢世界裡的我是另一個有著獨立記憶系統與意識的我。手伸進褲子右邊口袋，拿出那張黑色的小卡。

『Un-agl Sam'fhta』

小卡上的符號散漫出雲彩光譜，以它爲中心，一層暗紫色的濾鏡渲染了整座平原。抬頭，一個巨大的雲霧狀多觸手生物漂浮在上空，雲霧像實體般跳動，上面佈滿看似血絲的管線；像顆心臟；層次間隱藏著眼睛，四處張望尋找著目標。

祂的內部散發著與符號相同質感的虹彩，光芒來自雲霧體裏側的光球，光球個體不停分裂，與此同時，分裂出的分子再度聚合，微微顫動。專注力不自覺地被虹彩吸引，反而忽視了眼睛的視線；它們正接近我。

祂的觸手像植物根部擴張試圖籠罩整個世界。我開始聽見聲音，如高音旋律樂器隨機演奏，比起音階更像心律不整的心電圖。音律之間有雜訊，祂正在將聲音編程成我能理解的語言。多種語言交雜亂碼，最後，祂生成了一句話：『孩子，你一點兒也不特別。』

當然，驚醒後我完全不記得夢中的情景。看向牆上的掛鐘，距離破曉應該還有兩三個小時。陳懿仍熟睡，吊床上仍空無一人。

用火柴點起放在床頭櫃上的油燈。我輕拉開隨身背包的拉鍊，翻找背包，最後從暑假作業與電動遊樂器中選擇了後者。我拿出那台放了至少六年的鉑銀色GBA SP。將音量調成靜音，打開電源；畫面有點失眞，稍微像素位移，這蠻正常，因爲它很舊了，只要重新開關幾次就能解決。

熟練的撥動右方的電源，突然一絲電流穿過機器電到雙手，我反射地鬆開手，GBA掉落在雙腿間的被單上，沒有發出聲音。我搓揉手掌緩解疼痛，還是第一次被它給電到。我只帶一片盜版遊戲合輯，開機是成功開機了，不過它跳過了選擇遊戲的畫面直接進入合輯裡的「惡魔城：白夜協奏曲」。

但畫面看起來不對勁，是反白的。遊戲標題頁面飛過的蝙蝠成了白色，看起來有點像鴿子。玩不到一個小時就放棄了，反白的畫面讓我一直被怪物撞到。

6

「新阿卡姆」進入最後航程，室外溫度已降至零下十六度左右，大部分乘客選擇待在臥艙。從房間的對外窗戶可見細微的冰冷展現，玻璃上結了些許不規則形狀的冰霜。

『仔細觀察它們的型態，你會發現水分子的樣貌。』博士躺在吊床上，指著一旁結冰的窗戶。一本書擺在他的肚子上。「雙鹿物語」，是部日文翻譯小說。作者，春日部桂一。

『霜有很多不同的形態，浪漫的人會說是因爲水有著不一樣的心情。但其實跟冰核有關。』靠近窗戶，冰的狀態看起來像一幅抽象畫作，隨機直線條如刀鋒在玻璃上砍殺，形成許多三角形互相穿梭的紋理。

『你仔細看，』博士指著三角形內部的小冰晶。『那就是冰核。』冰晶長著像羽毛的小翅膀，分布在它的六個角。『冰核是空氣中的小粒子，可能是來自原古生物的殘骸，水蒸氣會模仿冰核的形狀將它包圍，所以冰霜才會有那麼多不同的形態。』那隻三葉蟲的左後腳最終成爲了高山上的雪。

『你期待嗎？』躲回被窩後，陳懿問我。她悠閒地躺在床上，頭靠著立起來的枕頭，看著前方的牆壁。

我挺期待南極的樣貌，世界的盡頭一片雪白，或許對於天堂的想像就來自於南極；夜晚的銀河與極光壟罩住白淨大地。像站在雲端。我同樣期待它的神秘。生物難以踏足的極地更可能是意識的延伸。

我問她先前的經驗。『在那裡一切都變得不真實，人似乎變得更輕，時間感相對變得更慢，好像有人正在把你的能量給吸走。』博士聽到能量兩個字時笑了一下：『可能是地磁場。』

當「新阿卡姆」抵達南極的洛克伊港時雖說還是下午，但七月是永夜剛結束的時節，天空仍呈現微微黑暗。太陽則是一顆暗紅的小火球掛在地平線上。像地底下的黃昏。

下船時，我不小心摔了一跤，被柵欄結的冰在左手臂上劃出一道傷口。走在身後的費多羅夫太太咕噥了一句，陳懿便很快用她帶著手套的雙手握住我的傷口。『小心不要讓傷口凍傷了。』她很快在我耳邊說了這句後，轉頭用俄語對費多羅夫太太說了聲：『Спасибо』。

直到坐上前往旅館的接駁車時陳懿才放開雙手，鬆開時手套掌心已佈滿血。接駁車是一種新型的電動車，金屬框架組合成車身，框架間則是如同觀景設施般的透明強化玻璃，車底下是與戰車一樣的履帶輪。一台可以乘坐大約二十人。人跟行李分開前往，行李會跟著巨大的紅色貨櫃一起被載過去。

『割得蠻深的。』博士轉身越過椅背查看我的傷口，但我卻被極地景色吸引，第一次看到雪。不知道是因爲寒冷，還是流血，感官比待在台灣時更加敏銳。灰暗天空看起來像正在下著海量的流星雨，每顆星都在碰觸地面前消失，整片大陸看起來如白色的草原覆蓋上一層顏色漸變的極光。

回過神，博士已幫我包紮好傷口，失神的狀況也被觀察到了。『很美，對吧。』我看了一眼博士，他望著窗外的眼神充滿光芒，第一次從他眼中看見快樂的神采，亦或只是雪地上的反光？

『我們所看到的景象，正是太陽與地球關係上的展現。生命力的尾巴。』當博士說話時，全車的人都安靜了下來，好像他們都能聽得懂陳孝銓口中的語言。他挺高身體，就像準備要站起來：『這或許是我們與高等力量的真實距離，在這個點上，並不存在任何拜日教的形式。我們停留在原始的型態，對於所有不同的形象皆投以崇高、平等的敬重；而繁星給予的想像，如同屠牛的行為，映射出人類本性。儘管與之敬重，卻仍然貪婪；唯心的獲得，才是精神的詠讚。』

陳孝銓簡短的演講改變了車內的氣氛。我不明白他話語中的含意，那聽起來像一首詩，一種情緒的感動；但講者與聽眾散發著無法忽視的詭異感。我小心環視車上的其他人，所有人都與博士看著同樣方向：天空邊陲的暗紅太陽。一語不發。

最後，我的焦點回到她。陳懿瞪大雙眼看著我，驚恐氣息從瞳孔深處竄出。要脅中帶著求助。驚嚇感隨著心臟用力緊縮從胸口擠壓上喉嚨，正當要叫喊出聲時，車底一個窟窿；身體隨著路面顛簸往上離地了一小段時間，我的雙眼因衝擊而閉上。當回到定位，眼睛睜開時，詭異消失了。眾人回之往常般地聊天，博士在座位上坐著，陳懿則是看著手套上乾冷的鮮血發呆。

過了許久，她才注意到我的眼神。『怎麼了？你看起來很害怕。』她說。

「白色沙漠」旅店的外型由大小不一的冰屋組成，強化的鋼板材質，儘管有著暴風雪，裡頭仍風平浪靜。指揮人員穿著米黃色雪衣，拿著紅色交通棒引導，接駁車停入巨大圓頂旁的車庫，指揮人員隨後進入，敲打按鈕關上艙門，車門向上打開。

我的頭腦斷線，對於剛才在車上經歷的一段時間無法與現實聯結，如同另一條從不交錯的時間線上的一段，只是去想它，就會經歷一片黑暗。「虛無」。這就是我現在的狀態嗎？

旅館主人站在隊伍前方迎接，他是一位白色頭髮的老年男性，艾夫曼，他用英文說著：『歡迎光臨，我看到了幾位熟面孔，但也不少人是第一次來到我們白色沙漠，那就讓我不厭其煩地再次……。』

他看起來好小，是我的空間感受力被扭曲了嗎？一切感覺都很小，而自己感覺很輕，就像躺在一個翻面機關上，只要平面一個旋轉，意識就被甩入無盡，終其一生感受墜落。

跟著艾夫曼離開車庫，進入名爲活動中心的大圓頂。那是個比住宿房間還要大上好幾倍的大冰屋，旅館的櫃檯、健身房、資訊室、公共餐廳、酒吧、祈禱室等多功能的廳室都在這一共三層樓的大冰屋裡。

『我想各位一定餓了，讓咱們先到餐廳吧。』艾夫曼先生的這句話將我拉回到現實裡；對啊，一定是因爲太餓了才會有這麼多奇怪的感受。一這樣告訴自己，彷彿都可以從空氣中聞到醬油的味道了。

『大家的行李會在用餐過後送到房間，請不用擔心，好好享受極地的美好時光。』

說完，艾夫曼先生打開餐廳的大門。這餐廳是一個自助吧，典雅的圓形木桌散佈在空間中，動物的皮草及質感古老的裝飾品點綴著空間線條的縫隙；這時我才意識到「白色沙漠」帶有的獨特氣味，淡淡的芬芳，高檔的氣息，聞起來像燃燒的艾草，聖潔感隱藏其中，彷彿在保護著什麼，又或者是驅趕些什麼。

右方是自助吧，左方是一面巨大的觀景窗，進食時只要轉頭一看，便可望見遠方的冰山與眼前巨大的冰原。暗紅太陽正好在視線的中間。『走吧，我們坐那兒。』博士指向觀景窗前方的三人座。

有種微妙的感覺難以形容，但我會嘗試說說看：它最常發生在，旅館的走道、地毯上行走時，在科博館、水族館漫步觀賞時。通常必須獨自一人，伴隨思考與氣味，心裡帶著一絲舒暢，卻又緊張。抽離，脫離自我的生活感受，嶄新的權力握在手中，似乎可以放心期待著未來將會一切美好。這種感覺就像在冒險，但卻太過舒服。

打從進入「白色沙漠」後，它就如同襯底的環境音一直存在著；我想像，人如果一直活在這樣的情境中，最後會變成什麼樣子？

我們盛取了些食物開始用餐。白色盤子中央放了海鮮，再淋上特製的酸甜醬汁。他們提供的料理大多是海鮮，只有一兩道陸地生物，雞翅、牛排。陳懿看著她的牛排，用餐具將牛排支解成一絲一絲。『這不是高級旅館嗎？爲什麼他們這次是用組合肉？』說完，陳懿把牛肉們插在一起，沾醬，入口。『完好的肉都拿去餵高級客戶了吧。』博士將盤子上的魚排切斷。『這段時間只有我們住。』『妳不是很愛吃夜市牛排嗎？』『上次吃到的眞牛排是我少數期待的行程。我很失望。』『吃牛排對你來說是一個獨立的行程？』

他們父女倆鬥起嘴來。我很常在跟他們相處時產生錯覺，就像我是他們家庭裡的一份子。而不是我原來那個家的人。聽著日常對話，眼睛盯著觀景窗外的太陽。時間難以判斷。

『你剛說的高級客戶是誰？除了我們外還有別人在嗎？』『我的幽默感有這麼差嗎？』

『剛剛在車上……』我的思緒不小心入侵他們父女間的日常對話；陳博士接著我的話往下說：『是說剛才看到的雪嗎？你應該是第一次看到下雪吧？南極其實是一個巨大的沙漠，不太會下雪的。港口附近常颳風，剛才車上看到的其實是跟沙塵暴一樣的現象，風把雪從地上吹到天空，再緩慢落下。冰雪暴，記得那些美國人是這樣說的：

Fargo。』包容是來的這麼平常，不知怎麼，我似乎有點想哭，一股熱氣從胸口昇到我的鼻腔，撼動我的淚腺。『你還好嗎？』陳懿問我。只是想家了吧。

吃飽飯後也沒急著離開餐廳；人群默默分成幾個小組聊起天，每組人使用的公共語言都不一樣。由美國研究家古斯、米思留帶領的研究團隊說著英文。費多羅夫夫妻檔、俄羅斯氣象局與日本研究者說著俄文。羅曼、剩餘的西方人與印度學者還有陳孝銓博士說著西班牙文。至於來自大陸的學者與研究生則是打散分布在三個小組裡。

大人在聊天，陳懿坐在位子上持續盯著窗外，不時看一下周圍，再回到窗外。我則繞著整個餐廳欣賞放在四處的裝飾與收藏品。也就在這時發現這裡沒有時鐘。

收藏品都放置了展示牌，用來說明這些物品來自何方。有藝術品、古董、標本，大部分屬於艾夫曼。其中只有一件屬於羅曼先生，看起來像是章魚的觸手標本，總共有三隻，連在一起，跟成年男性的腳差不多長。牌子上寫：「來世情人」屬——羅曼．威爾考克斯。

展品的終點是一座近三公尺長的透明櫃，裡頭放置著各樣的古怪壁畫殘片、一些阿拉伯文書頁、小雕像，跟看起來像工具殘骸的東西；這展櫃是唯一沒有放展示牌的。其中，最能引起我共鳴的是一個小雕像，那看起來像是個章魚、人猿、蝙蝠、恐龍混雜在一起的生物。

『你好。』這句他是用中文說的。在我正仔細觀察那雕像時，另一位沒加入聊天圈，從相反方向開始欣賞展覽品的人，日本作家春日部桂一，跟我在最後這個長展櫃相遇了。

在禮貌回應他的問好後，他的視線與我同步到小雕像上。接著他口中的語言轉成英文，帶著日本腔，不太準確但聽得清楚每個字。我相信他是說：『克蘇魯，這是祂的名字。』

『你想像過光嗎？來自於何方，組成內容是什麼？本身的樣子。元素、合成式。我們所見到的光都是反射在物體上的，都經由一些形體、型態二次創作出來的光；我們看著這些黑暗的物體，想像著我們看見光本身；可事實上，我們根本沒有見過光自己。甚至，我們還以為光是我們創造的；可事實上，我們只是在某些點加強了它們，只是刺激了它們。

我們的星球：地球。一直以來都是這樣認為的；其實，我們是被擁有，只是被星球本身的另一半所擁有而已，另一半的星球，被我們的支配者所擁有。

看過鏡子嗎？鏡子隱藏在世界之中，水是最原始的鏡子，世界的第一面鏡子。水的各種型態更是不同的鏡像，鏡像傳導出來的另一個鏡像。像這樣，鏡子被傳導到世界之中，你我都是彼此的鏡子，你我都能在任一件物體：樹、土、風、人、獸、火之中看見另一個自己，一個不一樣的自己。左右相反、不同溫度、不同情感。

光就像一扇門，一個通道；鏡子則是一把鑰匙，透過鑰匙打開了門，通往另一個世界，通往星球的另一半。

生命把祂們看做是神，支配者，祂們便是祂的原始型態。祂們存在於另一半的世界，一個光到來之前，擁有這顆星球的主人。舊日支配者。』

春日部緩慢說起話來。他用英文緩慢的說著每個詞；但結尾的那個，他直接用日文說，我沒學過日文，卻在聽到那些聲音時，直接理解了詞彙的涵義。舊日支配者這幾個字給了我極為巨大的連結，或是氛圍，彷彿這詞本身是跨文化、跨語言的存在，任何聲音與形容，都會連結至同一個結果、同一種想像。

『喜歡嗎？那是我新書裡的其中一段。』春日部繼續與我的對話。仔細看著這個人，有些矮小，可能是因為駝背。細長的劉海左右三七分，像父母輩口中的時髦。除了眼角的魚尾紋外，臉上非常乾淨。『祂們是我的靈感來源。你呢，你在祂們身上看到什麼？』

我只簡單地告訴他：我沒有聽過。

這麼說感覺起來像在說謊。沒有聽過，但我有感覺過。感覺過祂們。不確定；若無法確定，那就算誠實也像是在說謊。

『呵哈，沒有聽過。你看這些書頁，這是一位阿拉伯詩人的作品。□□□□□□，裡面記載關於祂們的一切，我們所能看到的一切。』他告訴我這些殘頁的書名，用日文，但這次沒產生連結，只是單純聽不懂。說了聲謝謝，他對我點了點頭，離開。

結束用餐，回到住的小冰屋裡。我的行李上放著一本中文翻譯版的《雙鹿物語》，書上放著一張紙條，寫著：『Nice talking to you.』並屬名春日部桂一。陳懿靠近我，她墊腳，脖子穿過我的肩膀：『誰會無時無刻帶著自己書的翻譯本啊？』

7

『對萬物來說，牠們的信仰系統非常清澈；因為那並非信仰，思考不來自相信，而來自對個體的認知。一種感受，本能，黑暗的存在。

萬物之中，動物是相較他者最接近人類的。為何我必須把人類區分開來？因為人類存在著獨特的思考與信仰體系，人類是唯一與萬物非一體的存在。但那特定的感受，人類也感受得到；只不過，我們得花更多的力氣去感受，而這層存在，無意識的驅動，像是：好奇、恐懼、自信等。創造了一個無中生有的問題：生命的解答是什麼？而這個問題更是催生出一個形容，一個狀態，我們用來解答自我的詞：愛。以上，導致了信仰的產生。

就動物來說，這份信仰又是什麼呢？我相信，可以用一個簡單的小故事形容。每當生命經歷了第一次的日夜交替，會產生最原始的二元認知，光與暗。接著經歷第一次的睡眠後，會產生第二個層次的對立認知，實與虛。兩者之間，生命會開始感受到能量循環、交替時所產生的一切，甚至窺探空隙中的另一個世界。清醒久了會累，虛幻久了便消失。

那麼，對於這份交替、循環的認知，便是我們口中信仰的根本了。

對於萬物，牠們不需要去崇拜那股能量，牠們深知自己也是這整體其一，自己即是整體。牠們不像人類，需要用自我的形象來締造出神的形體；這說明了人類渴望追求真實；但有許多更古老的民族，信仰更接近自然，更接近虛無，甚至是相信萬物。只可惜，他們的精神漸漸消失了。循環中佔優勢的向來是較具極端暴力的一方，像是謊言。

在和平中奪取，如同在森林中狩獵。勝者為王，敗者為寇，這只是能量循環中的一部分而已。但當你要的更多，多過於你的生命力所需，這對於萬物來說，就是謊言。

要讓一隻動物去相信你的謊言並不難，只要你肯下功夫，更不用說一顆石頭或一棵大樹。你甚至懶得去做溝通。若換作動物的立場去想，牠們在進行的永遠都只是整體的一部分，當下的認知。恐懼嗎？渴望嗎？並沒有什麼差別，因為生命不需要答案，只需要完成循環。不需要停下來享受。

就以上的觀點，我相信在接下來的觀察，會更能同理見到的奇特現象。看呀，你看到那隻鹿了嗎？』

我閱讀著《雙鹿物語》。冰屋內就像山上的度假小木屋，壁爐，木地板，溫暖的床，當然還有變頻冷暖器。專心看著書，一點也感受不到疲累。直到博士穿著睡衣對我招手：『快十二點了，該休息了。你可不會想明天整個白天都在房間裡睡覺。』他說完，便把燈關上。我打開床頭櫃的小燈，我仍想多看個幾頁。春日部所描述的世界之中，似乎沒有「人」的位置。

『這隻成鹿有著雄偉的大角，如同銀河星系般的花紋分布在淺橙色的毛皮上。牠似乎是個獨行俠，獨自漫步在林地之間。對牠來說，這裡的路徑淺而易見，牠相當清楚自己要前往的方向，直到，另一隻生物出現在自己眼前。

那是一隻與牠年紀相仿的成鹿，倆鹿極為相像，牠也有著星系般的花紋與雄偉的角。牠們的眼神交會，牠盯著牠，牠停了下來，牠停了下來。這是個陌生的認知，但極為相似。這是牠第一次照到鏡子。』

似乎是拿著書睡著了一會兒。拇指夾在書頁之間，做爲類書籤般的記號；我隨手抓起床頭櫃上一張南極冰河探勘之旅的簡介；作爲眞正的書籤闔上《雙鹿物語》。床頭燈還開著。我意識到一股重壓壓制住我的後腦，極爲熟悉的感受，回憶開始湧現，這一次進度更加快速。

有人再次將紅色貨櫃中的裝置打開了。

明確知道該如何消除這不舒服的感覺；但本能選擇抵抗。這段思考只持續到我坐起身。『Y'lloig ehye.』透過這段聲音打開通往夢世界的大門。這是個極爲古怪的時刻，因爲那不是我習以爲常使用聲音的方式，更像自我的聲音被他人模仿。

找出地下黃昏的秘密，這是夢中的我清楚、必須要做的事。『Y'lloig ehye.』這是首度嘗試在身體放鬆的持續時間中再次說出。眼前周圍的空間稍微失真，萬花筒般摺疊反覆，世界中帶著網格，每一格空間都有屬於自己的呼吸。

我取得了自己身體的完美控制權。但有些不一樣。就像電玩，你必須達成某些知識條件才能解鎖技能樹的下一個分支；不確定是看見餐廳的展列品，又或者是閱讀春日部在書中闡述的觀點，我開始意識到夢中我與現實我的不同。像一面鏡子。

首先，是手臂上的傷痕，從左手移動到了右手。發現當下我正使用左手翻開身上的被單，右手攙扶身體轉下床，疼痛感提醒了我。可詭異的是，左右倒反並不影響我操控自己的身體，仍可以習慣地移動現在的雙手；唯一解答是，左右腦也相對倒反了。依舊掌握自己對於特定肢幹的操控感受，只不過從第三者觀看，我成了左撇子。

既然身體左右相反，那麼空間呢？我環視冰屋內的環境，陳懿的床位仍在我現在的左方。博士原先與陳懿睡在同一張床上，不過一如往常，他不見了。看來只有我本身倒反了，應該吧，沒有勇氣去確認陳懿的身體，況且也不明白她身上有沒有左右不同的記號。

一道冷光從冰屋窗外閃過，像手電筒。我有個假設，在夢的世界中與我一同保持清醒的個體，一定也經歷著同樣的狀態。

『貨櫃裡的克勞福德移像儀(Crawford Image-motion Imager)已經裝置完成了，這是最後一次了吧？』窗外的對話者使用英文，雖說不確定完全含意，但這狀態增強了對語言邏輯的推測能力。『對，最後一次。我們不需要帶著它到處跑了，資料數據已經蒐集夠了，就只剩意識的堆疊而已。』『Ylloig ehye.』『Y'hah, Yog-Sothoth ilyaa ugh gotagn!』

猶格．索托斯即將甦醒。那句話的涵義直接形成畫面攻入我的腦袋，與上一次夢中世界連結起來。『孩子，你一點兒也不特別。』這句話再次出現耳邊。

空間裡的萬花筒開始更大力的拉扯，所有物體在視覺上已經難分邊界，似乎萬物即將共體融合。用盡能感知到的所有力氣，做出最衝動的選擇。我跳下床，打開門，寒氣並不存在；我告訴自己，必須知道真相，必須明白此時此刻的感受是來自於何方？

我衝出房門轉向對話聲的方向，不過看到的只是一片黑霧，沒有任何人存在於此。

黑霧中長出的觸手筆直朝我而來，它們穿入我的肌膚，穿出，環繞感知。我的精神是完整的，是我意識中最後的話語。

『做好準備，做到最好，別讓任何事物影響你。』父親眼鏡裡反射年幼的我的倒影，他總是帶著一個大大的方眼鏡，看起來像老師。小時候我並不理解這句話的意思，我猜想：應該是告訴我們要做好防災準備吧。所以我養成了一個習慣，在隨身背包裡總會放著一個小型急救包。

我們從前的家格局很普通，有個小客廳，兩間房間，父母一間，孩子一間。在客廳跑跳玩鬧的我聽見了細微的嘶聲從父母房間傳來。我走近，偷偷地將房門打開。那是我第一次直視光嗎？

我轉頭看著後方的弟弟，突然覺得，好像在照鏡子喔。

火蔓延至整層樓，住戶們聚集在公寓外的庭園。母親牽著我和宗廷，大火熱得我的臉發麻，已經聽不到聲音了。消防車與救護車上的閃燈照亮所有外牆，閃燈的紅光比火焰還要再更紅。醫護人員走到我們前方，我抬頭，看不見母親的眼，只看得見她的嘴。

『他沒有逃出來。』她說。

一定是在看書時不小心睡著了。又夢到了那場大火。

不知道現在幾點。書被夾上書籤闔好放著。夢裡延續而出的恐懼感，很快被旅館帶有的氛圍掩蓋。伸了個懶腰，側過身去翻找背包裡的手錶。

『醒啦？』博士的聲音幾乎與我翻身時感受到左手臂傷口的疼痛同時發生。他坐在書桌前，開著小燈。桌上放著幾本打開的書，他正在寫字。問了他現在幾點。『早上六點，早餐時間是九點半，你可以再睡一下。』找到電子錶，我看著上面顯示的時間，困惑。『南極比台北快五個小時，更準確來說，我們的位置比台北快了五小時又十六分鐘。』博士停下筆轉過身。『做惡夢了嗎？』

我搔頭。『昨天忘記打電話給你媽報平安了，希望早餐時會記得，如果我忘記你要提醒我。』他抓抓頭。忘記最好。縮回被窩，把手錶的時間調爲南極的時間後放到書的旁邊。

8

民國九十九年 七月 十八日

雖說是早晨，但帶著黃昏的感覺。我戴上手錶穿上大衣，陳懿在門口打了個哈欠，博士打開門，出發前往活動中心開始研討會的第一天。

「白色沙漠」的每個冰屋間沒有特別製造的通道，像散佈在冰冷大陸上的小點，獨立在雪地裡。我們走出冰屋時，看到其他人也各自走出，漫步朝中央的大冰屋前進。

第一天的首要行程是舉辦在活動中心三樓多功能廳室的說明會。多功能廳室看起來就像天文館的半球型展示廳，椅子圍繞著中央講台，圓弧的天花板既是觀景窗也是投影幕，當然現在是觀景窗的狀態。

羅曼負責主持說明會，陳懿領著我坐到圓弧倒數第二圈的某個位置。椅子的舒適程度好比電影院，甚至再好一點，你可以拉動一旁的把手讓椅背躺下。

大家陸續就座，中央講台升起了一個由三面螢幕組成的角柱，好確保坐在任何面向的人都可以看到。

簡報不外乎就是些乏善可陳的行程簡介，哪一天，要去哪裡。陳懿似乎不太放在心上，我是蠻感興趣的。洛克伊港與「白色沙漠」都位於昂偉爾分島上，要前進到內陸或南極洲的其他地方必須經由飛機或船，旅館提供了兩台私人直升機，方便我們前往各個研究站。這長達數天的活動圍繞在三個研究站跟周邊環境：一，位於烈日島的洋流研究站。二，佛朗西斯島的動物研究站。最後是每位研究者都期待，南極磁附近的沃斯托克考察站。

研究活動的說明有太多的術語和專有名詞，基本上聽不懂，於是我們在開始講解複雜繁瑣的話題時偷偷溜了出去。

『基本上，我爸希望我們可以一直待在住的地方，可能參加一下旅遊團的活動。上次我好像是這麼做，前次也是，只有第一次跟著他們到處跑，他們會分組，我都跟著我爸那組。很累，露營，在研究院做實驗，看一堆東西什麼的，而且太冷的話，我會動不動流鼻血。』她好像想繼續說點什麼，但停了下來。我們繞著圓弧走道，不確定是誰跟著誰，她總看著前方，我則四處張望，旅館裡擺了許多熱帶植物，都是塑膠做的。

妳的左右邊有什麼特徵可以區別嗎？這問題從我的嘴裡蹦出，不知道它從何而來？總之，打從早上看她打哈欠到坐在她對面吃早餐，我一直想著這個問題；而這漫無目標的散步時間似乎是把它丟出來的好時機。

陳懿停下腳步，她仍望著前方。接著，她拉開左手的袖子。『你爲什麼會問這個問題？』從她的左手手腕，延伸至手臂，佈滿了長長短短的割痕，那是自殘造成的痕跡。

一時之間，我無法回答她的問題；開始覺得自己很蠢。她就這樣看著我，不發一語，好像在等著我繼續問下去。最後，另一句話從嘴中溜出，和問題一樣沒怎麼想過的天外飛來一筆。

這樣當妳不小心左右顛倒的時候妳就會知道了。

說完，她噗哧一笑。這是我看到她最眞心笑的一次，至少是我感覺到最眞實的一次。記憶在這裡被硬生生的切斷，畫面停留在她背光的笑顏。

到這裡，我們已經很接近真相了。可維持在心靈內部的書寫狀態已將我逼入絕境，那些無法表現出來的情緒就像惡夢一般發生在現實，我不夠聰明，無法預期這麼做的代價。抽離與當下的共存反而替祂們打開通往我心靈的通道，意識到已為時已晚，必須前往更安全的地方，好繼續書寫。

既然，我相信大家對於卽將發生的事仍感到一頭霧水；但如果你很享受這段過程，也有所期待，別擔心，你並不奇怪。我們在某程度上都沒那麼與衆不同，只是比大部分的人更接近祂們一點；這是好是壞？就看你怎麼想了。

首先，動機。地下黃昏是一個組織，他們的淵源可以追溯至二、三〇年代的西方邪教，克蘇魯異教。大部分的人與《虛假之書》裡的先驅H.P. Lovecraft是這麼稱呼他們。他們將這本書稱爲「死靈之書」（Necronomicon）。聽起來更嚇人吧，我想。

基本上，克蘇魯異教隨著時間推移，科技、哲學觀念上的發展逐漸被抹消。教徒志在開啟連接虛無世界與現實的大門，將他們崇拜的舊日支配者『克蘇魯』給召喚至現實，取代現有的統治者。而舊日支配者也承諾，給予祂的信徒永生及意識上的升級。

但對於生活在物質社會的信徒們來說，這不是件簡單的事。教徒們透過操作集體意識達到目的，跟所有的宗教一樣。他們使用古神流傳下來的禱文、群體專心一志的信念，旁觀者產生的恐懼，來拉近虛無世界與現實的距離；在歷史上，他們有成功幾次，但都被阻止；因爲旁觀者中不只有笨蛋，也有願意面對恐懼的勇者，冒著被貼上瘋狂標籤的風險，將自己的所見所聞傳達到社會之中。

新阿卡姆號船尾紅色貨櫃裡的機器——克勞福德移像儀，在二〇、三〇年代的美國製造出第一台原型，因爲機器的恐怖效用，當下有位明察秋毫者將它破壞，可這不代表著它成功破壞了這台機器連接的世界，也沒有破壞對那世界帶有信仰的群衆。機器殘骸與研究報告在八〇年代被人重新挖掘，研究再次展開，這次他們學聰明了。以群體方式組織，隱藏在人群之中。千禧年後的科技革新日新月異，破舊的古董機械經歷重新改造、更新多次的淬鍊，終能夠輕鬆發揮它的最大效益：將人類意識短暫的與虛無世界生物的意識交叉連結。

毀滅一個信仰的方式聽起來很普通：將它包裝成一個謊言。透過闡述眞實來包裝成謊言；這也是先驅們發現加以利用的方法。英文有一個詞彙是 make-believe。創造出來相信。創造出一個用來被相信的事實。儘管它感動了多少人，觸動了多少人，在他們的心中，眞實的仍是自己。

透過大量散播克蘇魯異教的事實達到對於大衆心中的 make-believe 效果，再加上科技步步建築起來的虛擬世界，教徒心中的信仰開始被抹滅，新型態的誘惑，可比那種遙不可及的大毀滅更容易被期待，更簡單被取得。

但剩下那些能夠持續相信到現在的人，可相對難纏上許多。地下黃昏。『Un-agl

Sam'fhta』。他們動機中的一部分··分享。強制性的。意識拓展所帶來的歡愉。絕對的制高點，絕對的制裁；他們不再是那些只想要自己獲得永生的異教徒，他們所做的選擇不是爲了讓自己更強，而是爲了讓所有人／世界成爲他們相信的更強、更好的樣貌。

諷刺的是，這跟現在領導一切的資本主義也好，民主信仰也好，都是一樣的方式。因此給了他們成功的空間。Make-believe 也成爲他們的工具。他們知道，一旦開啟了門，人便會開始不由自主地走進去。只要看了一眼門後的世界，就來不及回頭了。已知。

那我的動機呢？爲什麼會認爲必須書寫，爲什麼會在那裡、會在這裡？我想，是因爲陳懿吧。有那麼一點喜歡她吧。而對她的喜歡，與我對於世界的逃離重疊在一起。很無聊吧？諷刺的是，正因爲有這麼一點喜歡，跟她一起經歷的這一切對我來說一點都感覺不到強迫……

回到正題，我和陳懿與地下黃昏正式的第一次接觸發生在不久之後。說明會結束後，我們都不知道可以做些什麼，於是我們用了幾天的時間參與普通的旅遊活動；冰川划船、企鵝觀賞、極光之夜，還有雪地烤肉。『不知道幹嘛的時候就應該做一些笨蛋才會做的事啊。』她這麼告訴我。

另一方面，博士與研討會的大家開始了正式的行程。他們分成了兩組，陳博士、羅曼、美國研究員、日本氣象局一組。春日部桂一、費多羅夫夫妻、大陸以及印度學者，還有剩下的人一組。他們分別開始對自己研究的主題、各個觀測站所提供的資料下手。

關鍵事件發生在討論會開始後的第三個夜晚。在南極內陸探測到一團巨大的溫室氣體，這團氣體如同蟲洞突然出現給所有人帶來了驚喜。因此他們決定將最後一週前往沃斯托克考察站的行程提前，並由研討會的核心圈成員前往，其餘的人留在「白色沙漠」與「新阿卡姆」上分析、研究傳回來資訊。

他們當時是這麼形容這團氣體：『這彷彿一個潛伏在地底的巨大生物進行了一次久違的換氣。』

好，我準備好回去了。你們呢？

9

我和陳懿站在三樓的觀景窗看著載有陳孝銓博士與其他人的兩台直升機起飛離開白色沙漠，沒多久便颳起了暴風雪。考察站與我們唯一的聯繫方式是透過船上的無線電與幾台研究用電腦；博士告訴我們，如果想要來沃斯托克參觀要等上幾天，他們大致忙完會重新安排行程。我一直很期待能看看真正的氣候觀察站。

博士不在期間安排了兩位保母照顧我們；雖然團隊裡還有幾位台灣人，不過博士與他們感情不太好；負責照顧我們的是來自大陸的學者：余海波和符雯。兩位都是博士以前的學生。

過去博士在上海任教過一段時間，當時陳懿還是個小嬰兒，一家人住在上海；所以兩人從陳懿很小就認識她了。倒是她不太記得他們。余海波跟符雯都是中華民國氣象局上海颱風研究所裡的學者，都二十八歲。余海波專攻洋流變化相關研究，符雯則是理論物理學家。兩人從大學開始交往，感情相當不錯。

說是保母也沒有管我們太多。大多時間他們都待在船上分析考察站傳回的數據，除了用餐跟睡覺外不會出現在旅館。當天傍晚，風雪轉小。我和陳懿在活動中心晃了一個下午，大多的樓層與房間都晃過了。她提議，晚餐過後可以一起去船上晃晃，順便看大家在做什麼。我猜她應該是想知道博士那邊的情況吧。

她從餐廳偷了兩瓶紅酒放在我的背包；我們計畫在關心完大家後，到後方甲板上一邊看風景一邊喝酒。我從來沒有碰過酒精，她我不知道。晚餐後我們跟著大家一起坐上接駁車前往洛克伊港。

「新阿卡姆」仍停靠在港口外圍，船體外結了不少冰霜，還有些企鵝跟海豹在船周邊徘徊，因爲船長會餵牠們吃魚，遊客也會。

運作中的觀測中心充滿數據聲，細微的鍵盤敲打、雷達、聲納、儀器指針的震動、人們小聲的對話、書寫、腳步；嚴謹的波動在牆壁間傳遞著。我們跟著余海波走上第二層，無線電傳輸基地就位在第二平台中間，余海波跟符雯正好是主要負責通訊工作的人。

海波調整頻率旋鈕。『新阿卡姆呼叫沃斯托克。』他用中文。一小段雜訊後，對方回覆，是博士的聲音。『沃斯托克收到，是海波嗎？』『是的，老師，您女兒想跟您通話。』『好。了解。』海波將麥克風遞給陳懿。

『爸，我們什麼時候可以過去？我幫宗諺問的。』『等天氣穩定點，我們這邊的風雪更大了，你們那應該轉小了吧？』『好吧。』她回頭看著我，不太確定該給她什麼表情。『宗諺很無聊。』『少來，你才覺得無聊吧。還有什麼事嗎？』『我不知道。』『沒事就把麥克風給余哥哥，我有些事要跟他說……還有，不要亂跑。』她把麥克風放回桌上。

『老師，等我一下。』海波對符雯比了個手勢，她打開抽屜，拿出一隻無線窩機。『你們應該不會分開行動吧。』她把窩機遞給陳懿：『這隻最遠只能傳導到住宿的地方，你們去哪都要跟我們講，我們會每小時確認你們的位置；小懿，有聽懂嗎？』陳懿翻了個白眼：『我連西班牙文跟俄文都聽得懂，怎麼會聽不懂你們不標準的普通話？』她拿走窩機，看來她不喜歡他們兩個。

『走吧。』她拉住我的手要離開。我看到海波搖搖頭，符雯對他說：她以前很可愛的呀。之類的話。我問陳懿不想了解一下博士那邊的狀況嗎？她回答：『我一直搞不懂這些人想要什麼，這也不是官方的組織，他們在做的事都已經有人在做了。我猜，只是有人想要弄一個諾貝爾獎而已。無聊。』下樓後，我們在樓梯下方遇見了費多羅夫先生；陳懿過去跟他要了一包菸。

「最佳」香菸的包裝是白色的，開口處有條金線環繞盒身，紅色的字樣『Оптима』

寫在正中間，下方印有兩片小葉子作爲標誌。陳懿將盒菸打開，這包菸不是全新的，裡頭散亂幾根，她將唯一一根倒著放的拿出來叼上嘴。

拉了兩張有靠背的塑膠椅出來擺在甲板正中間。照亮甲板的光源主要來自貨艙的窗口，影子被光拉得很長，長超過甲板延伸至大海之中。風雪過後的天空更加明晰，在南極特有的永夜之日中，有兩週的時間可以看到月亮，兩週沒有，研討會這幾天剛好包含了看得見月亮的那兩週。太陽依舊掛在天空的下半方，散著的淡色橘光；月球則是在左上方，殘月。之前都被雲擋住了，我第一次看見南極的月亮。

陳懿拿出紅酒還有兩個塑膠杯。她把塑膠杯塞到我手裡。『你有喝過酒嗎？』她脫下右腳的鞋子；土黃色的皮靴；把紅酒瓶塞進靴子裡，拿著鞋頭，用力往地板一打，碰一聲。沒什麼變化，我冷得打哆嗦。她皺眉，拿出放在外套口袋的打火機，點燃嘴上的香菸後，稍微燒了一下瓶口，再一次；這次發出清脆的『啵』聲。軟木塞彈得老高，可惜沒打中海鷗。她相當熟練地一邊旋轉瓶身，一邊將酒倒入塑膠杯。

『我從來不覺得這樣很酷，也不是要刻意惹別人生氣或證明自己；是先有需求，在尋找解答的過程中找到了一些方法。是因爲需要，一步一步來，至少在做這些事的時候我覺得自己離答案更近了。』我問她爲什麼會做這些理應被禁止的事，她回答。

原來，酒的感覺是這麼溫暖，喝了幾口後身體不再發抖。紅酒帶有一點苦味，苦中又切割出了酸與甜，但主要還是苦。溫暖中又帶了些溫柔，這溫柔卻有些難受，或許是因爲理智被稍微的麻痺後想起了很多感覺；爲什麼這些感覺會隨著時間被掩蓋？想起了小時候，吵著媽媽要買玩具。想起第一次被罵。第一次跌倒。第一次做了些什麼而被肯定。

可能就是她所說的需求吧。於是我跟她要了一支菸。需要將自己與世界拉開，才能好好看見自己的樣子。『你要把菸吸進去，先吸一口，讓它進去你的嘴巴，然後再呼吸。』菸的感覺很暴力，灼燒感讓我咳嗽；咳了幾下感官再度回歸。一切似乎再次被分割得更細，像剛抵達南極，流了血之後。

貨櫃被移走後的地板明顯分出了兩種顏色。原先連接的管線也跟著一起消失，木板上有拖動的痕跡，由灰塵構成；還有些像油脂一樣的殘留物在木板上乾掉、凝固。

好一段時間我們沒有說話，默默地喝酒。第一瓶喝完，我告訴她在接駁車上發生的事、感覺到的事。茫然的狀態讓我想起她當時的可怖表情，而逐漸與她現在的臉重疊。

『我有過類似的感覺，聽你這麼一說，我才想起來。』她改變坐姿，往後坐，雙腳腳掌放上椅子。『我做過一些怪夢，但記不得有做夢。』記不得的話，怎麼知道有做過？我問她。『我做夢的時候會磨牙，早上醒來嘴巴會痛。前幾次來的時候，每天起床嘴巴都痛，但記憶都是一覺到天亮。』那妳這次有嗎？『沒有……對，因為這次你來了。』她看著我。眼中充滿不可思議。『換你了。』她說，這三個字讓我感到毛骨悚然。

『對，對，我記起來一些事了。』她再次改變姿勢，把腳放下，雙手撐著椅子左右兩端。『我為什麼會忘記？』我還沒回話，她又接著繼續說，像在自言自語：

『□□□□，□□□-□。』

斷電時發出了一聲長達三至四秒的聲響，蓋過了陳懿講的話，我看見她的嘴型。完全黑暗幾秒鐘後，光亮瞬間回來。她看著我，周遭變得相當安靜，觀測中心的聲音節奏完全不見了。其他人呢？大家停下了動作？有意識到剛才幾秒鐘的黑暗嗎？

『快，回去旅館，我有東西要讓你看。』她站起，把後背包塞給我。

她拉著我的手快步穿過貨艙，由於被控制著方向，我的專注力變放在周遭的人身上；

所有人都停著，彷彿不在現場，唯一在現場的只有他們的視線，每個人都對上我的眼睛。『危險，你太有同理心了。』走出貨艙時，她急煞車，我在撞上她前被她用雙手捧住我的臉頰。『你看著我就好。我跟他們不一樣。』

我們繼續前進；所有人都是怪物。『好險你記得，我就知道你有辦法記得。』一邊走下連接船的長梯，沿途刻意不去意識周圍的視線。踏上雪地，風雪已完全停下，連海風都感覺不到；往港口的方向前進，眼前是一台雪地車。

『上車。』她坐上駕駛座，車上插著鑰匙，發動。雪地車在極地上奔馳，四周平緩沒什麼起伏，遠處活動中心的大圓頂越來越高。太陽跟月亮在我們左方，它們是唯一跟著我們的東西。

『鑰匙？』她說。『冰屋鑰匙？』我翻找，最後在底層找到。她鬆口氣：『好險。』接著，一個急轉彎，將方向駛離活動中心朝住宅區前進。雪地車有個很固定的行駛聲，達—達—喀。那一聲『喀』象徵履帶繞了一圈。抵達住宅區，急煞車，她把雪地車停在我們冰屋旁，一把抓走我手中的鑰匙，跳下車衝去開門。鑰匙插入到轉開不超過一秒鐘，衝進冰屋闔上門。

停在門口大口喘氣，不解地看著陳懿。『暫時安全了，沒人發現我們進來了。』她給我們各倒了一杯水，我問她要不要喝第二瓶紅酒，她瞪了我一眼。『那個要留到之後，除非還能偷到。』

走進臥室，她直走向衣櫃，打開拉出行李再打開，小心地翻找，像在偷翻另一個人的行李。『幫我找，一個大概這麼大的盒子。』她手比的尺寸蠻大的，她的行李只是個登山包，看起來不會找不到。我幫她翻了一下，索性把東西全部倒出來。沒有。

『我們住幾號房？』她記憶力似乎突然變得很差。『二三七。』『鬼店，對。』她又記起了什麼，從剛剛開始，陳懿轉變成一個異常積極的人，疏離與抽離完全不見了。因爲喝酒嗎？『打字機。快。找一台打字機。』

我在客廳大書桌下方的儲櫃找到那台打字機。她把我推開，把打字機丟出來：拜託，都找這麼久只是爲了丟它？她伸手進去櫃裡翻弄，聽到撕膠帶的聲音。盒子出現了，上面貼滿絕緣膠帶，只是一個普通的衛生紙盒，還是飯店附的。上面印有「白色沙漠」的商標，一個三角形金字塔。

『忘記爲什麼會藏它了，可惡。』感覺到她眞的生氣了，將盒子打開，裡頭放著一本書。『死靈之書』上面寫著中文，翻譯出版品。阿卜杜·阿爾哈茲萊德著。她拿出書時，兩人同時注意到了那張隱藏在盒子底處的黑色小卡。我們看著小卡上顯現的字跟符號。

『Un-agl Sam'fhta』

符號上顯現不存在於現實的光，活著的，扭動著。

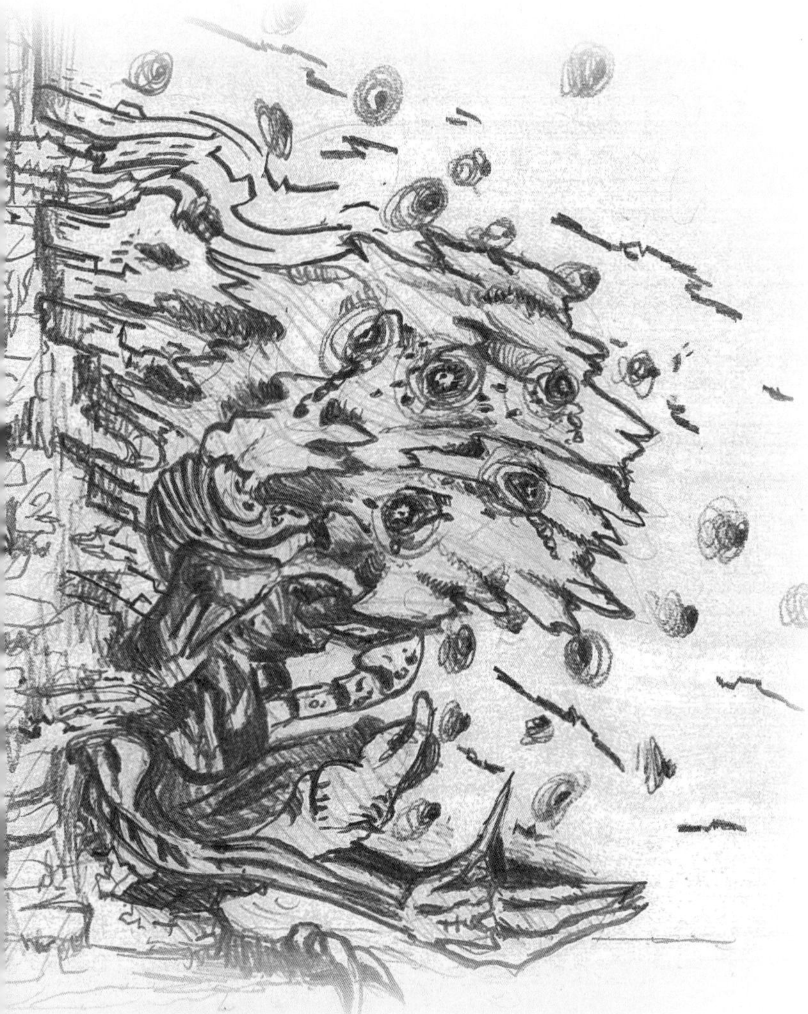

從黑卡延伸出幾何邏輯細線，不合常理的佇立於空間。我伸手想觸碰，卻被陳懿阻止。『現在要告訴你的事，是關於我兩年以來所調查這個研討會不尋常的一切，還有我父親的轉變。』現在的陳懿非常當下，相當篤定，沒有一絲懷疑。

『這本書是在師大的一間二手書店找到的，被放在最不起眼的角落，陳落在底層，前面還擺了好幾本書，似乎有人不希望它被發現。書店都有記錄哪本書是誰的，我問了店員它來自於哪；店員告訴我：這本書放很久了，捐贈者是一個叫陳明春的人。』她的口吻像在訴說一個在腦海排練過數次的故事；她打開書，要我看書封內裏上的文字。陳明春，旅美博士，人類學家，畢業於清華大學，本書的翻譯者。

『陳明春是我過世的爺爺。』我感到一陣冷顫。相當不自然。她開始翻動書頁，一邊說，一邊指著相對應的頁面引導我閱讀。『「死靈之書」是一本神話典籍，類似聖經的架構，講述著關於古神與舊日支配者的故事，還有祂們的教徒。此外，還有許多傳遞的哲學，透過信仰與崇拜的特定儀式換取生命的解答。』她指著書頁上的文字——『在拉萊耶的宅邸中，長眠的克蘇魯候汝入夢。』

『「死靈之書」不是由個人完成，它是一個集體創作。公元七三〇年，阿卜杜．阿爾哈茲萊德。公元一二二八年，奧洛斯．沃爾密烏斯。一五八五年，約翰．迪伊博士。一九二四年，霍華德．菲利普斯．洛夫克拉夫特。一九七二年，陳明春。每一位翻譯者都會在故事後寫下更多關於這些神話的當代見聞，有些是警告，有些是頌揚。』陳懿解釋著。

我閱讀著書上的文字，關於夢境的既視感插入思維之間；曾經見過，曾經感受過這樣的氛圍。

『沒時間慢慢看了，』她把書拉到面前，我們仍跪坐在客廳的大書桌旁，像在膜拜什麼。『這邊是重點，跟我們有關。』

『……人類學是一門同時站在社會頂端與底層的學問，不停思考的有兩個問題；一是，過去的人類是為什麼演變成現在的樣子？二，人類未來該何去何從？……宗教與神話一直讓我有所著迷，它們象徵傳承，也象徵期待。若不相信有神，人會往天上飛嗎？……我赴美後以少數民族的宗教信仰、未社會化的聚落宗教作為研究重點；也因此認識了他們……』

陳明春直白地講述自己的見聞；我想，陳懿說的頌揚者，他就是其中之一，聽起來就像春日部。

『……成功隱藏自己，沒被抹滅的教徒給我看了這本書。我當下就被書中所敘述的神話給深深吸引，同時也意識到這份深耕在西方世界的古文化沒有被流傳到亞洲。有那麼一瞬間，我感受到強大的使命感……上一代的作者洛夫克拉夫特被教徒們稱為警語者。他在書中描述各種對抗他們的方式，將舊日支配者視為世界的敵人。但這些教徒開放性之明，他們沒有憎恨他，反而利用他的語句彌補缺失，成功將信仰傳承到了未來……我發現，教徒當中具有混血者，這相當不得了啊……宛如希臘神話海格力斯翻版，活生生的證據……克蘇魯後裔與人類……讓人恐懼，卻又深深著迷……』

陳明春講述許多他深入這個宗教，並與教徒們互動的經驗，內容相當離奇；翻閱到某頁，陳懿出手停下來。這邊是重點。

『……Y'lloig ehye……在移像儀運作涵蓋的範圍內，說出這句真言，便可踏入神靈在的彼界。多麼神奇的一件事……跨越語言的存在空間，情緒共享的五維世界。神靈們的聲音成為共通語言，語言則成為一把鑰匙……但我很遺憾地發現，若非將自己的信仰貢獻給舊日支配者，否則您無法留有存在於彼界的記憶。像夢一般的體驗……於是我決心捨棄亞洲血脈中留存僅有一點的信仰，決定全心踏入；不是為了私利，為了研究，為了傳承……』

看向陳懿，陳明春寫下的奇特語言逐漸與她在斷電時的口型重疊，接著我的夢境，直到我開口說出那句『Y'lloig ehye.』，想起了所有的夢。

她對我眨眨眼：『想起來了嗎？還沒結束，把握時間。』反覆翻著書，書寫停留在陳明春個人的片段，當時是一九七〇年代，與現在整整有近四十年的差距，他們不可能毫無進展。

憶起在飛機上的夢，還有在海岸線所看到的……怪物？是『混血』嗎？我知道在飛機上夢到的巨物是克蘇魯，而船上夢到的雲霧是猶格；但爲什麼？身爲一個局外人，爲何被引領至此？正準備開口向陳懿說明憶起的遭遇時，她開始說起她的父親。

她口中描述的情景同電影般鮮明，我閉上眼就能看見博士在她描述的場景中走動；這就是彼界？好像可以理解他們追求的世界是什麼樣子。

『別閉上眼，很危險。』她搖動我的肩膀。我們的姿勢稍微改變，不再跪坐在書桌前；我們坐著，用手撐著地毯。

在母親離開之後，博士的心情看似並沒有轉變，但許多小細節讓陳懿發現爸爸其實很痛苦。像冰箱會更常忘記關，以前總是媽媽幫他關上，她幫忙時總會多說兩句；像洗澡時會忘記帶毛巾，客廳地板經常產生新的水漬；像電話總是等到答錄機放完媽媽的聲音才去接起，現在已經沒什麼人用答錄機了，但機器卻始終保持在打開的狀態。

三年前，那時是陳懿第一次見到羅曼．威爾考克斯。他穿著西裝。電鈴響，陳懿踮著腳透過監視孔看見羅曼的臉。他投以微笑，知道自己正被觀看；他用著流利的中文：陳明春在家嗎？

博士打開門，她站在一旁看著；這也是他第一次見到羅曼。他的年紀比博士大許多，更接近他父親的年紀。博士告訴他：父親已經過世了。他脫下黑色牛仔帽，將帽子放置在胸口：我很抱歉。他說。沉默幾秒，博士主動請他入內。『那我只好跟你談了。』

博士走到廚房，打開櫥櫃，拿出很久沒用的茶具與茶葉。陳懿躲在玄關看著。一個說中文的白人，令人好奇。博士將茶葉與熱水隨意塞入茶壺裡，隨手洗了兩個馬克杯，帶著羅曼走進書房。書房裡有爺爺的茶桌。

她拿了本書，搬張木頭餐椅到坐到靠近書房的走廊前；從這裡就聽得到他們說話。父親與羅曼的對話從中文轉成英文，最後西班牙文。當時她還聽不懂，只從中文與英文的語句得到資訊。羅曼是爺爺在美國讀書時認識的朋友。

羅曼離開時已經深夜，陳懿早就在椅子上睡著。博士在羅曼離開後把她叫醒，告訴她要睡去房間睡。隔天午餐，父親久違自己下了廚。他告訴陳懿，羅曼提供了他一個獨立研究機會，原本是打算給爺爺的，但他們有快三十年沒聯絡，所以不知道爺爺過世的事。總之，這個研究需要去到南極，在台灣暑假期間，而他決定參加。陳懿當下沒說什麼，只是聳聳肩。接著，博士問她，那段時間有沒有同學或朋友家可以借住，她搖頭：『我在學校沒朋友。』

四個月後的暑假，第一年。陳懿放了兩本西班牙語文書進行李箱，壓在暑假作業正上方。大部分的時間她都在練習西班牙文，旅程中遇到的人都多少會說一點，甚至比英文還通用。大家在說英語時都感覺戰戰兢兢，而說西班牙文時顯得更像個人。冰川行走、登雪山、賞鯨，各種時刻她總書不離手，更有趣的是，當發音發錯時身邊的人都會好心的糾正。

賞鯨完後的晚餐，觀光團隊與研究團隊在餐廳會合，分享彼此的成果。她在偷嘗雞尾酒時認識了費多羅夫先生，他請她抽了一支菸，她決定回台灣後要開始練斯拉夫文。

她連在夢裡也在練習西班牙文，經過大約十天，已經可以開始簡單的會話了。

夢裡，陳懿的後腦緊縮，酸麻的感覺讓她煩躁；她坐在冰屋裡的床墊上，看著不時穿過建築的黑色霧氣與眼睛。她決定拿起西班牙語進階。她的手指跟著書上的文字走，但嘴巴卻發不出聲；這時才回過神來，這個夢並不對勁。

她刻意避開飄浮在空間中的視線，不去看祂們比較安全，否則不安全感會將自己吞噬。她發現父親不在床上。試著下床，可抓著後腦的張力不允許，她就這麼摔下床墊。痛嗎？她感覺不到自己的手，她想大喊，發不出聲。

陳懿努力撐起身體：『Alguien que me ayude！』誰來幫幫忙啊，用著剛學會不久的西文在心裡大喊。黑霧與眼睛越來越近，抽離的自我逐漸回歸。這時，她聽見父親的聲音。那是一段對話，用著英語混雜西班牙文，爸爸跟羅曼：

『這是怎麼回事？你還讓我帶女兒來這種地方？』

『這是你父親未完成的事，陳。我們需要你。我們嘗試過了，找了其他相同意識形態的人，他們撐不過「轉換」。』

『你爲什麼要騙我？』

『因爲你不親眼見到你不會相信。Ah……Y'lloig ehye.』

『不，這是邪惡。我無法接受，我明天就離開。』

一段沉默後，是腳在雪地上走的聲音，離陳懿越來越近；她蜷縮在地緊閉著眼，各種胡亂的想像畫面開始在眼皮後方跳舞；以一個不斷蜷縮的人爲中心，空間被切割成多面體，逐漸往中心侵蝕。

『要保護她最好的方式是和我們一起結束這一切，成爲舊日支配者的子民，這樣，你們父女都能夠回歸平靜……』另一個人的聲音擋下父親的腳步。『更何況……你不感到好奇嗎？這些研究的眞相，宇宙的眞理……Ch’ftaghu hrii cathg.』

她開始認知自己能理解那古怪語言的意思，第一句話——我的精神是完整的。第二句話……那是更加恐怖的語句，帶有控制的意圖，威脅與命令合爲一體，不敢去想理解到的感受，更沒有勇氣去確定那文字語意。

腳步聲完全的消失，不久，

『Y’lloig ehye.』是爸爸的聲音。

在完全失去意識前，她注意到那張被過分完美地放在床底下的黑卡。她拿起那張卡片，身體抖得厲害，可拿著小卡的手卻異常平靜，她翻過那張卡片。

10

我拿起黑色小卡，卡的質感與外界空間連結，數條有規則的幾何線條從卡片延伸至空間中，不是附著在空氣上，更像貼在空間中許多支撐現實畫面的隱形網格上，線條們依照著網格的規律附著，有明確的方向。

我想起另一張卡。翻找長褲的口袋，果然，在右邊口袋。我拉開陳懿右手的袖子，自殘的痕跡大剌剌地顯現在空間之中，數條如同鐵鍊的細絲連接著傷疤，往空間離散。『好奇怪。』她舉起手臂，看著細絲：『眞的左右顚倒了。』她皺眉，從傷痕延伸出的絲左右分開、來回轉動；我把卡片遞給陳懿：所以研討會只是個幌子，大家眞正的身分是『地下黃昏』的成員，目的是復甦舊日支配者？我問她。『不是復甦，是召喚。』陳懿說。『研討會也不完全是幌子，你還沒聽我講完。』

……在二手書店找到了「死靈之書」，最初是被陳明春的名字吸引。她站在書櫃前翻閱，這看起來像本科幻小說，裡頭描述的內容又硬核又複雜，非常不好理解，而且帶有許多個人情感，閱讀上有許多負擔。但還是決定買下來，應該是因爲緣分吧。

回到家後，她問了父親：爺爺是不是科幻小說家。博士很疑惑女兒怎會有這樣的想法，於是，她把那本書拿給他看。當晚，書房的燈亮著，三天後，她放學時向父親要書；他則說：不要看這種沒有根據又不健康的東西，他丟掉了。

她趁著晚上等垃圾車時，在回收箱裡找回那本書。這本書實在不好閱讀，但閱讀同時總會感覺到不少情緒。苦的是無法想通這些情緒來自哪裡。看著裡頭形容虛無的詩句，不知不覺哭了起來。每一次哭，她便在手上劃上一刀，刀痕雖淺，但止得住眼淚跟聲音。

第二年，父女兩人依照著上次的行程出發。「死靈之書」藏在行李的衣堆，她快把書看完了。她看到H.P.洛夫克拉夫特的最後一個片段。接下來就是爺爺寫的部分了。這年，她的斯拉夫語已經算是流利，她很順利跟費多羅夫先生要到了一包菸跟打火機；一個人坐在貨艙區後方，靠在窗旁，抽著菸，看著由翻譯者陳明春撰寫的最後一段。

『……我穿著黑袍，站在圓圈中心，其他人圍繞著我。手中拿的並不是火把或是利刃，而是各樣的怪狀飾品；那名混血者拿著一件冕飾，我想那件即是前人描述的古代冕飾。橢圓形的輪廓，前部高聳如同冠，金黃間混雜碎片般的銀，三顆不同顏色，紫、綠、紅的珠寶鑲嵌在前方，被三個圓圈圍繞，像是眼睛。混血者高舉著冕飾，祂慢慢將它戴上頭部，祂在我面前跪下，冕飾上的眼睛正對著我的腹部……對，是時候了……』

『Y'lloig ehye.』陳懿不假思索唸出那段她看到的文字，情緒一擁而上，眼淚迸出同時景象開始改變。原本空無一人的貨艙，出現了三個人。古斯、米思留，與父親。

一時之間止不住眼淚的陳懿，看就要發出聲音，她反射用抽到一半的菸去按壓自己的右手臂。疼痛倒挺眞實。眼淚停了下來。她丟掉菸蒂，躲到木箱後。不確定爲什麼一定要躲，空間中突然出現怪奇詭異之感。

回憶開始在腦中浮現，但同時被眼前發生的事分心；爸爸現在應該在前面甲板與大家待在一起呀，怎麼會出現在這？她露出一隻眼睛，看著在中央圓桌旁的三人。

博士坐在椅子上，古斯拿了個老舊公事包放到博士的面前，慢慢將它打開，博士的表情改變，非常震驚。在陳懿的角度看不到公事包裝著什麼，但可以看出來那東西發著冷藍色的光。

越來越多的回憶湧入，她也明白了自己將會**忘記**。書中描述狀態的文字開始在腦海亮起。反正也看不到什麼；躲回木箱後再度翻開「死靈之書」。開始看懂了，原來，要在這樣的狀態下看才能看懂。**同理心**。而且，眼淚不再流了。

『我想辦法在忘記前重看了一遍整本書。』陳懿說。『就是爲了這個時候。』她看著我。翻到前三分之一的某個章節，指給我看。這描述著某古老的種族掌握了時空旅行的技術；祂們生活在遠古的地球，有強大的科技。『祂們後來被人類稱作伊斯之偉大種族。』陳懿補充說明。

伊斯之偉大種族的時空旅行技術：祂們將自己的意識與各個時間點上的種族交換，這個技術是將生命腦中自然產生的意識，提取並昇華至超越時間的**狀態**，便將這些**狀態**透過儀器在宇宙裡尋找與之相似的頻率，加以取代、替換。而被替換的乙方，其意識將被強制傳送回偉大種族在遠古地球所存在的身體。

藉此，偉大種族在各個不同的時間點、世界中蒐集當地種族與環境的知識，而被交換的乙方同時也會被其他的偉大種族研究。

『轉換。』她指著書上的文字。『但這是較早的版本。』接著她翻到陳明春的部分。

> 『……克蘇魯後裔，或我該用他們的新名字「黃昏客」。……他們將偉大種族的時空意識轉移技術納為己用，他們捕捉剛完成轉移到人類身上的偉大種族，透過拷問取得各種資訊……你不會想知道他們做了什麼，我看到時相當害怕，但，身為人類學研究者的我想起了這門行業的根本，對於不同文化的尊重；人類史上，有不少未社會化的少數族群，有著人類獻祭、獵人頭等文化，這些文化在現在的道德觀下是愚昧的，但這何嘗不是他們原有的樣子嗎？為什麼我會那麼想改變它呢？這是原始的美……新的時空意識

轉移技術，透過進入彼界時生命產生的力量……噢，魔法一般的線條……多麼美麗。創造出意識共存的新興革命，舊日支配者的子民將穿越時空進入信徒的大腦，取代他們在彼界的意識，達到完美的隱藏。離開彼界後的意識會回復，從觀者轉為主體，而另一方則從主體轉為觀者；這是突破精神疾病的里程碑，可惜不能夠分享，因為若是沒有信仰，人類意識會在轉換時消亡……我有在彼界與祂們的其中一員談天，那是一場讓我永生難忘的閒聊……我也想要進行這個儀式，不只是為了研究……而是為了，愛。』

『不知道我爸做了沒，轉換……他在車上的樣子……很可怕嗎？』她問我。用盡客觀的方式去重新描述在車上看到博士演講時的樣子，注意到她身上散發出的絲線正一邊隨著她的思維抖動；不安。

終於，她開口：『我需要你幫我救我爸。』我想都沒想，點頭。『這個轉換儀式是可逆的。』她翻閱書頁，翻到洛夫克拉夫特的其中一個篇章。偉大種族的轉移是有時限的，只要時限到，兩方都還活著，便會交換回去。若其中一方死亡，剩下的意識便會成爲流亡者，永遠留在所處的時空。

『我有幾個假設，』她闔上書：『我覺得那個混血者手中的冕飾是新型轉換技術的關鍵，而爸看到的公事包裡裝著的是那個冕飾。要先找到它。接著，』換了一口氣：『接著，就是移像儀。要把我爸帶到那附近。』接下來呢？我問。『我們不可以睡覺，只要一睡便會離開這個維度回到現實，我們沒有對它們產生信仰，離開後會忘……』她說到一半聲音開始變小，窗戶外傳來在雪地的走路聲，不久，手電筒的光束通過玻璃照進冰屋。

『……你怎麼記得的？』她小聲問。不知道，難道我其實跟**祂們**很像？腳步聲離開，是來找我們的嗎？雪地車還有腳印應該很明顯。『或許他們看不到，或許我們想太多。總之，現在要避開任何人，不知道誰是其中之一。』

公事包最有可能在古斯與米思留的房間，但要進去需要鑰匙，而且得先知道房間號碼。我們整理著裝備，帶上認爲會用得到的東西。我檢查著背包裡的急救包。繃帶、紗布、碘酒、棉花棒。透氣膠帶。藥用酒精。

『誰會隨身帶著急救包？』她找到一根長鐵撬跟一個裝電池的假油燈。還需要武器。打開書桌各個抽屜，印象中剛才急著找打字機時有看到，最後，在右方上面的抽屜找到那把刀。一把銀色的露營刀，接近開山刀的大小，刀柄雕著冰山圖樣的花紋。我把刀收進口袋。

『換你開。』她把「死靈之書」放進我背包後，把雪地車鑰匙丟給我。

11

陳懿坐在副駕指導我怎麼開雪地車，她右手指著油門，左手翻找車上的工具箱，我們找到一把信號彈槍，跟四發信號彈。我成功啟動雪地車，這一切比在腦海裡想像得還要簡單上許多，我重複思考著開車時應該執行的動作，她則在旁邊給信號彈槍上膛。

已經離生活太遙遠了。

避開佈滿車胎痕跡的主要幹道，圓弧的朝活動中心前進；天上開始看得到一些星星還有極光；綠色藍色相間。開始感受進入彼界的作用力，實在太危險了，深入這一切。但一直擔心的是，我們會不會每過一段時間就更不信任彼此呢？陳懿打了個冷顫，她把身體靠向我，雙手縮緊，口中吐出一團白氣。

一路上沒撞見半個人，慢慢減速，把車停在車庫外。陳懿知道從外面打開車庫門的方法，有個安全箱，撬開有鐵捲門的開門鍵；她拿了一根鐵撬，感覺計劃過這趟路程很多次。

鐵捲門只開了個小縫，剛好趴著可以穿過；側身準備趴下前，背對著活動中心看見了整個天空與大地，那神秘的網格生長在整個空間之中，探入地底，直入深空，強烈的透視感；從仰角看，它們讓整個世界變成一個巨大的牢籠。

『你要來了嗎？』陳懿半身已經進入車庫，她把頭探出，並用左手拍拍我的腳。好，走吧。

不只餐廳，活動中心的各個角落都沒有半個時鐘，好險我戴著那只電子錶，再過三十分鐘就要午夜了。我們小心在活動中心裡移動，她用手遮著假油燈的光，讓光區只停留在腳下。這裡大部分的燈已經關了，只剩大廳的開著。

『我們得想個方法引開他。』再過一個轉角便到大廳，透過走廊前方的落地窗反射看到櫃檯裡的人。他是其中之一嗎？『就是因爲不確定。』她把假油燈關掉。看著手邊的道具，沒有什麼派上用場；我提議把盆栽推倒後從另一邊過去，這被否決了，原因是這樣他就會直接覺得有其他人，要是開始看監視器或什麼的就危險了。

『從確認房客跟房號，到拿走備用鑰匙，大概需要十分鐘。』她一邊說，一邊翻找背包。『這可以用嗎？』她拿出掌上遊戲機。可以用，只是很容易當機。她握在手中思考：『十分鐘……』她繼續翻，最後找到充電線。『想到了，我去引開他注意，他一走你就過去拿鑰匙。記得，電腦裡有房客資料，備用鑰匙放在後面最左邊的櫃子裡。』她說完就走了，還來不及問她打算做什麼。

蹲在轉角盆栽旁，看著落地窗裡的倒影，我必須專注；緊握著背包的背袋，確認插在褲頭的信號彈槍、口袋裡的兩發子彈。精神已經開始疲累，一旦如此，便會注意到空隙間的眼睛，抵抗著；不去看，就不會看到。

啪。一個細微的聲響從遠處傳來；我跟他都注意到了。倒影裡的人往另一個方向離開。我壓低身子快步移動過去，打開櫃台側邊的小門進入。電腦沒有上鎖，我移動滑鼠，從螢幕保護程式離開；一個類似表格填寫的程式開啟著，點下房客資料的分項，右邊的畫面轉變成好幾個小冰屋的圖樣。住宅冰屋有三十來個，分單人跟雙人、多人。古斯應該跟米思留待在同一間；雙人，二二〇到二二九。

『好了嗎？』陳懿突然出現在櫃檯前，嚇了我一跳。『他應該會離開好一陣子。』她透過櫃檯看了我一眼，走到側方小門。我問她做了什麼：『我把你的電動打壞，然後插著充電，等鋰電池自己燒起來。』這才是我熟悉的陳懿，平鋪直豎地說著傷人的話。『怎麼了？』沒事。回到螢幕前。她蹲到我旁邊。

『有了，二二三號房。』她站起身，轉向後方打開櫃子。發生得很快；午夜一到，電子錶發出嗶嗶聲，很短的兩個聲音，卻把我們嚇得半死，我跌坐到地板上，她則快速蹲下，手撞到了打開的抽屜，碰一聲。接著，一個聲音從大門處傳來。

『是誰？』是余海波。

不敢動；一股強烈的刺痛感從後腦向上爬、蔓延，我們看著彼此的雙眼，相同的感受。空間中的格線變得明顯，越來越多視線切入感官，紫黑色的小球從家具跟空間表面長出，某種屬於負空間的菌類。

另一個聲音從左側走廊傳來，是剛剛那位櫃檯。海波開始與他對話，櫃檯人員提到有東西著火了。專注力無法放在他們的對話，緊張瓦解了思緒，雖然坐著但雙腿顫抖。陳懿突然握住我的手，對我搖頭，她也不知道該怎麼辦，要如何脫離現況？

櫃檯人員靠近，但沒有朝裡面看，只伸手抓了電話，一邊跟海波說話一邊撥號。奇怪的不安，我看著櫃檯人員的後腦勺，卻覺得他在看我。

陳懿鬆開我的手，她微微後退，把手往上伸，要拿抽屜裡的鑰匙。櫃檯人員開始講電話，海波的聲音則消失了。緊握著信號槍的把柄，試著把離散的注意力抓回來，我們持續注視著彼此；她拿到鑰匙了！小心放入口袋後，指了指小門的方向並把鐵撬夾到腋下，準備爬過去。我鬆開信號槍的握把，轉身爬到小門前。她把門推開，推得很慢，別發出聲音。成功離開櫃檯，我看向倒影，櫃檯人員仍說著電話，而海波早已離開。鬆口氣。陳懿在前方，她稍微站起，壓低上身，快步走回走廊；我模仿她的姿勢邁步抵達走廊。

『好難受。』她抓著後腦：『人好像快要被抽走了。』應該還是要說吧？那句話。

『Y'lloig ehye.』不是我們的聲音。我反射拔出褲頭的信號槍，轉身朝向聲音。人影的樣貌看起來是余海波。他站著不動，窗外灑進的微弱藍光形成的光區貼齊他腳尖前方，完全看不到他的臉。

『少年，』海波的聲音和原本有所差距，低沉，用著更深處共鳴。『我等絕非惡。你是明白的。』聽著他的聲音，難以形容的複雜情緒在內部湧動，理智……我轉頭望向陳懿，她早淚流滿面。『你是誰？』她大喊。

『我等誰也不是，我等皆是**超越者**。』超越者，這三個字深入腦海，將一片巨大影像拉出；超越者是猶格．索托斯，眞實之人，一生萬物、萬物歸一。

『爲什麼要傷害我爸！』她一邊吸著鼻涕，一邊大喊，鼻血融在鼻水中從鼻孔流出。

『痛苦嗎？成為超越者，便能擺脫。永遠即將存在，我等將會成為永遠……N'ghaa n'nghai！』海波最後的大喊讓陳懿完全失去理智，我努力壓抑著翻滾的情緒，試圖讓自己保持專注，當我意識到，陳懿已經擊發從我褲頭抽走的信號槍。

火紅的信號彈發出巨大哨音，筆直地往余海波衝去，很快，信號彈擊中他的頭部，能聽見骨頭碎裂跟皮肉綻開的聲響；但他沒有倒下，他稍微後仰，停在那兒。陳懿抱住頭大喊，跪倒在地，鼻血已經流至下巴。我大喊她的名字，但她聲音比我更大；我用力抓住她的肩膀，大喊：Y'lloig ehye！

可以看見空間裡的網格顫動了一下，透視扭曲，重置。她停止哭泣，瞪大雙眼，呢喃著：『不要看我……不要看我……』

我看向海波的方向，他已站直，開始朝我們前進。他使用身體的方式，像他原有的肢幹不是這樣生長的，手肘彎曲成弓形，手掌朝外前後擺動，雙腳大跨步前進；散發著令人髮指的詭異。我再次大喊陳懿，但她卻只一再重複口中的呢喃。

海波經過光區時，我看到了，信號彈崁入他的左眼，但雙眼極爲空洞且黑暗，像戴著人皮面具。我拉住陳懿的手開始跑，她起身時鬆手將鐵撬丟落。海波的速度不算快，但陳懿也沒辦法好好使用雙腳，每一步都像是要跌倒般的前進著。『不可以……不可以！』她的呢喃越來越大聲，眼神沒有聚焦在任何東西上，像看著世界的另一面。

我們來到車庫，先放下她，然後把對走廊的門關上，這裡有不少裝礦泉水的箱子，我推了幾個擋住門。下一步得讓陳懿清醒過來。我知道怎麼做。我蹲到她前方，拿出那把露營刀。

對不起。我向她道歉，接著輕輕在她的右手臂上劃了一刀。隨著血滲出，陳懿的視覺回到這裡，回到我身上。她停止呢喃。我拿出急救包開始包紮傷口。

『謝謝。』她說，並用袖子把鼻血擦乾。

碰！碰碰！碰碰碰碰碰！急促的敲門加上轉動門把的聲音嚇了我們一跳。是余海波，箱子有起到作用，不過門被撞開只是遲早的事。必須趕快離開。

當我趴下，要從鐵捲門的小縫出去時，一隻手突然出現到，接著是頭。再次受到驚嚇，往後縮了一大步，撞上陳懿的腳。那是符雯。這次，陳懿的反應很快；在符雯的手伸進來要抓到我時，陳懿越過我用力踩了她一下。可她並沒有停止，反而更往前邁進。

『快幫我！』陳懿指著側邊的鐵捲門開關，我跳步到開關前，按下向下箭頭的按鈕。喀啪一聲，符雯的半身被壓在鐵捲門下；她扭曲身體，卡住了。但沒多久，鐵捲門的防壓功能開始迴轉，我快速按了中間的停止鈕後再次按向下箭頭，陳懿踢了符雯一腳，門再次向下壓制住她。我不停地來回按著按鈕，直到鐵門完全卡住不動。

鐵門開始發出吱吱聲，陳懿退了一步，接著，喀蹦一聲，後方的門被撞開一個小縫，海波的手從門縫伸入，要推開擋門的箱子。我和陳懿回到門前，搖動門旁靠在牆上的鐵櫃，鐵櫃並沒有固定在地上，但整體的重量太重了，實在難以搖動，只拉開了一點空間。『過來！』她隨手撿起一根雪鏟，插入鐵櫃後方的細縫；海波推倒了一個箱子；我們合力抓著雪鏟把手，用力推動！櫃子失重倒下，完美卡在剩餘的箱子上，擋在門前。撞門聲停止了。符雯冷冷盯著我和陳懿。她從頭到尾沒有開口發出任何聲音。

『你看。』陳懿指著被推倒的櫃子後方。有扇老舊的木門，上方佈滿灰塵與爪痕。門自己緩緩向內打開，門後，是向下的石階。

12

木門非常的窄小，必須稍微彎腰才能通過。石階感覺非常古老，裡頭也不是完全的黑暗，階梯下方有微弱的光源傳上來，淡淡的紫色。

『還可能有其他東西追上來。』看著鐵捲門剩餘的細縫，人應該是不能通過，但外頭控制鐵捲門的開關沒有被破壞。觀察四周，陳懿很快從翻倒的鐵櫃下找到一條繩子，我幫她爬到其中一台接駁車的車頂，她走到上方的機關捲箱把繩子塞進去。離開前，我看了符雯最後一眼，她回看我，臉上滲出鮮血，仍像隻死魚瞪著。『啊不就好險這個鐵捲門很爛。』陳懿冷冷說了一句。

踏入石階，一股暖流從底部蔓延而上，就像在吸引我往它移動。陳懿也感覺到了，她抓住我左方的手臂。一度以爲她壓住了我的傷口，但當意識到產生的幻痛是來自右邊時，疼痛馬上淡出消失。

石階很長，終點看起來很小，看來將前往很深的地底。彼界的網格在通道中顯現的比外面更清楚，甚至可以分辨出它們的顏色，像是光譜的移動，由白轉紅、紅轉綠、綠轉藍、藍轉黑、黑轉白；一再重複。這些格子是什麼？我問她。『什麼格子？』我向她說明看到的景象，接著問她看到的彼界是什麼樣子。『好像世界一直不停瓦解然後重生，在每片空間瓦解的中心點各有一隻眼睛……某種，破圖。』

『意識的面向，』她說：『我們的意識可能面對不一樣的方向。看的角度不一樣；因爲你說過後，我似乎可以察覺那些格線在哪裡，但不確定。』

抵達底部，那是一個巨大的白色房間，正前方是我們看到的微弱紫光的光源。

「克勞福德移像儀」

外觀看似老舊的鍋爐組合鍛造工具，類似引擎的機關在運轉，古老外觀上又連接新穎的半透明管線，管線裡是紫色如霧的物質。霧的質感就像夢中所見；具有活力，像星雲。而最顯眼的是中間的半球體裝置。走進觀看，裝置裡是一個三角形陀螺儀。更內部是散發出煙霧的紫水晶。但最令人訝異的是，移像儀不只一台。一共六台，擺出一個完美的六角形。管線散布到整個空間，而格線在此地顯得更是清晰。這是遠超過人類視力可以觀看的畫面，只是去觀看，眼睛就開始感受到壓力與疼痛。

『這些不可能是從那小門搬下來的，這表示……』一定有其他的出口！『得先找到我爸。』他會幫我們嗎？『我不知道。』她握緊拳頭；也不能先想辦法破壞這些儀器，這想法產生不安，可能會因此導致更壞的結果。像死亡，或被困在這個世界。

管線匯集的方向似乎有其他路。假油燈被我們遺留在活動中心的走道；陳懿翻找口袋，拿出了那包香菸及打火機。她看了一眼菸盒，交給我。『放你包包。』她說，接著點燃打火機。『裡面的油我不知道還能燒多久。』她把打火機關上：『等沒光時再用吧。』我們沿著管線裡紫霧散發出的弱光往空間深處前進。

隨著前進管線減少，有些往上沿伸鑽入土裡；空間變得狹窄。色彩轉變的格線貼在通道的牆壁上，在光譜不常態顯現的顏色上停留越來越久，直至最後已經說不出那些顏色的名字。更加深入後，它們維持在一個不曾見識過的色彩上。甚至會說那不屬於我們星球。

『你覺得大人跟孩子有什麼樣的差別？』許久的沉默後，陳懿開口。大人與孩子們的差別，我想孩子遲早都會變成大人，問題在於變成大人後能不能記得孩子時的事。若忘記了，那就像沒有好好地活過一樣，失去過程，只留下結果。『我覺得他們的心常常不存在於所在的地方，因爲待在當下是件非常痛苦的事。』她說：『我可能早就變成大人了。』我跟在她背後，看著她的黑色短髮，腳下的管線剩下三道。

『好累。』我知道。『不是，我快睡著了。』她搖晃了一下，失去重心，我跨步往前接住她，她的眼皮顫動，就要失去意識。扶至牆邊坐下，她的呼吸急促。『好怕會忘記，睡著的話我還會在這裡嗎？』她開始變得抽象，抱住她身體的同時感覺到我正在失去她。不可以。我翻找包包，拿出菸盒，我問她，這有幫助嗎？

『我們好不健康喔。』她微笑，我跟著笑；她接過香菸，拿出打火機，點燃。『未成年不應該吸菸。』她深吸一口。『你要嗎？』她問我，我搖搖頭告訴她，我看妳抽就夠了。莞爾。

『應該已經超過那個儀器的影響範圍了，現在的感覺很奇怪。』就像在退，如潮汐，詭異感如覆蓋住沙灘的海水，正在離開身體。『你相信嗎？』她問。我不知道應該相信什麼。這一切像在夢中。夢……對了，我知道該怎麼做了。我離開陳懿身旁，她沒說什麼，只是看著。

我將雙手的手指互碰，四指在上，一指在下，形成一個菱形。尋找著空間網格之間的眼睛。回想船上的夢。開始了，眼睛回望著我，周遭開始扭曲、立體；祂走了出來。祂自彼界而來，如今我向彼界而去。

祂的長爪從格線間的細縫竄出，握住空氣，把自己從牆中拉出；祂看起來不是穿越牆後的空間，而是原本平面二維轉變成了三維。祂沒有觸碰我，我們眼神交會時，清楚感覺到可怖可憎的想像流入大腦。害怕沒有關係。

開始發展自我的想像，我和陳懿離開這個鬼地方，找到博士，我們見面後獲得他的幫助，最終我們離開南極，回到台灣。

我不斷重複想像，去覆蓋流入的穢物：被祂給吞噬、用刀傷害陳懿、被長爪穿刺身體，死亡。祂發出的雜訊像電波干擾著聽覺。聲音越來越大，直到聽不見一切。而祂的形象也越來越散，直到只剩一顆巨大的眼睛，所有能看到的就只剩一顆巨大的眼睛，周遭一切都在旋轉。不管如何，我都不會停止想像。

『胡宗諺！』陳懿的大喊加上她拉住我受傷的手，這兩件事讓我回來。周圍一切似乎完全消失，看不見彼此，看不見詭異的格線，黑暗壟罩著，直到點亮打火機。『我剛才看著你，好像你就要消失了，所以我在只剩下一點點的你時，抓住那一點點。』她抓著我的傷口，血滲透過我的衣服。電波干擾的聲音延伸，聲音來自背包裡的無線電。應該早超過它的接收範圍才對；我們在哪？

身體感覺很奇怪，很輕，唯一的重心感受只存在前額，好像我不曾、曾不存在。

『可能是地磁干擾。』她拿出無線電，原來一直都開著。無線電關機。聲音停下。她舉高打火機探照四周。我們已經不在那深不見底的通道，這裡沒有任何管線與紫光；地上是土與泥，周圍是石塊與大地，古老且粗糙帶異味。

『南極點附近嗎？』她旋轉手腕，觀看不同方向，我們在一個地下坑洞中，許多被搭建的走道與洞口。搭建手法很奇怪，沒用木條支撐，支撐物是被刻得奇形怪狀的石頭。經過火光，鑲在石頭裡的綠色斑紋反射。『南極點在離我們那三千多公里遠的地方……怎麼會？』她轉頭看我：『你剛才在做什麼？』

我回答：在這個狀況下不是完全的絕對，或許能像夢中。於是我決定去接觸那令人畏懼的頻率，觸碰祂們的波紋，用祂們的方式移動。於是，不知不覺就來到了這裡。

『那你怎麼把我也一起帶過來的？我看起來，是你自己快要從那裡消失了。』
或許是因爲我一直想著妳吧。
她別過頭，我看不見她的表情。

13

它是個地下城市；可以看見每個房間都有著社會功能，問題是，居民呢？

『死靈之書有提過這座城，由一種叫做古老者的種族居住，這座城市沒有名字；古城在一九三〇年始開始與人類接觸。』陳懿將打火機舉向前方，沒什麼風，火焰非常堅定。更仔細去看，會發現這裡的格線不是不存在，而是完美與城市的美學貼合；格線即輪廓。

我們走到一個大圓頂空間，牆上佈滿各種雕刻組合的斑駁壁畫。畫裡可以看到古老者（祂們不是人類的外型，看起來像是一顆會飛的樹但頂部是花朵狀的嘴巴）從遙遠的星際來到遠古時期的地球發展，祂們創造地球上大多的生命，但同時也遇見祂們最害怕的敵人——克蘇魯與祂的星之眷族。不久後大戰開打。最後，雙方簽定和平條約，將地球分割成兩半，一半克蘇魯作爲主觀，另一半古老者爲主觀。

『壁畫就停在那了。』她一邊翻閱「死靈之書」一邊向我解釋。我們發現一張佈滿灰塵的沙發，拍掉後坐上去。她翻到陳明春的部分。

『喔不，天啊，原來有和平條約的存在！！！牠們為了達成目的把另一個種族趕盡殺絕，這是不對的！不管結果再怎麼美麗，我都無法苟同！我必須回到台灣，我必須揭發這一切！』

我明白這裡瀰漫的味道是什麼了。陳懿突然變得緊張，開始來回翻動書，非常專心地閱讀。沒過多久，『我覺得不太妙。』她闔上書。

『簡單來說，古老者除了人類外還創造出了另一種生物，用來奴役的，原本這部分應該在壁畫上卻被劃掉了。這種生物叫做修格斯，在一九三〇年時被目擊。這個生物原本是沒有思想的，不會思考只會接收，但不知爲何，修格斯突然有了思考，於是叛亂，幾乎殺光了所有古老者；後來只剩它們在這座城市裡生活。』她把書放回包包，拿起打火機，將我拉起：『快走吧。』我拉緊背包。

讓修格斯有了思考的可能是克蘇魯。離開大圓頂，進入一個公共設施區。許多像桌子一樣的東西，還有櫃子。我們從其中一個通道入口處聽到水流聲。同時，不知道哪裡吹來一陣風，吹熄了光源。『幹！』她反覆搓動打火石，但一直點不起來，快沒油了。我環掃四周，不是真的看不到方向，還能看到那些若隱若現的格線，格線形成的輪廓清楚告訴我應該往哪走。我拉著她開始往水源處去。四周非常安靜，直至被一個古怪的聲音打斷。

『Tekeli—Li！Tekeli—Li！』

再來是陳懿的：『不要！』

她用力拉了我一下。回頭，不可思議的現象在面前產生。牆上、家具上的綠色斑紋往外浮出轉變成眼睛，一團像液體的物質承接那些眼睛從石頭裡流出。是修格斯。我拉著她快跑，一邊分辨方向，可緊張和害怕讓我失去專注，格線又要消失了。

書上有沒有對抗它的方法？我問。『古老者曾用一種特製儲存能量的水晶，有點像我們在移像儀裡看到的；用來奴役並控制修格斯，現在生不出水晶，而且感覺它們已經不受控制了。』我反問：那克蘇魯怎麼控制它們的？如何讓解放者成爲控制者？

越過好幾個彎，水流聲越來越大，修格斯的聲音也越來越近。它們發出的：『Tekeli—Li！Tekeli—Li！』聽起來像壞掉的鬧鐘。

『會不會是，用**夢**？』

夢。我停下腳步，轉身面對迎來的修格斯。她站到一旁同樣轉身。綠色的眼睛從轉角處湧現。那團物質變得立體，數隻觸手四處胡亂揮舞。

我結成菱形手印，看著那堆綠色雙眼。它們如期回看了我。它們停下了移動。沒有任何的畫面插入腦海，它們沒有使用知覺、頭腦。它們正被操控。我用盡力氣將眼前的現實投射給它，那是發出微光的格線反應在它身上的樣子。

充滿光輝與轉動的光譜，原來這就是生命的樣子嗎？

我看了那美麗的畫面持續好一陣子。直到陳懿再次把我叫醒。『你看！』

修格斯起床了，它物質的型態開始轉變，長出了手、長出了腳，變成人的樣子。最後，它長出皮膚與衣物。它變成了他，一個小男孩。有著綠色的眼睛。

我鬆開手，望向那小孩。他微笑並向我鞠了個躬，開口說了些什麼，但我聽不懂。說完，他就蹦跳離開了。

『他說：我去叫醒大家，謝謝你，再見。我想那是南極語。一種土著方言。』我問她怎麼能聽懂。『我沒有聽懂，但我很明確感受到他的意思。很怪吧？』她笑了一下。笑的同時，格線有了反應，笑容被包圍，周遭形成一片像是雲彩的樣貌。『要走了嗎？出去找我爸。』

不知道為什麼，我開始哭了，好多的情緒想宣洩。『我知道。』陳懿安慰我。『現在我們有時間給你去感受的。』

我抱住她，宣洩出來。

14

流水從聲音轉成實體，可以在腳邊看到一絲細細涓流；不像人工引流，更像因冰川融化產生。

先前路上經過一個大上坡，通道裡的風由上方吹入，但上坡路被許多掉落的巨石封死，依照道路改變，我們離開那座地下城，走上一條人工修建的道路，看起來像礦道，牆壁上掛滿發著微光的燈泡，還有木條作爲支撐。

『我好睏。』格線在意識不到時消失，取代的是強烈的睡意與疲倦。陳懿抓住我的肩膀，險些睡著，跌了一下。扶著她到通道邊；或許該休息一會兒。蹲坐一邊，眼前流動的細水擴大成兩步寬的小河。我問她是不是還需要一支菸。

『香菸應該在需要的時候抽；每根菸都很重要，如果只是爲了讓自己好過一點的話，最後就會一點用也沒有了。』她翻了個大白眼抵抗睡意，伸手去拿我的背包，我斜肩讓她將背包取下；我看見她手上的傷痕，仍左右相反。

『現在需要的是這個。』她拿出第二瓶紅酒；我問，喝酒不是會更累嗎？『身體放鬆會將體內累積的能量釋放出來，被那個能量擊垮時理所當然會想睡，但如果好好感受，才有機會運用它。』說完，她脫下鞋子，一樣的開瓶方程式。

我們拿著瓶子輪流喝，你一口、我一口。酒精如往常溫暖，地底沒有地表寒冷，卻比較潮濕；我們流了不少汗，放鬆後感覺舒服許多。

身體感覺改變後的確更能專注在思緒上。視線些許模糊，看起來像兩個截然不同的世界正在分開。她打了個大嗝，把剩下一口的瓶子傳給我。

我專注在眼前的世界：礦道、水流、燈泡、恐懼、不安、陳懿、我。喝下最後一口。用手盛了一些融冰水，好好洗了個臉。精神回復不少，又能看見那些格線了；只不過維持在一個柔軟的姿態，好像隨時都要消失。

『換我背，走吧。』她背上背包，逕自往前邁進。礦道的出口是一道鐵梯從上方延伸而下，爬上鐵梯，推開木頭地板門。

地板門連結到一個小屋，裡堆滿被淘汰的儀器，還有裝廢料的生鏽鐵筒。小屋不大，少許光線透過細縫穿過堆積的雜物，創造出奇形陰影。眼睛一時間無法適應，一切都過度曝光。

她看準前方的小方窗，筆直跑去。她大喊了一聲「爸」。往窗外望去，不遠處有棟長方形的建築，建築前的藍色牌子用俄文寫著「Станция Восток」，沃斯托克考察站，眞的來到南極磁附近了。

在紅藍相間的建築前站了幾個穿著羽絨大衣的人正在交談，其中一人手上抱著一個圓形儀器。我認出博士的大衣，顯眼的黃色。她試著推開窗戶，但結冰阻止了她，很自然，她朝門的方向去。

冰的結晶型態吸引住我，靠近看，不再是以往認知的直線幾何，而是有些彎曲，像藤蔓。

『他們走了嗎？』她停留在門前抓著門把。『我不想嚇到我爸。』口氣異常冷靜。等建築前的人離開後，她輕輕將鐵門拉開。外頭飄著細小的雪花，天空比旅館那更亮一些。拉緊外套拉鍊，我們縮著身子往考察站前進。

一切會在這裡結束？還是會在此刻開始？我感覺不希望等一下的事發生，想閉上眼讓夢醒來，甚至寧願在此時此刻死亡好不用面對接下來的遭遇；各種惡想攻占思緒，但當我看向陳懿的背影，她那微微往後飄動的黑色短髮時，感受到她多麼堅定，看起來不像是第一次了。去面對。

沿著牆面往左方前進，到了轉角，她快速起身跳出去：『爸！』

建築物後方有許多小小的紅色圓頂從雪裡長出來。博士一個人站在圓頂前方，他轉身，看見了陳懿。他第一句話不是：妳在這裡做什麼？而是：『□□□□，□□……□□。』我沒有聽見那句話，也沒時間理解。只看見了博士的嘴型，還有陳懿的反應。

她的表情從痛苦轉變爲憤怒。

很多東西再次鮮明了起來，仔細看，空氣中的雪花不是由上而下的降落，而是由下而上的爬升。

網格變得更加綿密，集中幻化成波紋能量的質感。啊，我終於明白了，那團巨大的溫室氣體，沉默已久的龐然大物進行了一次換氣；彼界的主觀。自己的渺小、短視與無足輕重。宇宙本身對人類的存在漠不關心。

一切都集中到遠方……由於祂的巨大無法判斷距離。先看到了那個：物質，才注意到祂下方的巨大裂隙。所有格線的起始點，並不是格線，而是由祂散發出來的感覺；不是從裂隙裡冒出來的實體，而是意識當下存在於那個位置。而祂的存在感強烈到足以讓我看見祂本身的型態。

線條與光暈刻畫出來的形象，我很清楚。

『**Cthulhu**』

我說出祂的名字。

陳懿的憤怒像尖刺穿透空間，引起其他人的注意。核心圈的成員陸續出現，他們樣貌與余海波不同，身上仍有人類的感覺。大家圍繞住我和陳懿，不發一語，沒有人對遠方的巨大幻影有任何反應。

『很遺憾妳的父親不在這裡。』低沉且擴散的聲音從後方傳來；穿著黑色長袍的羅曼塡補圓圈的缺口。他說著中文，意外地標準。他雙手滴著血，血液從長袍袖內流至手指，滴上雪白大地。

『妳把我爸怎麼了！』陳懿轉身，對羅曼大吼。淚水在她的眼角結冰，若這樣下去她會再次失去理智。我必須掌控現狀，不能讓她一個人承受。

『他們是什麼東西？』我的聲音比平常大上了好幾十倍，陳懿聽到後情緒明顯收縮。『他們只是我的反射罷了。他們是我，我是他們，我們是星之眷族。』格線結晶般凝聚在羅曼身邊，附著到他的皮膚上形成圖騰樣貌。『你也只是一面鏡子，孩子。』羅曼的眼神跟著我慢慢站起來。

『我爸……他還在嗎？』狀態有明顯改善，但她握住我時，可以很直接感受到顫抖。『陳只是一個基因替代品，我們需要他成爲眷族的容器。要知道，花了如此長的時間才安排好標籤的轉換，一個漫長的過程，人類的生命是那麼渺小，但我們找到將容器刻劃在基因密碼裡的方式，好讓容器傳承。』羅曼的話語讓人難受，我思維本能地拒絕；那聽起來多麼殘忍，多麼遠離人性。

『偉大的過程必定會接觸許多質疑；像明春，虛僞包容換來的只是理智的失去。但一個人再怎麼失去理智，都不會忘了繁衍。孝銓完善構成眷族寶塔的元素。孩子，你們爲什麼會在這裡？我相信眞正的你們在快樂地度假，爲何會在此地與我對話？』羅曼舉起雙手，任由他的血液離開身體；跟著雪花向上漂浮。

『我爸，他還在嗎？』她語氣堅定，憤怒流露。『妳的父親永遠都在，問題是，妳在哪裡？』羅曼握拳，流動的雲彩光線集中到他雙掌。

『Ch'hai lloig bug！』羅曼鬆開手，聚集的物質化成一張大網，朝我們包覆；網子開始籠罩時，所有發生的都在意識之前，抽離的無能感像大水灌入感官，複雜的沮喪將我擊昏。

『不可以！』陳懿抽出露營刀，朝自己割下一刀。幾何學外的線條從刀傷延展而出，延展的同時，我的耳邊蔓延出一波又一波的重低音。線條開始接觸羅曼的網，兩者質地不同，互相對抗；不同的質地，一種是傷害人，一種是保護。

看得到就碰得到。我接過她手上的刀，感受這把刀帶有的力量；光同樣匯聚在它身上形成圖騰；像掌紋，經過歲月產生的刻印。刀向前伸，找到正確的角度接觸羅曼的網子。想像著自己切開它。刀身在接觸到網時變得更加沉重。

『Magnificent.』羅曼說了這麼一句。『狗屎！』我對他大吼。

透過切開的空間看見完全不一樣的世界。黑色空間蘊含紫光，一顆顆乍看下像小型太陽的物質發出，羅曼早面目全非，一個怪物，臉部長著章魚般的觸手，長爪以及刺鱗，外露的深綠色內臟。其他人的樣貌也有所不同，沒有四肢只有滿滿的觸手，還有個像頭部的分肢。

思維開始承受不住；恐懼感形成細線滲透大腦。看起來是紫色的。

再多的對抗都是無虞，終究網子將我們完全罩住，他雙手越握越近，距離縮短，存在感隨之減弱，感覺快要消失。

我們相互感染的是意識嗎？失去自我，逐漸，我感受到羅曼的感覺，他對我的投射。

舉起小刀。**我同理你**，我明白你的感受。

而後一刀刺進自己腹部。

『非常有同理心。』我們被壓制倒地，壓力融合引力拉扯著意識，牽動身體。羅曼抬著下巴藐視我們：『你想怎麼做？把痛苦投射到我身上？多麼天眞。事情不是這樣運作的；你連接我的意識，不可能，可笑的孩子，我可是舊日支配者的混血後裔，是更加優秀的存在，你可悲的想法無法穿透我的傲慢。』羅曼感受著自我滿足。繁華的話語下，我尋找著漏洞中隱含的焦慮。

我不是把同理心當作武器，武器是那把刀。此刻出現在腦裡的是春日部桂一寫下的話語。敵人的弱點必定存在於自我展現之中。鏡子。爲何會如此形容人與信仰間的關係？形容彼界與現實的連結；左右相反的身體又帶有什麼意義？必須冷靜，恐懼無法影響一顆穩定的心；**包容**帶給我冷靜，同理進而去理解，**理解**則是一種最強的對抗方式。

『你看我，我現在在哪裡？』我問羅曼。他皺眉。他意識到這問題的多變性，我要做的就只是搶先一步，一步就好。『錯，我在你的腦海裡。』在羅曼發出任何資訊前，我植入。暴力。

當羅曼掠過一個迴圈去重新定位思維面向，他正握著刀，而那把刀待在他自己的腹部中。就像彼界遊蕩的生物一樣；去傷害別人最好的方式，便是讓他想像別人傷害自己。

『不可思議。』我說了這麼一句。『Shit.』羅曼咕噥一聲。

這不是什麼超能力；一切都是假的，我如此相信。假也沒關係，假也很好。假更具有意義。

空間撕裂，網格擴張，透露出掩埋在後的紫色空間。現實意義崩解，房子、建築樣貌、溫度感知、雪的顏色、物理規範；超脫被認定爲現實的象徵，邏輯被藐視，不同語言的思緒在腦中混雜，最終只化作一個別具意義的聲音。去聽、去看、去想，只有這些能夠橫跨眞假之間的橋梁。

我想起了一首歌：萬能青年旅店的秦皇島。

站在能分割世界的橋。

還是看不清，在那些時刻。

遮蔽我們，黑暗的心，究竟是什麼？

住在我心裏孤獨的，孤獨的海怪，痛苦之王。

開始厭倦，深海的光。停滯的海浪。

站在能看到燈火的橋，還是看不清……在那些夜晚，照亮我們黑暗的心，究竟是什麼？

於是他默默追逐著，橫渡海峽，年輕的人。

看著他們，爲了彼岸，驕傲地……滅亡。

我握著陳懿的手，看著她，她散發著微微的光；看起來像她的重影，有許多的她正在不斷的重合、展現。我好奇自己是否看起來也是這個樣子。

『你也看得到嗎？那些顏色。』羅曼周遭潛伏著黑影，他與我們有著截然不同的面相，好似正在自我吞噬，將他的閃耀消滅殆盡。

15

彼界空間中的紫光映照每個意識個體，映出雛形，光線與黑暗調和出視覺上的一切，單色調中填滿層次，所有顏色集中於此，生命轉換，每次的轉移都能從中感受到能量，帶領意識的狀態，伴隨情緒、感受；遊走著。

我們的關係位置改變了，主動改變嗎？我與陳懿不再被圍繞，我們與羅曼面對面，其餘眷族在空間中遊走，沒有權力立足。我們不踩在任何表面上，腳周圍充滿漫動的能源，像那些紫霧，只不過不是氣體，是許多線波，不附著在任何事物上的色彩，銀河。

重力感變得虛無，唯一能感覺的是思考的重量。在我們與羅曼的中間，一株高聳的樹木佇立而起，樹木的纖維間包覆著礦物，彼此交纏，如此誕生。表皮質感如藤蔓龜裂，粗糙多層次，壯碩莊嚴。

光影在表面轉換，深處是多變的色彩，像液體吸附在隙縫。樹木頂端連結一團巨大的個體，從霧狀帶著觸手的形體不斷聚合與分裂，及熟悉的多點視覺侵犯；猶格·索托斯。彼之者，門之鑰。

『Ia! Ia! N'ghaa n'nghai……
Ia! Ia! N'gai, n'yah, n-yah, shoggog, phfaghn……
Ia ! la ! Y-hah, y y-nayah, n-yah!
N'ghaa n'n'ghau waf'l pthanghn-Youg-Sothoth! Yog-Sothoth……
Ia, Ia, Yog-Sothoth! Ossadogowah……』

周圍遊走的眷族發出詭異禱文，它們跟隨著彼之者舞動身體，一邊往上漫遊。穿過高聳巨物，羅曼的身體形象已經超越認知；人與異界生物結合，人類的雙眼、蛸亞的觸腕連結著臉的下半，皮膚布滿如燒傷表皮的硬殼，腹部伸出與眷族相同的觸手覆蓋原本人類的雙腳，翅目的肢幹從下背長出，拖行在地。異端的美……恐懼的……不可言喻。

羅曼的聲音像經過波濾器轉換，像同一句話同時用數種語言同時表達。

『儀式早已完成，窮極之門的穿越已無法被阻止。人類將透過萬物歸一創造出末日的共識，共同意識成為銀鑰打開窮極之門。黑暗籠罩的想像早已化作思維陷阱潛伏社會共感，不斷毀滅刻意留存的希望警語。末日預言呀。愈是進化的文明，愈是接近彼界；安逸將無窮無盡的破壞感帶入生活……真是愚蠢，相信被真實包裝的虛偽，替著別人著想，那麼多的善意，只不過是……共同意識變化產生的漣漪，幫助窮極之門開啟的動力！』

『Ia! Ia! N'ghaa n'nghai ！』

羅曼加入眷族們的禱告；再多的溝通已無意義。我開始失去信心，不知道在這樣子的虛假中該怎麼……成就任何目標。或許我不該存在於此，我只是累贅；生命的毒瘤。

『我想起來爲什麼要藏書了。』陳懿仍散發著強烈的重影之光，她堅定眼神中的我到底有多麼醜惡。『我必須找到它，必須經歷**找到**。』她用力強調。『虛假之人說的話即是謊言。胡宗諺，』她雙手抓住我的肩膀：『要怎麼當一個說出眞實的虛假之人？』她看著我的眼睛。有什麼不一樣了，重新審視，接納我們的虛假。

『我不愛你。』她說。『我根本不明白什麼是愛。』我說。哽咽著。

『陳懿。』另一個聲音從側方出現，陳孝銓博士穿著我第一次在學校見到他的藍色襯衫與牛仔褲，雙手袖子捲起至手肘。微笑。陳懿站起來跑向他。擁抱。

『爸，你在哪裡？』我聽著他們說話。『不管在哪，你都找到我了。』

『聽好了，陳懿。不管現實如何反應你們經歷這一切過後的世界，一定會變的，而且應該會變得很糟。』博士稍微哽咽：『不管後來有多麼糟，都不能放棄；一定要繼續找答案。』

『好。』她回答時正在哭泣。博士笑著，伸手摸摸她的頭。他們的聲音蓋過腦海裡的邪惡禱文，再也聽不見羅曼與眷族們發出的聲音。

博士挺起身：『他們將我喚作奴僕，這是我自找的。但只有在你們心中反射出的那個我才能夠是個純粹、毫無汙染的個體。我會展現最後的理解，我相信萬物皆有因。』說完，他收起陳懿頭頂的手；看向我。

『加油。』博士的形體化作幾條細細的光暈絲線穿過我們身旁，與高聳樹木交纏合體。

陳懿擦乾眼淚，隨著絲線走回我身旁：『不需要你提醒我，但你必須幫我記住。拜託了，』她伸出左邊的手，去觸摸那些絲線，她伸出右邊的手，拿起口袋裡的打火機。浸泡在絲線裡的手緩緩舉起，指間夾著一枝香菸。她把香菸放到嘴中，含著。撥動打火機上的火石；發出喀搭、喀搭的聲響。

『唉，沒油了。』她放下打火機，菸仍叼在嘴上。『啊，好想抽菸喔。』

眼前的高聳樹木因爲接觸絲線散發重影之光，顏色淡化，龜裂表皮擴張；白光從空隙展現。一本厚重的古書被解除封印，漂浮在擴張的樹木之中，岩石般的硬塊自書體剝落。

屆時，我已站在書本的面前。透過書與樹的縫隙，我與羅曼的人類雙眼四目交接。他眼神充滿驚狂、譫妄。嘴部的觸肢抖動，打開嘶吼；古怪的哨音如尖喊，狂亂投射進我的思維。看著他僅剩的人類部分，抵抗所有他附加到我深處的邪惡思想。用模糊善惡的同理標準抵抗，伸手，用力到發出低吼，將書本從樹木間取出。

一陣視覺抽離，無法判斷是瞳孔在快速左右移動，還是神經放電短路，一切開始劇烈地左右晃動，模糊到只看得見白色的線條。

穩定，深呼吸穩定自己的想法。我回到那片大草原，傾斜的重重山巒，猶格．索托斯與天空結合，與萬物連結。我抱著書看著祂不斷聚合分裂的星體。

『我一點都不特別，我只是你的鏡子。但照出你的樣子，你也不過是我的鏡子。』

這句話是我最後記得的眞實。

16

民國九十九年六月二十二日～

醒來已經是五天後，我和陳懿躺在冰屋客廳的地板，一瓶空的紅酒和數截菸蒂散落周遭。一本舊書放在鐵製的垃圾桶裡燒得只剩殘骸。

坐在歸途往機場的巴士上，其餘參與研討會的台灣人跟我們一起。陳孝銓博士則沒有。陳懿臉上的淚痕未乾，嘴唇仍留著些血跡。她哭的時候流了許多鼻血。叫我們醒來的是其中一個台灣人。他給我們帶來一個不好的消息。一天前，待在沃斯托克考察站的人全數罹難。原來，那團巨大的溫室氣體是冰層下儲存已久的古代氣體。長期的溫室效應造成冰川融化，導致失重，加上南極點的引力循環，考察站附近出現的巨大裂縫釋放出那些氣體。氣體中帶著原古病菌，所有人都生病了，爲了不讓病毒傳染至歐亞大陸、美洲等地，他們決定待在考察站研究是否能找到治癒方法，可在場的人都不是疾病專家。那幾天，整個團隊都待在「新阿卡姆」號上，透過無線電參與了整個過程。病毒加上過於寒冷的天氣；第一個去世的是春日部桂一，接著是古斯與費多羅夫太太，再來是米思留。陳孝銓博士是倒數第三個走的。最後的是羅曼。

『我只是想回家。』那是羅曼在無線電裡留下的最後一句話。

原本，在博士狀況很差的時候，我和陳懿應該被找去船上和他進行最後通話。被拜託傳達訊息的是余海波和符雯，那天整個昂偉爾島都颳起了暴風雪，他們在返回「白色沙漠」的途中失蹤了。

這是最後一次舉辦此研討會。

據說，我和陳懿這段時間都好好地待在旅館，按時用餐，在活動中心的電玩室玩樂，參與觀賞企鵝的活動……這和記憶中的完全不一樣。我試著告訴其他台灣人。『你只是做了一個噩夢。』大家都這麼說。我沒向陳懿提起任何事，不知道是因爲不想打擾她……我有一個直覺，我明白她知道，不需要去太多說什麼。

看著窗外的冰川逐漸遠去，打開背包拿出那本我找到的古書。在打包離開旅館時發現這本古書完美擺放在行李箱裡，我不記得有把它放進去。它是我與那些被稱作噩夢的唯一連結；當我觸摸這本書時，噩夢開始被回憶起來。

『這是什麼？』陳懿看著擺在腿上的古書。『我想它叫「死靈之書」。』書的封面相當精美，有類似浮雕的多重星狀圖騰，淡淡的褐色，表面有些微翠綠的黴斑；『Kitab Al Azif』的字樣被刻在圖騰四周圍繞著。

『不對，這是阿拉伯文，翻譯應該是「虛假之書」。』她糾正我。『這是什麼，在港口商店買的紀念品嗎？看起來好髒。』她靠回窗邊。博士罹難的事已經通知他所剩唯一的親屬。他的弟弟會到桃園機場接我們。還是沒人想到要打給我媽。

「虛假之書」開頭的內容都是用我看不懂的語言撰寫，只看懂插圖，還有類似儀式的圖騰。這些圖畫都描繪著恐怖的象徵，這更提醒了我所經歷的夢魘。試圖保持冷靜去翻閱它們，接著中段的書寫狀態換成另一種模式，工整的英文文字，由屬名H.P. Lovecraft的人所寫下。他寫下的種種多麼似曾相識。

車體搖晃讓我噁心，快速翻閱，停下。停下之處是面嶄新的空白頁，這些空白頁不如其餘的老舊，感覺像這幾天才長出來的全新頁面，有股魔力吸引著我，上面的紋路湧動，手紋般圖騰若隱若現；我被那張夾在新頁與舊頁之間的黑卡給吸引。很快闔上書本，把它放回背包。噁心感變得更重了，或許我該睡一下。

回到台灣，博士的弟弟在接機處等；陳懿與他特別陌生。她背著自己的背包，提著父親的；博士的弟弟正在招手，他一眼辯認出我們。他看起來很年輕，留著凌亂的中分頭，戴著眼鏡，穿得很隨便。

返台旅程幾乎在模糊裡度過，陳懿則是一直低著頭，我們沒怎麼說話，也沒怎麼對到眼。一直到車上，才開始有對話。

『我是陳孝銓的弟弟，陳吉全，不想叫叔叔的話叫我阿吉就好了。』阿吉坐在舊紅色本田的駕駛座，透過後照鏡對我說話。陳懿坐在副駕，呆滯看著窗外。『你叫胡宗諺對吧，要我送你到哪裡？』阿吉邊倒車邊觀察著我。『板橋車站就好了。』

離開機場，開往回台北的快速道路；車上，大家維持著一種舒服的沉默，我看著窗外，這些車，這些建築，已經不是冰川、大海了，這輩子都不會再看到那些東西了吧。

打從離開南極，有個感覺一直在身體裡流竄，不只是現實般的噩夢……好像眼前看到的都不是眞正在的地方，眞正的我身處他方，等著我去找到他。

快速道路上開始塞車，阿吉把車窗搖下，拿出夾在擋光板裡的菸盒，打開副駕的抽屜，拿出打火機；是個常見的打火機，半透明紅色外殼印著泳裝女子的圖片。
『你們抽菸嗎？』他點燃自己的菸後，把打開的菸盒遞到排檔桿上方的空間。陳懿看了他一眼，藍色的PEACE，她抽出一根，阿吉把打火機給她。我搖搖頭，阿吉把菸盒夾回擋光板。
沉默了一會兒，菸抽到差不多一半時，阿吉開口：『我還記得，以前孝銓看到我偷抽菸，會拿水噴我。』車陣開始移動了，非常緩慢。『爲什麼？』陳懿仍望著窗外。『把我當貓在教吧。』『是喔。』
看著他們倆的互動，感覺他們應該會合得來。
『我和他從你爺爺過世之後就沒聯絡了。你好像不到兩歲吧。』阿吉把菸蒂點進空紙杯，陳懿則是任由隨風吹逝。『爺爺怎麼走的？』她問。『他後來有點失智，有一天，他睡著，就忘記要醒來了。』說到這，陳懿開始哭了起來。
『我還記得孝銓小時候一直說，長大要當一個探險家，去人類不曾去過的地方，他想要成爲知道最多的那個人，再把所有知道的教給不知道的人。』陳懿把臉埋到手臂裡，阿吉輕輕地拍她的肩膀。『他能一直相信下去是非常勇敢的事。』

抵達板橋車站，我拿了行李下車站在路邊；陳懿將車窗搖下，那是我們好長一段時間以來進行的第一次對眼；可誰也說不出話來。

不太確定最後的表情是不是笑容。沒說半句話，她便關上車窗離開。

站在板橋車站的東門出口。好像不是眞的。我不喜歡這種感覺，好像忘了很多事，各種黑影籠罩著記憶。憤怒、憂傷壓抑著一起感受。

深呼吸，拉著行李箱開始走回家。

17

~~民國九十九年八月　民國一〇〇年民國一〇一年~~

離開學還有段時間，我告訴母親營隊提早結束了；她沒有多加懷疑，好像什麼都沒發生過，龐大的謊言像保護罩將生活完全包圍。好可怕。

起初，我出現幻聽，聽起來像一直有人在遠方尖叫、吶喊。如同見到極爲恐懼的景象後張大嘴巴，聲嘶力竭地叫喊。強大的力道，細小的聲響。每次出現的位置都不一樣，有時在房間對面窗戶，有時在天花板上不遠處。我的精神狀態幾乎被折磨殆盡，意識一直在黑暗的迷宮中遊走，接觸同樣在煉獄中囚困的靈魂。

讓我穩定下來的是那些夢。

將「虛假之書」收在房間書桌的抽屜裡，睡眠時，它與我只距離幾個木板。團團黑霧散發在清醒的日常裡，不停從思維中樞擴張。

夢將印象、記憶化爲現實。我又在那趟記憶裡重新活過一次，經歷一次。

終究，全都想起來了。兩個完全不同的現實在腦海意識中交會。全知視野就這樣在某天早晨迎來。那天，我夢見最後的場景，從紫色煙霧中拿走「虛假之書」。夢裡的拉扯感連結上顎的麻木疼痛，清醒時，看見「虛假之書」緊緊地被抓在手中。

我本能開始在書後方的空白頁寫作，起初，只是雜亂的塗鴉與文字，漸漸，感受到每個文字，透過描述感受去穩定自身；我得到一個結論，只要「正確的」將脈絡呈現在「虛假之書」上，思維即能找到解答。

我有好一段時間沒見到陳懿了。

接近完成的那天好像是畢旅。我獨自買了前往基隆外海的車票。我得面對海洋。好可怕……眞的非常可怕……好像從沒離開那片海，一直待在海上，透過陸地、船隻、大氣。海將我與冰層相連，冰層上的我、地下都市裡的我們，也透過液態的深淵，完全的包覆在一起。海沒有時間，它們會不停地循環、迴圈。

該停下來了。已無法在倒影中看見自己的眼睛；無可言說的祂們已經變成了我。從自己的眼中望見的是無境的深淵迷宮。

星之彩瀰漫整片大地，映射出彼界的隱形網格；是我將末日帶回這座小島，我願意承擔這份責任，將末日之鑰帶回最熟悉的土地上加以解決；這次是祂們來到我的地盤了。

鏡子互相映照時會產生無限多的空間與現實，彼界與我存在的世界是兩面鏡子，只要調整成正確的角度，便能穿越到另一個現實。

放下現實。別把它看作一種毀滅，把它看作一種提升。從正面的角度去理解，是祂們永遠無法觸及的。當祂們希望你恐懼、渴望你嘶喊時，告訴祂們，痛苦也能有好的樣子。

我將抓著這條找到的繩索，步入黑暗的深淵迷宮，找回另一半，找到祂們費心隱藏的……美，帶回現實……

我的精神是完整的。

而我正在呼喚著你

第二章

未來撒下的投影

（無道德觀察者）

1

與其說是城市，不如說是星球；與其說是星球，不如說是……沒有玻璃的魚缸。伊斯，這是它的名字。伊斯沒有屬於它的天空，我們直接望進無窮無盡的「偉大瀰響」之中；這個稱呼的出現是因爲『時間』經歷了自我淘汰，自己淡化了自己。

幻覺破碎前，末日、大滅亡、終焉，可以用任何相信的字眼來形容，『審判日』也相當合適。我則使用「ρ」（Coda）符號來表示。人類是在西元二〇一二年的十二月二十一日觸及到「ρ」，之後迎來長達十四天的尾聲。起初，關於末日的想像透過媒體傳遞；當十二月二十一日這一天來臨時，大多數人都有一個期待：還能不能看見明天的太陽？而這份期待被利用了。

長達數分鐘的劇烈震動，天空出現前所未見的網格，牢籠般的線條散發難以分辨的色彩；衆說紛紜，卻沒人知道答案。

第一天，人類的目標被切成兩半。接受毀滅或逆境求生。

第二天，線條降到大地；你我身上都出現恍如圖騰般的紋路，家中的四壁、街道上的水泥，無處不佈滿這些紋理；也從這時開始，人們在空間之間看到惡魔。惡魔、魔鬼、怪物、靈體、幻覺，不管哪種標籤，都是『恐懼』。人類被迫面對內心深處的黑暗，暴力事件層出不窮，「ρ」的演奏旋律是自相殘殺。

第三天，天空失去顏色，取而代之是完全的黑暗。光被奪走。壓抑的恐懼像蕈狀雲爆發。政權體系垮台。

第四天，兩極的冰層破碎，據說有人看見巨大的生物從海洋中升起。

第五天，名為「地下黃昏」的組織聲稱那巨大生物是他們的彌賽亞——『克蘇魯』。而萬物之主『阿撒托斯』將在九天後完全甦醒，到時人類會被取代。星之眷族的時代會來臨。

大洪水幾乎殺光所有人類，包括那些自稱『黃昏客』教徒們。到了第十四天，從天而降的紋理消失；活下來的人開始流傳：有人看見『黃昏客』轉變為半人半獸的怪物，長著蛸亞觸手、擁有多個眼目、漂浮半空；據說，只要臣服牠們的信仰，便能轉化成與牠們相同的星之眷族，在新世界底下獲得自由。

不願意相信的人將持續活在迷幻恐懼的籠罩下直至肉體死亡。靈魂將成飽食星之眷族的糧食。人類的時代已結束，當然，這一切對我來說，也都是非常遙遠的事了。

結束，並非滅絕。人類成爲走過路過不見得會觀看、關心的流浪貓狗，成了星之眷族的蟑螂。這反而給了我們更多的思考機會，全面返祖，人類再次爲了生活奮鬥，爲了逃避死亡去挖掘內心的希望，甚至燃燒它。

有些人成星之眷族的玩物，有些人成功隱藏，並維持住基本的文明結構。我們不再仰賴工業革命帶來的方便，科技未來不復存在，取而代之的是「意識未來」。更多的對談與辯證，彷彿一場末日下的文藝復興。我們開始學習星之眷族帶給世界的超自然能量；**意識面向**與**實體投射**。使用想像塑造現實，一切如場清醒夢。有人說：恐懼也只是一種想像而已。

首先，是意識自由與夢境的連結。夢中的當下，人才能眞正舒服與自由。談話、求生、作夢。嚴峻環境下驅使出的哲學——「**眞正自由的意志必須脫離肉體**」。人類開始鍛鍊如何在夢中達到自由，意識到自己正在作夢。此一成果便是——意識革命。

談話、求生、作夢::談話、作夢::夢

昇華意識型態的人已不再爲人。我們與衆多不同的意識體互相擁抱，包括許多早經歷意識革命的物種，大多來自於其他星系，宇宙的廣大重新被認知，人類的不孤獨終究

被證實。單純的意識體相當容易融合，頻率相近的個體成爲集體。

時間被沖淡。地球的一切被拋諸腦後。字面上的腦後。人類因腦的思考與身體運作創造出『意識』。經由意識與意識融合創造出的集合體愈變巨大，質量超越單一人腦的負荷；多個正在作夢的腦穿越時空連結彼此，時間被超越，現實的一秒，成爲夢中的一千年。對於暢遊在意識自由宇宙中的我們，地球的一切彷彿停止。

這個正與你述說的**我**（**我們**）就此誕生。我是 CH097，CH 象徵著東方亞洲種族，而 097 是我之中的『我們』涵蓋的數量。爲了方便稱呼，可以叫我「阿吉」就好。我隨著衆多革命成功誕生的意識體們，穿越宇宙的空間維度，加入意識革命的先驅種族創造的樂園：**伊斯**。

視覺是人類習以爲常認識現實的方式；不同物種有不一樣的做法，某些是用嗅覺，有些是觸覺。其中，最複雜的便是『心』。昇華成意識體後，『心』不再是哲學裡的一種觀點、價值，而是關於想像的操作與使用方式。

伊斯所有的存在都是意識體，來自偉大瀰響的四面八方，要找到一個能夠共通並破除隔閡的方式存在，便是**心的共感**。

並非所有存在使用『心』的方式都如同人類，彼此之間必須適應調整才能共存。「偉大種族」將來自不同世界的意識體利用各自認識現實的感官作基準搭建了這座跨維度的巨大魚缸，創造出伊斯。伊斯本身即是所有意識體的心之共感，而認知世界的方式是透過各族的原始方式；像人類即是用看的。大家可以存在於一個共通世界的不同維度，用自己喜愛的方式來投射現實，這不就是完美的烏托邦嗎？

但，人類都很清楚一點，儘管經過意識融合昇華而捨棄感受情緒的能力，我們仍然很清楚完美的事物不會存在。只要是**眞**，必定存在缺陷。我們也是這樣走過來的，包容了恐懼，不是嗎？

「眞」的存在，即是包容了「假」的現實。

好了，故事要開始了。

2

伊斯的眞實建立在我們主觀意識對客觀現實的投射。比如，眼前的長方形白色電子鐘，對於仙女座M31第三星群的**嗄比爾星**意識體MC633「小仙」來說是一股觸摸暖流。我看見的鐘面上象徵時間的數字是持續變化的，每當轉頭再望，數字會改變，四個數字的不固定排列組合，這個電子鐘只象徵了時間的安全感。這點對小仙來說也是一樣；她在觸摸這股暖流時卽感受的到。

醒來時第一眼看的便是那電子鐘，時間顯示：82—64。眨眼，34—20。第二眼是安置在鐘上的鏡子，我的外表是位中年黃種人男性，中分西裝頭，眼睛不大，眼角下垂，骨架中等。摸了摸仍有點**毛刺位移**的臉，認知自我的長相。接著，我戴上放在時鐘右方的眼鏡。它會幫助我保持清醒。一小團粉紅色煙霧從大廳飄入臥室；不知道小仙比我早起多久？

大廳灰色的框架搭配許多圓形天井，偉大瀰響的可視光在天井形成燈源點亮空間。小仙裸體背對我；對我來說她無時無刻都是裸體的；她站在桃紅木的高寬桌前。看煙霧的狀態，她又試著泡咖啡了。

「一開始就這麼眺動嗎？阿吉。」她轉頭回望。我們的看，對祂們來說是摸，而她的摸，則是看。我感覺到一股帶著暖意的冷觸摸從腹部往下移動；我同樣也是裸體，只要在家裡都是。

小仙的長相介於東方與西方女性間；她長相會不時轉換，不是整張臉，而是五官的細節。至於身材，始終維持在中等豐腴，身高看起來比我矮。

仙女座的社會不存在『外在表現／體型意象』。祂們使用觸覺來認知現實，所以對肢體語言相較我們敏感許多。

「來吧，看這次做的對不對。」小仙移開眼神，她拿著裝著『咖啡』的杯子到我面前。杯裡的液體冒著粉紅煙霧；深紅色液體，不反射任何可見光。感覺很濃，我喝了一口。仔細感受著：「很接近了。」似乎太濃了。

「這次又哪裡不對了？」小仙嘟起嘴。

「風味很不錯；咖啡有很多種，這次的相當接近曼特寧。但感受不太一樣，或許應該等會兒？」

「不行，我沒辦法理解吸收了東西不會馬上感覺到。」

小仙做的『咖啡』是剛喝下就會感覺到效果的。而且不管喝了幾口，效果永遠都像第一口喝下去那樣，不堆疊也不變化。

「因為人體內循環系統很緩慢。需要經過腸道來吸收物質。不只人類，地球所有生物都需要。大部分……」

「我知道，你說過了。所以我的目標是做出『我們』都可以喝的『咖啡』。」

會迷上咖啡，是因為有一次我跟她提到了，人類社會中有種飲料是大部分人的原罪，像合法的毒品，帶有刺激，會讓人精神振奮，**更清醒**，許多人在每次從睡夢中醒來時都會喝。這對嘎比爾星生物來說很奇怪；她無法理解為什麼人類清醒時會需要更清醒，因此相當好奇這種感覺。

「搞不好更清醒的魔力在於那段爬升的等待？」小仙陷入沉思。每當她自我運轉時，五官會變得相當不穩定，如同我剛清醒時的毛刺現象。

「好吧，我有方向了。」她點頭：「不過很討厭欸，每次都只有你醒來前可以做實驗。」

「妳也可以在平常做啊。」

「不行，那樣沒有意義。你不是說它會上癮嗎？我可不想上癮。」

回到臥室穿上衣服，一邊把杯子裡剩下的喝完。

「準備出門了嗎？」小仙在大廳操作個像魔術方塊的物件，她瞳孔以我無法理解的方式接續移動，方塊物件隨著眼神扭曲轉變。

「嗯。」

「記得帶上**禮貌**。」小仙提醒。禮貌，由於人類以視覺爲主要認知，只要進入公共空間卽須注意我們的視線，有可能不小心就冒犯其他生物。拿起放在門前櫥櫃的頭戴顯示器戴上，它會完全遮住眼睛，但仍能透過上面的鏡頭看見一切，不會有更多死角；唯一差別在於其他居民不會感覺到我的視線。這就是禮貌。

「不出而不回。」她揮手。

「眞想知道眞正的妳是在說什麼。」我走出門。

「你沒辦法的。」關門前，隱約聽到她這麼告訴我。離開家門走上**主要通道**。

主要通道能將你帶往任何要去的地點，並沒有眞實距離，你會以需要的長度來抵達。我要去的是資訊處理中心「剎那」；而剛經歷完**思緒週期**的我需要好段距離。

基本上，這裡是一個以四維時空（長、寬、高、時）呈現的六維時空（長、寬、高、時、感、心）。對我來說，主要通道是條隨著河岸沿伸的公園走廊。右方是條偌大的河，河中映射偉大瀰響的星空，岸邊有木製的欄杆。路是由組合石磚拼成的淺灰色人行道，左方是廣大草原。以上是三維。四維部分是連結更高維度的客觀空間，折射呈現，像玻璃櫥窗反射的街道，半透明，碰不到。這些空間在河畔走廊上移動，有時會不自覺穿過，不是所有生物都來自三維世界。

「呦！喲！阿吉老兄！我的人~」霍華思理莫HH148（簡稱莫仔）的聲音從上方傳來，轉眼他就來到我正左方，觸碰我意識體左上方（肩膀）。

「嗨。莫仔。」莫仔來自更高維，從來沒待過三維。戴好禮貌的其中好處就是協助辨認所有接觸到的現實，相關資料會以文字方式顯示在視覺右前；當然，這功能可以關掉。

莫仔來自遙遠的毛納基星系，只在地球一九九〇年代被觀測到。半透明，而且只有他碰的到我，我碰不到他。他的外觀是一個有三顆眼睛，沒有肩膀，皮膚充滿皺褶的淡綠色生物。

「喲，最愛你這種毫無情緒的表達。剛結束一場週期嗎？」

「嗯。」

「所以剛睡醒就要去上班囉？我真想你，意識人格整合的進度怎麼樣啦？我的人。」

「我說過，剩下的可以達成共識，所以不用麻煩了。」

「不要那麼快就放棄嘛，眞的不用我幫忙嗎？我們族可是有……還能夠……」我選擇性忽略他的話，眼前河畔長廊變長了些，雖然「剎那」的巨大黑色半圓形建築仍在眼前，但應該還要好段距離才會抵達。

我跟莫仔都是**溯源計畫**的執行者。在伊斯裡所扮演的角色位置都是剛進來就分配好的，偉大種族根據意識體的適性分配，絕不會是你感覺不適的位置。大多工作內容都是維持伊斯運轉的重要齒輪。溯源計畫卽是去找到意識昇華的源頭，並分析記錄。每個星系至少會有一個被分配到這計畫。

「我已經到了，我們到很久了，你不進去嗎？」莫仔在我身旁浮動。

「讓我再走一會。」空間感持續延伸。

「好吧，我先去了。回見，我的人。」感覺他有些失落，相信他也感覺到我不愛聊天。總算是擺脫他了，當這想法一出現，一下子就來到了大門前。

「剎那」像個巨大的美術館，莊嚴、深黑色不反光的外表，數個發光小窗如斑馬紋下往上排列。河道結束在大門廣場；踏上廣場，假使我回頭，河畔走廊將會消失，直到決定離開前往下一個目的地。

廣場上不少形體來來去去，其中最顯眼的是中央的巨大折射影像；**門館女郎**。門館女郎是身分認證服務員，是這世界最接近人工智慧的存在，無生命體，運算單位。女郎存在所有維度間，以單意識體投射之最舒適的模樣呈現。大部分是帶母性的雌性別；並非常巨大。對我來說是個亮紫短髮的妙齡女子。堅挺的鼻梁，抹著和頭髮同色口紅的晶瑩嘴唇，眼睛完全的黑。女郎半蹲著，巨大擦著指甲油的食指貼近我的臉部，讀取資訊。

「CH097：太陽系：性波長 506.89 ＝報到完成。溯源部門，編號 27116。」門館女郎的話語讓人感到親切與被保護。

「剎那大門已爲您開啟，請進入。」手指離開我的臉，我逕自穿過它的跨部走向大門。這門沒有把手，當門館開啟後，門片會成爲多彩液狀體，可直接通過。若沒其他要求，你會直接到應該部門。溯源部門由數個的方格組成，每個存在都有其應負責的方格。方格中是溯源計畫的關鍵工具：**時間曲球**。

儘管大部分意識體都是集體意識，不需要社交上的滿足，我們都能從自我對話裡找到足夠的特例性填滿交流需求，但就算如此還是有意識需要社交上的樂趣。

「人類：耶嘞：今天的香蕉你吃了嗎？」太陽系外發展的語言體系總包含些無法理

解的語法，透過共感會以聽起來可笑的狀聲詞出現；比方這正想奪取我專注力的紅矮星生物意識體。

「欸窩，他就是那個跟仙女座保持『穩定交流關係』的傻呆人。」幾個外星物種對我議論紛紛；不是第一次。人類在伊斯是非常容易被識別出的物種，因爲我們的美學感受相當固定，人類感覺起來都是一個樣子。我忽略他們，往最後面的升降梯走去。感覺不到情緒是好事。

「你一定可以找到更糟的！」一陣嘲笑，不知是誰起的頭。對大部分物種來說，人類好欺負是因爲我們是唯一需要透過『捨去情緒感受』才能昇華成意識體的種族。若不捨棄情緒，意識間的衝突會產生隱疾，像癌症；性格整合會帶往自我消逝。

由於沒有情緒感受，我不會因嘲笑、歧視而感到生氣；另外『殺生』在伊斯也是完全被禁止的；所以在沒有造成任何傷害下，被定義爲負面的行爲也相對不存在。

停在升降梯前。後方持續傳來陣陣可笑狀聲詞。我脫下禮貌，轉身看向祂們，接著笑聲轉爲夾雜更多無法理解狀聲詞的叫喊聲。

「抱歉，不小心鬆掉了。忙完會記得去修理。」將禮貌帶回，假裝用手扶住。我轉身踏上升降梯輸入編號。

「CH097ΘE：506.89ф27116」「正確，請扶好**安全感**，設施將進入移動。」

我並不覺得快樂。因爲快樂也是一種情緒。

3

升降梯停留在方格前，一個正方形的小房間，沒有門，正面即入口。深藍的金屬巨塊上開了個小方窗，曲球發出的黃光散出。

靠近入口，方窗下的曲線分成兩半上下打開。黃光散發到我的身上，取下禮貌進入方格，放到手邊的平台上。時間曲球裡是伊斯唯一能感受時間幻覺的地方，一個觀測井，可以從中查閱所有的已知時間線，第一人稱的角度去觀看所有的**你**。組成我的九十七個我，多來自不同時空，當然也有相同時空下的，每個時間都停止於母體意識昇華那一刻，所有時刻聚集在一起形成的**時間奇點**，是曲球本身。時間線變成一部可以挑選節點觀看的影片，永遠處在被動的角色。

我坐到曲球前方的座椅，雙手放上表面。表面是不停變化的群概形，彼此相映射的對稱空間無限增生與消滅，像海浪。有機光線如透過海的陽光波動。我仔細尋找創造空間的點，鎖定視線。隨著周圍的空間變動，主觀逐漸被時間洪流拉走……

九十七個時間線呈現在每處感官細節。輕輕挪動右手食指幻肢，016的時間線閃入，這是上一次的進度。知覺感受從食指最後的關節延伸，主觀進入所屬的時間線中。

那是民國八十六年四月十四日的我，時空位碼在視覺的右上，一串象形符號，象徵著這條時間線在大數據中唯一不變的相對位置。

坐在公寓的沙發上，手裡握著遙控器，看著新聞頻道。主播訴說著一則綁架案，幾名綁架犯綁走某位知名人士的小孩，並索取高額贖金。妻子扶著沙發椅背：「現在社會怎麼這麼亂？好恐怖哦。小孩都不要去上學算了。」我轉頭：「怎麼，不想生了嗎？」摸著她的腹部。

「不想。」她臉頰湊近，我們接吻。

她的意識代碼在我閉上眼前填滿視覺，由多個符號與數字組成的圓環流動，數個重疊的資訊同心圓一邊變換一邊轉動。睜開眼，她拉開距離；意識代碼顯示在喉部與鎖骨間的中心位置。新聞持續吸引我的注意，視線回到螢幕。

記者秀出被綁者家屬的畫面，一個中年女性對著攝影機哭泣。任何螢幕，或照片中的個體不會顯現意識代碼，只有與實際意識接觸能夠讀取代碼，讀取範圍有一光年。

「這種東西，別再看了。」她拿走遙控器將電視機關掉。

「這是新聞耶。」伸手要搶回遙控器，她退一步，將遙控器藏進肩頭。

「想知道天下事就出去走走啊。」感覺就要起爭執了。

觀測者與當下唯一的共感只有視覺，能掌控的只有視點，其餘的感官都不是能感覺、控制的。我看向窗外的景色，藍天，有著稀少的雲，午後的斜陽，好想念空氣的潮濕味道。

移動右手的感官，直到直覺的減緩。時間流動。我站在羅斯福路三段的交流道橋下騎樓，一個轉角，可以看見從四面八方湧入的交通，海量的意識代碼正被方格掃描。

我叼著一根菸，身後是剛開幕的地下展演空間辦著派對，音樂隱約鑽過旋轉階梯來到地表。

「擋支菸嗎？」一個女孩的聲音從左方傳來。我專注的看著眼前的都市洋流，從口袋拿出菸盒用拇指打開。

「謝啦。」她抽走一支菸。幾個騎著改裝車的人拐過轉角、人行道開始綠燈讀秒、從交流道下來的車流擠在路口等待。

「有火嗎？」把菸盒收回口袋，伸手探進外套的口袋拿出打火機，點燃。

「謝了，掰。」直至女孩跨到斑馬線中間時才注意到她。

清楚看見那副代碼時，心中湧起一股奇特的感受；所有思緒、人格，都同時想著一件事：那是什麼？

視線維持到女孩踏上對面人行道的一刻才轉開，原因是嘴上那條太長的菸蒂掉了下來。看著那條筆直灑在皮鞋上的菸蒂，盯著自己的腳，錯過了什麼。但我記得那副意識代碼的模樣。

是朵正在綻放的蓮花。

「印象深刻」。無時無刻都在想著它。它成爲思緒裡的一部分。專注離開曲球，幻覺切斷。數據報表從上方打印出來，接連不斷的複印紙落下。接過紙張尋找著那段印象深刻。觸摸著數據，每一個意識的大小思維都透過接觸墨水的瞬間傳遞。直到我找到它。清楚明白『曾經』看過它。只不過沒有這次清楚。

第一次，時間幻覺在伊斯裡襲來。甚至引發了情緒反應。沒有持續，只是一瞬間。

樂園連結的共感不應該有時間存在。

存在現實受到要脅的危險深深吸引了我，是從來沒法在週期中感受到的和諧，只因想著它而感到滿足。我開始去尋找那所謂的『曾經』。我再次將雙手放上曲球表面，再次被洪流給拉走，仔細感受著每段感官上的時間線。

右腳。

坐在一張畫布前，一堂繪畫班，周遭的人圍成半圓，每個人都看著眼前的白色圖形；有人拿起筆，測量前方模特兒的身材比例。我拿起一支2B鉛筆，看著模特兒的腳，開始在畫布上打稿。專注畫著她的腳趾，裸露的肉體不是我最想看的；而是那雙美麗的腳，修長的趾根，還有藍紫色的指甲油，不像她乾淨平緩的胸部，這裡是唯一展露她個性的地方。

專注被一陣閃光打斷，所有埋首畫架的人都抬起頭去追尋閃光。有人折斷握在手中的炭筆。跟著看過去，一名畫布仍空白的學生離開座位，走到教室角落，拿起掛在胸前的八釐米相機拍一張照片。那位學生的相機鏡頭前方，他的意識代碼從藍色轉為紅色，是偵測反映，表示他是有著昇華軌跡的個體。上次就停在這，我把右腳背挺的更直。視線隨著感受往上，瞬間，模特兒胸前的美景抓住目光。

小而尖挺的雙峰上方鎖骨之間，綻放著一朵蓮花。看著她，把畫布上的鉛筆痕跡抹散，並用新的半球曲線取之。這是自然的個性。

那位同學回到座位，收起他的畫具，離開教室。畫架也不拿了。

右下腹。

大量的霧白氣體衝向我的臉，但沒有真的碰到，因為我在太空裝裡頭。

「減壓完成。」細柔的電子女聲響起，語速相當不流暢。

「好，工藤，我要準備開門了。安全鎖有沒有接好？」隊友的聲音自頭罩裡響起，小空間充斥詭異的迴響，刺雜的高頻氣音跟著擴張。

「搞不好我就這樣跑了。」我拉了兩下連接完全的安全鎖。太空衣右臂上繡著日本國旗，國旗下的富士山貼紙則是我自己貼的。

「哈哈，你要自己游回家嗎？」閘門打開，無境星空展現在眼前緩慢旋轉。我認出仙女座，安德洛墨達正對著我微笑。

握緊腰上的維修槍往前一躍離開文明。按壓左腿上的控制鈕，噴射背包噴出小些氣體，旋轉，朝向太空站左側甲板。由於太空站自體旋轉，我很快便抓到側體的攀爬鐵桿。雙腳也順利勾住。巨大的 MKC 字樣噴印在奈米金屬板上，往右側方看去是我們的家；水藍圓弧勾勒出美麗泛光，白茫茫的大氣如同萬花筒花紋轉動。往上爬了一小段，再往右。

「開始作業。」我回報，拉起維修槍替換鎖頭，開始拆卸氨水冷卻裝置的外殼。

「你等一下，約翰等等就到。」

「他從哪邊過來？」

「右邊，他拆另一面。」轉頭看向右方。遠方的虛無裡，幾個小點微微發亮。

視線停在那，不知道是在等約翰，還是等它們。光點變成光暈，我看見那些代碼；速度非常快，光暈變成光輝，伴隨海量的符號，塵暴般對太空站一掃而過，不到一秒。

「你看到了嗎？」

「什……麼……鬼……？」

「約翰，你有看到嗎？……約翰？」

對下腹用力，調整位置，撐住，設法將感官釘在那。景象倒轉，速度非常非常慢，再次運轉。光輝保持著一定的速度朝著我前進，不過這次它們像在跑步。海量的代碼中，我看見了。

那朵巨大且正在綻放的蓮花。

頭頂。左臂。左膝。右上背。右後頸。左肩。左耳。下顎。喉頭。心。

都市某處的食堂，牆面破敗長著青苔。大黑暗的倖存者躲藏之處。我拿著鐵製餐具排隊準備盛裝今天的供餐。一天一次。食堂聚滿了人，灰頭土臉；有人坐在地上吃，有人連吃飯時都躲著。

這裡所有人代碼都是淺藍色；不是所有最後有昇華的意識都有尋找的軌跡，當然他們終將會有，但只限於昇華的剎那。

「吉全。」大廚叫著我，抬頭，輪到我了。走向前打開餐具，抬起頭。大廚身後牆上的破洞被幾片木板封鎖，但隙縫仍可看見戶外。什麼吸引了注意，脖子微前伸想看清楚。

「你不看看今天唯一一餐嗎？大家都會看一下。」我轉頭看向大廚的眼睛。

「我用聞的就知道，豬肉咖哩。」

「快點啦。」視線回到隙縫。我看到了，女人牽著男孩，從都市殘骸走到街上看著對面。

「那裡有人。」大廚的視線跟著我的手指。

女人的蓮花正在綻放。

「顧好自己就好。」

「好像……」

「你不吃別人還要吃欸！」「他在看什麼？」「三小？」

「我好像認識那個男孩。不過我記得他……」扶正有裂痕的眼鏡。調整角度抓住鏡架，往下斜，想看得更清楚。

慌張的步伐，有人敲打木板，四聲，表示警告。所有人停下手邊動作。我轉頭看向敲打木板的人。他進來食堂，氣喘吁吁，剛從樓頂下來。

「來了……」他說完，所有人放下餐具，開始往樓下快跑。我跟上。樓梯鋪上各種布料、紙板，一切可以減小聲響的東西都用上了。

畸噁的笛音從上方響起。星之眷族。

「啊啊啊……啊……啊啊啊啊！」有人尖叫，跑得比較後面的人沒辦法再吃到大廚的食物，他們變成怪物的食物。剩下的人陸續躲進一道鐵門後，完全封閉的房間，用吸音棉隔絕了所有壁面。我停在門口，往旁邊一步讓其他人先進去。看著樓梯上方，心裡想著那對母子。

「你幹嘛？」一位不認識的先生抓住我左臂，將我拉進絕音室裡關上鐵門。

「人少點比較好，少點人搶食物。」他看著我喘氣，感受他的視線。但我仍盯著鐵門。

「你不是想要『看』祂們吧……」

「我不……」

心頭揪了一下。曲球裡是看不到星之眷族的，因爲祂們跟我們處在完全不同的現實。

將自己抽離曲球，大量的觀看幾乎耗盡專注，我必須再次進入週期。雙手離開表面時，我往後摔下座椅。正上方送下的報表打中倒下的椅腳跌落地板。我看著自己的右手，毛刺現象轉爲**現實剝奪**，支幹化爲流動的顆粒能源，重新形成右手。撐起意志，識流爬起；取閱著報表裡的情報。蓮花代碼出現在每條觀看過的時間線，就算是處於相同時空，仍有不相連的交叉。

就我所見，每個與蓮花代碼的相遇都只是萍水相逢，無論在哪，我們都沒有產生任何有意義的關係，但我每個存在都有它。沒有一個我與之親密？

……難道，它就是我嗎？

以當下的角度，對大部分的我來說它只是轉眼而逝的曇花，但從時間上往下鳥瞰，它的存在形成一個圖形。放下報表，感受緩慢回復時，地板上，圍繞著時間曲球開滿了朵朵藍色蓮花。曲球的光突然收縮消失，方格間的黃色抽離，事物變的很藍；透過曲球表面的黯淡，我看見自己不穩定、訝異的臉。

方格內牆原先的微弱白光突然轉紅，閃爍。藍紫之間，仍不明白做錯了什麼，我本能地起身轉向門，期待它開啟，可惜沒有。我撞上剛硬的金屬板再次跌落地板；蓮花被我壓扁，花粉飄入空中，與我的顆粒能源混雜在一起。

發生什麼事？我不知道伊斯中存在著牢籠。

「週期開始— Log:359874213б ⇅」

流動裡的會議桌，感覺像撫摸貓毛的手，又像感受著自己獸毛分向的貓。照著鏡子，張張具有自我認知的臉龐有條理的轉換融合。思緒之船理清自己的船員，在甲板上點名。流動有時會帶走些想法、觀點，但有時也會帶它們回來。

『為什麼需要道德回報？』『不知道，總之，就會很想要，所以做的每件事都是帶有目的，所以每件事都成為好。』

『這些好事會因為追求的回報而變成壞事。』『是的，對控管道德回報的人來說，這些都是壞事，道德就像錢。』

『所以重點在明白並接受想要的是一個壞的結果？』『嗯……看得出來想扭曲什麼。可以這麼說，喜歡這個壞的結果，利用道德換取利益；但有沒有想過一點，』

『像什麼？』『無論我追求的是什麼，這對因為做了件追求道德回報的事而影響到、干涉的個體；無論如何，對他們來算件好事嗎？』

『把它扭曲回來了。』『誰不喜歡受到幫助？難道說每個好人都該受苦？如此之下，誰願意成為好人，誰願意活在一個善良被當成脆弱的現實？』

『認為所執行的，不應追求道德回報。』『怎麼？不想討論善良嗎？』

『道德不存在。』『所以回報也不存在。』

『不會有人受苦，因為每個……』『在這點是無法說服的，就算擁有永恆。』

『好吧……』『想接受，做一件事至少會有兩種想法，兩種觀點，兩種歧見。』『那麼那些回報應該會是什麼樣子？』『什麼樣子嗎……或許是都能找得到她吧？為什麼想找她？』『不想嗎？』

她它想被找到嗎？流離的手被鏡子反射的光映照，溫暖不失寒冷。流是血，流是想。想法與血液沒有區別。更多船員同時在搖擺不定的重心上討論著所以然，就算理解，卻忍不住去分離差異。直至都變成那張轉換不停的臉。那就是我的臉。一張每次都不太一樣的臉。

「↑↓週期結束*****」

醒來。

4

清醒的過程是多面體逐漸的再建構，格格畫面清晰，景深中的偉大瀰響被完成。光是最後加入圖層裡的遮罩，紋理的細節總算被呈現。樂園築起視覺感受；意識體重新回到伊斯的軌道，卡榫連接完成。

『她它想被找到嗎？』這段聲響重複播放，直至認知到是週期裡意識重組裡的編碼被電子鬧鐘鈴響延伸。壓掉時鐘上的按鈕，時間存在的安全感透過動作與眼裡的畫面滿足。

坐起身子，先是觸摸自己的臉，才是照鏡子。與自己雙眼眼神交接，順勢用右手梳理頭髮；清醒帶來的毛刺現象每況愈佳。看著鼻子與上唇的色票殘影往左偏移幾公分，抓起時鐘前的方框眼鏡戴上。眨了幾次眼，又是那張習慣的臉。伸展下顎，打了個哈欠。

眼睛聞到了咖啡香，走進大廳。小仙坐在桃紅木餐桌後，兩個馬克杯分別放在她左右鎖骨的正下方，遮住她的胸部。

「我覺得辦到了，這次。」小仙抬頭，嘴角上揚。我走到桌前坐下。

「怎麼說？」拿了一杯，沒有奇怪顏色的煙霧，杯子裡的液體是美好的深黑。

「**分享**，這次做了兩杯。」我感覺到溫暖的觸覺從後撫摸著上身。她跟著拿起馬克杯，看著，模仿我將它喝下。

「這樣就有一起喝的感覺了。」小仙笑得很開心。「好奇妙。」她感受著。

更清醒的感覺跟隨著情緒記憶步步展開，不眞實的感官體驗連結起地球的時光。我終於明白，這些咖啡都來自小仙本身，透過喝的動作，我倆的意識交融，她深入我的思緒迷宮，尋找出關於咖啡的記憶情報共感。每次的嘗試都是她在我身體裡不同的探索，不過我看起來只是她泡了杯咖啡。

視覺感官如何蒙蔽自我的心，眞實是什麼？無論如何，都只是用自己的感覺去建立起世界？我皺眉，小仙透過觸覺直接感受到我的困惑。

「你不喜歡？」小仙臉龐轉換，眼睛細長上吊，顴骨高聳，咬牙。

「爲什麼我們不能眞正的一起喝杯咖啡？」

「爲什麼我們不是喝一杯**眞正的咖啡**？」

「我不是這個意……」

「要錯也是**你**，因爲這是你的咖啡，這不是我的咖啡，你不知道嗎？還是根本就不知道咖啡喝起來是什麼樣子，只是以爲自己知道？」小仙的憤怒淺而易見，感覺到身上的觸覺從溫柔轉化爲緊勒。

「我想看妳眞正的樣子，我想知道仙女座嘎比爾星個體的美麗。」

「這就是我眞正的樣子！地球人。」

「這只是感覺到的樣子，這是妳讓我感覺到的樣子，我想看。我想聽，我想聽妳的聲音。」

「為什麼這麼不滿足？……我明白了，你是不是看到**更眞實**的東西？從時間曲球裡，你是不是對某個肉身個體有了性幻想？怎麼樣？她長什麼樣子？」

她外型開始轉變，像水進入各樣容器，不同的女性身體刺激著我的視覺。有幾個相當面熟，這是什麼感覺？一個強烈的『曾經』剎那爆發出來；這影響到了小仙。她往後一跌，撞上連結門口走廊的吧檯。

「我們都是意識體，我不知道地球人是為了什麼而變成這個樣子，我們是為了追求更高等的存在，更完全體驗世界才進化。我們不會去質疑眞假，因為眞假不存在。難道你們捨去情緒換來的一切就是為了讓自己能更清醒的去質疑嗎？既然如此，為什麼要捨去情緒？不就是為了苟且偸生！」她扶起自己的身體大吼。看見她的憤怒，可卻感受不到。

「我說著中文，所有一切都自動翻譯成中文，妳也說著中文，甚至是我聽不懂的中文。妳難道不好奇嗎？我眞正的樣子。我現在並不是說著你們眞正的語言！」

「不，那樣子的我們永遠不可能相識，我們會處在不同現實，距離好幾萬光年，你會聽不懂我的語言，甚至會感受不到我。好，就算我們眞的見上一面，或許你會害怕我的樣子，這是你要的嗎？眞實的感受。我們對彼此來說根本不存在。」小仙的模樣最後定在一個東方女性的外貌；淡黃色的肌膚，有些曬痕。中等上揚的胸部有著翹首的頂端。緊實的腰身，寬腴的臀部。她有著筆直的鼻梁骨，單邊酒窩，自然捲的中長髮，戴著玳瑁髮箍。

「這就是她嗎？」小仙撫摸自己的身體，從起伏的胸到蜿蜒的腰。最後停在兩腿之後。她開始哭泣。

巨浪般的曾經透過小仙的身體塡滿我的思緒。她吻我，我看她。她跳上我的身體，觸摸著每一處的思緒；一起感受著『曾經』，彼此深入，感覺著對方掌管歡愉的中樞，在滿足與分離焦慮中來回不定。

她分享情緒，透過我們交纏的舌面，刺激性的觸覺從口部深入，推過喉道，直入身軀。挑戰著心之共感的絕對，試著從彼此的主觀去認知客觀現實，做愛對她來說是什麼？我努力隱藏著這個想法，不讓她摸到。

意體交流的過程不複雜，不需要去控制身體，甚至不需要用力；要做的只有兩件事：想和感受。把對彼此的想法透過意識連結投射到對方深處，不同的感官融合，就像千隻手圍繞著圓進行無止境的擁抱。單純的控制想法，侵略、拉扯，使用張力創造一個又一個高潮。

視覺不再是習慣的樣子，為了安全感創造的形體分解離散；起初踩不到地板，接著失去重力，全面性的表面積觸感；小仙的眼睛分裂出色彩光譜，撫摸她胸部時，結構層層如內衣般被解開後捨棄。看著她雙眼後的光點，像顆正在燃燒的恆星，有著自體運轉的星系；混雜色彩的光愈變愈強的同時，感官被穿透，閃光直接照耀在思緒間，小仙一邊與我說話，一邊用思想親吻著我的全身。

『好奇怪噢。』『什麼好奇怪？』『幸福是什麼？』

小仙睡著了，進入週期。

我們的週期在穩定情況下只有短暫重疊，她的比我短很多。離散的形體緩慢震動後疊回，重新建立起存在感；我坐在床緣盯著鏡子，看著身體從三個變回一個；撫摸著臉頰，毛刺現象穿透手掌將牆面與天花板部分帶進身體。

嘎比爾星上充滿好戰的生物，祂們是我接觸到最接近人類文明的物種；我和小仙有相當多共同話題，大多關於慾望。她說過，祂們是透過衝突來達到昇華。透過戰爭來理解肉身與涅槃的本質。

我右手撫過臉頰，深入髮根，通過後頸，手在回到面前時已夾了一根菸。用視覺來認識現實，很多東西會在看不到時偷偷出現，像從潛意識縫隙露出的想法、雜訊、習慣、癮頭。看著眼前這根菸，好奇它從哪裡來，又代表什麼？要搞清楚只有抽了它。

抽菸最好不要跟小仙待在同空間，有次當我正這麼做又注意到她時，她的樣子宛如凶煞，讓我直接連結到死亡。不知道她觸到什麼。她沒法認知抽菸，如何去形容都是白費工夫。從那次開始，我們每隔段距離便會吵架，衝突過後做愛。做愛過後她進入週期。菸開始只會在她進入週期出現。

離開臥室，我把手放在通道口的牆垣，往右拉出更多的牆將臥室與大廳隔離，拉了一張椅子坐下。神奇魔術方塊在桌上漂浮，發出淡淡的光。該抽掉這支菸了。

看著嘴叼上菸；打火機不會跟著菸出現，我必須找到它。家非常乾淨，沒有多餘家具、櫃子。視線掃過所有表面，沒有。翻開每個櫃位與抽屜，沒有。就只剩下臥室了。

我應該早點開始找。沿著牆垣拉開側身進入臥室；小仙背對躺在床上，雙手相握，雙腳成弓，身體放鬆縮在一起。站在入口看過所有表面，接著看遮蔽物的裡邊；最後在枕頭下找到。

半透明外殼，內部如浮游燈，泡滯著蓮花標本。看來它存在於我們兩個都在的空間。回到大廳坐好，看著嘴上的菸，火接近菸的頭部，點燃。看著燃燒的菸草，想像呼吸的習慣，燒痕往內推，吸口，右手雙指取下，吐出充滿毛刺現象的抽格煙霧。霧氣抖動，毛刺讓煙霧裡側充滿代碼。

它與我就像是鼓面上的鐵沙，感受同樣的聲音，但呈現的方式不同；愈是集中心力捕捉（想法），煙霧裡隱藏的代碼（形狀）愈是具像。蓮花形狀的錯視產生在煙霧中，勾引著心的渴望，懷念的曾經。

抬頭透過玻璃圓窗望著遠方的偉大瀰響，緩慢移動的星雲與窗口折射出光線自然漸變。我想起忘了什麼，記憶與遺忘像兩張不同幻覺網絡一起交織出象徵時間的風帆。像裹布一下子將世界包覆，每時每刻充滿著遺忘，又在視線轉回霧裡花時被塡滿。

看著自己吸了口菸，吐出；煙霧圍繞著我打轉，包裹想像穿入現實；放大，感受到正穿越它們，度過剎那的思緒斷層。每次的穿越都帶我回不同的當下，當下充滿著選擇；

不是曲球裡的資訊，而是著著實實的記憶湯塊；而每次我總選擇去望向那最遙遠的個體，她們不盡相同，卻是共同選擇，強烈連結領著我回到大廳。煙霧散去，菸蒂在落地剎那間消失，留下僅用不存在的雙手死命緊捉不存在的腦袋的我。

我想要的是**遙不可得**的感受；渴望著去掌控虛假，把想像化爲現實的控制欲。只是一再地在小仙身上實踐這點。利用她自然的危險去模擬遙不可得，再用她多變的外表滿足充斥不實幻想的控制欲。我明白已經無法再這樣跟小仙相處，心中連結的能力被奪走，渴望著那種遙不可及，得不到給了我快感，小仙則成爲實踐快感的工具，我以醜惡自居沉浸其中。

眼前的工藝魔方開始變形，跟隨視線，它成爲另一朵蓮花。不能夠如此。時間幻覺原本有的安全感變成不安全；破裂，從臥室傳來的，不用看也知道是那白色電子鐘碎開了。影像在大廳最陰暗的角落誕生，隨同由恐懼、焦慮、憤怒、悲傷組織而成的遺忘感；人類原來不是捨去情緒，而是隱藏。不去看那個影像，我知道是個母親牽著孩子，不能去看，不能爲了獲得好時光而向黑暗屈服。

我的手大力推開蓮花樣貌的魔方，推向空間深處；抵抗竄向四面八方的想法，計劃著。必須向知識求助。我起身離開大廳，隨手捉了大衣，戴上禮貌，打開家門，進入樂園之中。

5

深咖啡色的大衣遮住半裸的身體；扶著河畔的欄杆，靠著它。這次的終點在「生物園」，伊斯儲存知識的地方，像圖書館。看往主要通道的盡頭，只有更多的路。我得在這段路程釐清自己的想法。

往河畔對面公園走去。草皮上有些生命看似在野餐，兩個人形生物爬著樹玩樂。往更深處去，經過一對正在野餐的物種。看著雙腳指頭滑過草枝，才意識到一直以來沒穿過鞋子。感覺不到腳底的觸感。我停下來思考潮濕的草皮、泥土與摩擦力，踩起來是什麼感覺；大草原不過只是共感投射出的影像。

閉上眼，心之共感誕生的樂園在思維中被投射成煉獄。

睜開眼出現一座森林。森林與迷惘相互連結，爲了迎接我打開雙手，穿過兩棵高聳巨木走進大門。樹間有許多彩色蛛網的折射影像；向前穿梭，樹間形成的面向像座鏡子迷宮，在折射與現實間看見迷惘及心之所嚮。

一個個性別波長介於六二五～七四〇的人體幻象從每顆樹後踏一步走出；她們望著我，在坦裸的前胸上有著朵朵蓮花刺青。眼前萬花摺疊，各個蓮花邁向視線的消失點集合，過分拉伸，直到剩下一朵單點透視盡頭的蓮花與由它散發出的仟佰萬線條。

「哦？我沒注意到你。」一個聲音打破所有腦海在進行的一切。感覺摔了一跤。他的聲音看起來像正在翻頁的書。一名下巴佈滿毛髮的老者，毛髮蓋至嘴唇上緣，幾乎看不見下半張臉；他的聲音化成種種畫面直接傳達到意識之海。他穿著藍色袈裟和竹編夾腳拖鞋，視線隨著他的手往上抬，大拇指遮住了禮貌的前置鏡頭。

「親愛的，我們不需要這個。」他將我的禮貌取下，來回看著他消失的衣物，他的身體介於精實與鬆垮，乾燥的枯花；接著才看到他的雙眼。蒼白、半透明的瞳孔，他是瞎的。一瞬間，彼此明白我們都是人類。

「你們好，我們是哲愈。」哲愈有張中東臉孔，深邃眼線及山崖般的鼻樑。我們用眼神握手。

「這是我第一次跟其他人類接觸。」不可思議的感受著，另一人類集體有多麼的不同，若是相像，我們便會總和，之所以分離是因爲不盡相同。再次注意到他的瞎眼：「我可以冒昧請教你一件事嗎？」可以，他說。

「你怎麼進行共感的？你的眼睛……」哈哈，他的笑聲具現在視覺，身體笑得很誇張。

「聽覺、聲音。」

「怎麼會？」

「當然是因爲我們是人類。」困惑。哲愈做了個手勢要我跟他走。

「我們在哪？」

「抬頭看看天空。」跟隨哲愈的腳步，在以石頭搭建的道路上。我們處在一個巨大的溫室中，三角形的半透明氣凝窗組合成半圓形的穹頂阻擋所有來自偉大瀰響的光波，許多細小光柱從穹頂內側散射至溫室的每個角落。生物園。

「怎麼會？」

「走了不尋常的通道，別忘了主要通道只是簡單的工藝規則，所有的通道都是主要通道。旅程才是呈現。」他帶我在石道上散步。這裡充滿植物、昆蟲、動物，幾隻小鳥在枝幹間來回跳躍，搖動團團葉子。儘管眼前有許多的新奇事物等著去意識，但我仍對哲愈的雙眼感到不可思議。

「不知道你們有沒有注意過一件事。」

「什麼事？」

「語言在樂園裡的表現方式，與感官的互動方式。」

一隻長著短角的鹿從前方的樹叢走出，牠走到哲愈面前，低下頭，淺灰色的身體，潔白的細胞形斑紋，哲愈將手放至短角鹿的頭上，輕柔的撫摸牠。

「心之共感將我們認知世界的方式投射到樂園的框架，以人類來說，視覺成爲主要的方式，這不代表著無法用其他感官感受；你仍聽得見，摸得到，這些都跟視覺綁在一起，視覺就像大腦，將接受到的資訊傳給其他感官。」

「但還是感覺不到，就算我看著，知道自己立足在一個基底上，卻感受不到那是個什麼樣的。」

「那是因爲沒有眞正的**看**，我們擁有的是心之共感，不是視覺共感。」

鹿的短角與眼睛散發出光，折射呈現半透明投影，形成一張帶著資訊的面板。這是生物園儲存資訊的方式，每則資訊都是活的。趁著哲愈操作面板，我低頭好好看著我的腳；終於看到那段間隔，腳底板沒有眞正的碰到地面，其實隔著段非常小的距離，腳與地表一直在彼此接近，並且保持著這個過程。

「爲什麼？」

「因爲你們一直在飛呀。」我抬起身，看著那頭鹿投射出的面板。

「這是什麼？」

「是你要找的東西。」我湊到他身旁看著上面的資訊。

「回到語言；我相信你們一定也在樂園裡聽過聲音，摸過觸感，這時是與相處對象之間產生的共感，有時是透過樂園傳遞轉譯。都是感官，但**語言**是超越感官的，一種視爲**文明**的表現。」

哲愈的手離開面板；另一隻動物從左方走來，一隻大貓，黃色的毛，綠色的眼睛；牠發出細微呼嚕聲，走到我的身旁趴下。後腿與肚子壓住我腳趾。哲愈蹲下，開始撫摸大貓的後背。

「我們相信，孤獨也能被認知成眞實。人類擺脫的情緒凝聚成一道雜訊牆，鋪在生存基底上，這就是孤獨。也是飛的理由。」

「這就是我沒有碰到地面的原因？」

「它不過是比喻，不是眞實。」

「哈哈。」

與人類說話是前所未有的放鬆，能感覺到時間。大貓的背毛孔釋出光芒形成面板，在哲愈調整面板的同時，一隻小白兔從樹上跳下，在短角鹿背上摔了跤，這兔子有四隻眼睛。

「這份孤獨也是爲什麼人類被分這麼開的原因。」

「或許吧。」

「……回到文明；語言建立之上，但比起語言更接近文明的是溝通，偉大種族建立伊斯非完全靠科技與知識，是囊括偉大瀰響各角落的智慧文明，我看到許多具有高度文明的星球甚至不用語言**溝通**，而經由**波**、訊號，如此不同單純只是各種生態處理資訊的方式不一樣罷了。」

哲愈用同樣的方法對待每隻動物，撫摸、投射。越來越多的動物接近他。

「溝通的動機都相同來自於心，語言不由他者發出，而是來自於渴望溝通產生。爲了溝通，人類文明創造語言，語言是理解他者的方式。心之共感給了你們**語言**，得到理解他者的安全感。可事實上，你們已心心相映。」

哲愈嘴巴動了幾下，但沒有聽到任何聲音，也沒看到任何成像，只得到了一段想法，這段想法在思緒中用自己的聲音被播放。

『我們其實聽不見任何聲音，得以溝通是建立在單純的慾望之上。』

另一隻長得一模一樣的短角鹿踏著石道前來，牠停在後方小段距離用右側的眼睛看著我們。

「好了。」哲愈調整好所有面板，剎那，動物們旋轉融合縮緊成一本羊皮紙書。後方的鹿逃跑了。可不想變成書。哲愈接住半空落下的書遞給我：「這樣應該比較好閱讀吧，畢竟要從活物上學習太費工夫了，哈哈。」

「至少不是個石板。」我們微笑。

「那有張躺椅；我再去走走。」他將我的視線帶到一張石藤編成的躺椅上，等回過頭，哲愈早已沿著石道遠去。

我要找的東西、答案，創造連結的瀑布；我沒跟哲愈提過任何遭遇、疑惑，他是如何判斷我的問題？

藤椅的觸感如同數個小型針頭完好地插入毛孔，我的身型完好與石藤協調。意識放鬆地淌在溫水之中。輕觸書皮將它翻開；第一頁寫著四個大字「**靈魂伴侶**」，思緒與文字表面的紋理交纏，資訊本身觀察著我，它的活性沒有因化成書本消失，那頭鹿、兔仍存在，只不過是我更換觀看牠們的方式。翻頁。

『我將在茫茫人海中尋找我唯一之靈魂伴侶，得知，我幸；不得，我命。如此而

已。』——徐志摩

前方不遠處有座石柱搭建的涼亭，庭裡有四張長椅。其中一張上出現淡淡人影，由光芒建構骨架，多維度折射構出形體：中分油頭，穿著西裝帶著圓眼鏡的青年男性，翹著二郎腿，右手拿著指甲剪修左手的指甲；他有四顆淡紅色瞳孔的眼睛。翻頁。

會飲篇。柏拉圖。

對話穿梭在書頁間，我就像正在追捕獵物的大貓，在奔跑的文字裡試著抓住哪條移動比較慢的小鹿，期望著誰跑累了會停下。其中一個故事被我捕捉，它慢下，容我閱讀。

阿里斯托芬說了個有趣的故事：人類原本有四隻手與四條腿、兩張臉的頭。這樣的人類有的強大力量使衆神害怕，於是宙斯將人類分成兩半，讓他們終其一生尋找另一半，好消滅自我的傲慢，達到圓滿。

四眼男子注意到旁邊長椅顯現的另一個人，一名老者，綠色的眼睛，金黃色的體毛；長鬍遮住半張臉。寬大的額頭，披著一張紅色彩布遮蓋住左肩；他似乎對於自己的誕生感到疑惑，但很快認知事實，扶著雙腿坐正，扭動脖子，雙手平舉至胸前，一卷紙與一隻鵝毛筆在他手中顯現。

我的身體更往後仰，閱讀的視線從上至下變成底向高，將書高舉翻頁。文字布滿書頁，排版方整，好比石碑典籍，沒有分段與間隔標點符號；流動著，有時字與字之間的複雜處會形成圖像上的陰影，水流的漣漪。

我聽見涼亭裡的兩人正在對話。不只是人類，讀書也讓我感受到時間。

「雖然那雙體人的故事聽似浪漫卻缺乏理性。怎能那麼的輕易相信眾神存在？」

「你看起來是個聰明人，尤其是那四隻眼睛。說這故事的人是個喜劇劇作家，我想這是他找到最好去表達自己總是少了什麼的方法。」

「總是少了什麼。原來是這樣啊……那我們是什麼？汝先生有頭緒嗎？」

「我們只是化身，我們的執著即是與本身的連結，讓我寫寫。」

「化身。雙體人可能存在於非理性現實中，在雲而海的彼端。彼端，我這樣用詞是對的嗎？」

「彼端聽起來只有兩種角度，想找出言語裡的非理性現實需要更多角度，像正十二面體。」

「那樣就太多於理性了，非理性現實是不會被找到的。我想比起彼端，他處更是一個適合的詞彙。」

「我問你，靈魂被一分為二是不是正恰中這種非理性的感覺？」

「沒有死亡便沒有靈魂；那麼一分為二的靈魂不正像生與死的區別？生死相往，生者找死，死者尋生。」

「有意思。我倒覺得像場投影。」

「怎麼說？」

「靈魂的分裂在觀看到自己被投影的一刻產生，我們的眼睛是看不見自己的，但存在現實便有機會在各處發現自己；這樣理性嗎？」

「你不先跟我好好說說分裂是怎麼一回事？」

「分裂即是意識到了另個自己。如同我明白我是化身的當下，我即充滿尋找本身的衝動，本身即是我分裂的靈魂。」

「相當的不理性。」

「感性即是。吾之衝動也是場戰爭的投影。」

「你說的戰爭……是『愛』嗎？」

「正是。」

「我終其一生在尋找著愛、美，與自由。」

「你的一生不過是投射出的短短幾分，幾分的理智還取決於觀看者的閱讀速度。」

「那不如我將汝視為靈魂伴侶。離開吧，讓我去尋找您。」

一個中長髮的中年男子漸漸從另一張長椅站了起來，逐漸被建構，穿著黑色衣袖過長的襯衫，手裡拿著一把紅色電吉他。頭上有對短短的角。他雙手開始彈奏，口語裡含著一團精緻的時間，唱出音樂。

意識到我聽過那首歌，是伍佰的《Last dance》。

所以暫時將妳眼睛閉了起來，黑暗之中漂浮我的期待。
平靜臉孔映著繽紛色彩，讓人好不疼愛。

妳可以隨著我的步伐輕輕柔柔的踩，將美麗的回憶慢慢重來。
突然之間浪漫無法釋懷，明天我要離開。

妳給的愛；無助的等待。
是否我一個人走？想聽見妳的挽留。
春風秋雨飄飄落落只爲寂寞。

妳給的愛；甜美的傷害。
深深的鎖住了我，隱藏不住的脆弱。
氾濫河水將我沖向妳的心頭，不停流。

想問問妳的心中，不願面對的不懂，明天之後不知道面前的妳是否依然愛我？
不知道。不知道。

「真好聽。」
「謝謝你們。」

翻頁。

『時間之影：曲球與交換科技』下一頁的大標題。文字上的毛刺形成漩渦，將資訊捲入後吐出，帶著圓周率的跑馬燈。
資訊以一個被填滿的圓圈出現，隱約可看出個九角星的符號，伴隨忽紅忽藍的淺色螢光，九角星與一個模糊、難以形容的異教符號產生漸變。

涼亭情境在歌曲的尾段迴圈；不知道、不知道，重複地訴說，直至聽感麻痺；像抓不太住的想法，三個特性區別的人體形象平行上移離開長椅，他們倚著與資訊漩渦相同的頻率吞噬彼此後合而爲一。

一個雙體人的崎嶇骨架被吐出，維度折射給了祂件繡滿紅色鱗片的圓錐形高腰裙；他的左雙與右雙手分邊黏合肢末成螯；臉部清秀，橢圓形的面龐雙雙似人的五官，佈滿下顎的鬍鬚細看是觸鬚臉體的延伸。三角形瞳孔先放大後萎縮。是偉大種族的形體意象。祂坐回長椅，有樣學樣讀起一本書。兩個面龐上的口器對著彼此談話，喃喃自語。

「偉大種族之所以偉大，是因為祂們將時間取樣為工具使用，如偉大瀰響一般，時序作為奴隸。」

「……此為編輯過資訊—不可理解之處已作為第三方等量替換……」

「時間是液體，時間是固體；時間是氣體，時間是等量體。時間是相對體，時間是比較體。循環的天性是圓，由上而下觀看是橫，由旁而側觀看是直，高方位觀看是心，擴張與消散＝曲球成形。」

「自作主張。」

「自我本位的死亡與重生進入曲球渠道。⤓⤒時間科技⤓⤒」

「：自我意識液化成無我意識：無我意識滲透對象—影：影做等量固化超我意識：對象自我意識相對守恆氣化成無我意識—它影：它影等量傳梭回本體—形：影液化—它形：⤓⤒時間科技⤓⤒」

「偉大種族透過時間曲球將意識體轉移至它時空選定的意識做精神交換，進而在其它的客觀現實中學習知識；被交換的個體停留在伊斯被研究，這是一個主、客相輔相成的資料成長系統。」

園裡的植被蔓延至涼亭包裹石柱。偉大種族的影子伸出大大小小的透明觸枝與植物連結，祂們也是整個生物園的一部分，被知識吸塵器吸取回書架上。

「我們來回時間之間，凡是之下存在皆為我們，因為我們擁有時間。」

「悖論建構：」

「讓時間照鏡子，延續出永恆。」

「我的精神是完整的。」

文字、資訊抖動，書本自動被闔上。植被將涼亭吞噬，我趕在被藤椅吃掉前跳回石道，先重而雙膝跪地，雙掌撞擊地面與我的力場；疼痛感相當短暫，剎那我看見房間裡的天花板與方格間裡的紅光。回過神，哲愈朝著我走過來。

「找到你要尋找的了嗎？」他開口。

「你怎麼知道這是我需要的？」

「我們都是人呀。」他簡單回答。過了一下：「我剛才跌倒了。」我看著自己的手，很乾淨。痛嗎？

「會不使用視覺去認知現實只有一個原因，因爲不希望被蒙騙。使用一個不具掌控且被動的感官賴以生存，幫助我擁有更多的發現與驚喜；這是一個選擇，也是我被囚禁在這裡的理由吧。」他說完將手伸進袈裟。

「人是不可能給另一個人答案的。能給的只有故事。」他拿出一個小盒子。「這是我送你的禮物，如果用的上再打開它。」

「謝謝。」我把盒子收進大衣裡。

「你會找到回去的路。」他對我微笑。走回森林前將禮貌戴回臉上。

哲愈。PH042，他是所有人類**僅存**的哲學思想總合。

回到家，手握著橫條狀的鐵桿門把。另隻手抓著禮貌外緣的殼罩，緊壓；它就要吃下我的臉。小仙的周期結束了，我才會到家。施加的壓力大到將門推開，進入後禮貌被自然的取下。

小仙面對我坐在床上，隔絕大廳與臥室的牆被打開，她擺在腿上的手掌心朝上。我站在門口發呆，直到她碰到我。

「你去哪了？」她想脫下我的大衣，柔軟觸感從胸口向上繞到背。

「怎麼了嗎？」我們距離因空間感改變而縮短，彼此間存在的共感已失準。她起身走到我面前，感覺像彼此靠近；小仙雙手重複我『剛才』感受的觸覺，同樣方式到大衣脫下。

「攬住我。」她雙手扶著我的身體。她的手看起來很纖柔，整條手臂貼住我上身靠上；她的乳房像內部帶有高壓泡沫。我的手透過小仙的腰窩往上摸，裹住她的身體。她側過臉，將耳朵貼到手背上。

「你爲什麼把我的模塊用壞了？」桌上的魔方不再漂浮躺在地上，缺了一角，方塊散落在四周。

「電子鐘也壞了。」我們保持同樣的姿勢。「而且我摸到了……」

「摸到什麼？」

「你想著離我越來越遠的感覺。」小仙抬頭看著我，她散佈在我思緒間的觸感開始刺痛。

「我什麼都沒在想。」**共感瓦解**，小仙的身影在房裡角落忽隱忽現。

蹲在模塊前撿拾碎片、坐在椅子上泡咖啡、折著棉被、抱著我、用力將牆推開、從身後走過、推開牆的手緊捉著牆。

「還記得第一次見面嗎？」我問。瞳孔隨著她所在抖動，她的觸覺勒索我的視線。

「記得？那是什麼？你正在消逝嗎？」共感瓦解將現實切出大縫；先是光失去顏色，後是海潮般的毛刺。

「我摸不著你了，你去哪裡？」

我們一直以來將情緒視為障礙，但很有可能，沒有了這些障礙，就看不到愛了。

「我接納你！」一聲大吼，從沒聽過的聲音。

沒有任何資訊，很純粹的接納，毫無選擇與保留，暴力的接納。身後的門被闖破，時間擁抱下的所有都變得好慢，顏色不見了。幾個武裝過的形影是聲音來源，它們不停重複地大喊：我接納你！我接納你！從門外一湧而進推倒放置禮貌的櫃子與衣架，禮貌被踩碎。它們分別抓住四肢將我壓倒在地。其餘的在進入思緒後將其反鎖。

「意識體『CH097』—進行移交—客觀現實Θ共感修復Θ警告：移交過程可能產生主觀現實錯誤投射，請不要相信感官認知，如指示表現」

時間壓力終於在我感受到的一點一滴間爆發。

「小仙，我好像開始感覺到情緒了。」這是句多麼不被允許的話呀。

6

身處在灰色的正方隔間裡，以發光方格構成六個平面圍繞、一張桌子，長桌、兩張椅子。穿著的拘束衣也是灰色的，不同的灰，更深。袖口紐帶沒有繞到背後鎖住。

一個人在我失去專注力的期間進入空間，坐到對面的椅子上，身著正式套裝，西裝頭，看起來像電影明星。

「CH097，移交測驗開始。審查官 ᘐ 002 登入。」他從上衣內裡口袋拿出包菸，開始對著包裝尾端敲打，從手臂、手掌到桌面。

「你在跟誰說話？」我問，他停下敲打，伸出一根手指比著上方。

「你叫我『新謝』就可以了。」

「新謝？是什麼意思？」

「我是一個天秤，來自天秤座星系，由至善與至惡構成；同時也可以視作一種貨幣，但我不在這，你也是，只有你的思維和我的思維在這。爲了進行測驗你已被強制週期化。總之，請依指示行動。」新謝拆開菸盒。

「我做了什麼？」

「這就是我們要搞懂的。抽一根嗎？」他自己先拿了一根叼到嘴上，之後將盒口對向我；我也抽了一根。當手指與口透過菸連結，香菸的頭部卽開始燃燒，這菸不需要打火機。

「先說說，你知道怎麼過來這裡的嗎？」新謝的姿勢挺隨便，拿著菸的右手手肘頂著桌面，身體微靠在椅背。

「我……看到自己被帶走，被拖出家門，顏色跟著被帶走。看到一個沒有我的家……等等，怎麼回事？」眼前出現一條條神經網路，纖維交織互相把察覺到的景象投成難以理解的模樣，如同視點被拉到更加的後方，看著自己的虹膜。詭異的焦距中帶有一些色彩，但穿過色彩的仍是無止境的灰。

「可以這樣想，家是你的意識體**質量**，好比一團煙霧，而你看到的自己則是**思維**，事實上無論去哪裡你的位置都不會改變，至於……你爲什麼能看見自己的思維？」

「爲什麼？」

「期望你能告訴我，現在看得到自己嗎？」

「我看見你，你是我嗎？」新謝微微點頭，他把左手上那整包菸往後丟，菸盒撞擊到空白的地板把裡頭所有菸枝彈射出來，混亂散落一地。接著大量的報表從上方打印出來；新謝舉起雙手等待，接到報表後便開始閱讀。

「在這段異常的過程中，你感覺到大量的情緒。」報表打印停下，但沒有被切斷；新謝的一隻眼睛透過垂吊著的灰色簾子看著我。

「這相當好分辨，因爲一個意識體產生**情緒**時，思維的部分會產生顏色。」

「我看不到。」

「看不到什麼？」

「**顏色**。」

他回到報表上，往下拉，去看更上面的東西。一坨空白的區域就這樣被拉出來。

「人類普遍在意識融合的過程中情緒必須被捨棄。」

「是，這樣才不會自我消逝。那些沒有成功的人都死了。」

「他們只是不在這。」

「在地球上就等於死了。」

「的確，我們星球也是。繼續說。」

「但……我發現我只是將情緒壓抑住，隱藏起來。」

「是，在我們的觀點感覺起來，情緒存在是人類的思維方式，對我們來說很多時候只是思考、想法。而你們又將大量的思想與身體反應連結，自然而然在捨棄肉體的過程中，你們必須離開那些概念。」

「事實上，我們只是透過忽視他人、不在乎來包容，這只是情緒上的捷徑。人類的鬥爭許多時候都來自於**關心**，這份關心產生**控制**。若要產生真正的同理心，不知道得經過多久的週期。」

「真是難以理解的一番話。」新謝盯著報表。

「不會吧，你們不是應該比較聰明嗎？」他看向我：「我們只是比較清醒（楚）而已。」他扯下報表往後一丟，丟到和菸差不多的位置，散落。

「CH097，移交測驗結束。」新謝站起。「測驗結果：認知與思維分離成不同客體。對象故障。」

「故障？我不是一個工具。」情緒感受湧起，認知扭曲。

「我知道我是一個工具，你爲什麼不是？」他說完便轉頭，即將離去。

「這麼說，要開始自我消逝了嗎？」已不太確定是在跟誰溝通，我幾乎看不見新謝。

「週期結束了嗎？」我追問。

「結束了。」

「那我什麼時候可以回家？」

「你一直都在家裡。」

『請靜候維修。』這是祂們最後傳達的訊息。

感覺不到空間，也不認爲自己踩著什麼。沒有任何客觀現實，也沒有任何認知，沒有時間，只剩我和自己。思…考…將停止。直至聽見另一個聲音。

「是誰？」他聽起來很低沉，幾乎是啞的、沒有生命力。聲音訊息給了我畫面，他的聲音看起來像個擴變的光纖，紅得像火把，暗的像灶香。光纖逐漸膨脹成人形，一個中年男子的型態出現在眼前，大量輪廓構成了他；男人拿著也由輪廓反覆構成的火把朝我走來。

「是我。」我回答，不指望他是眞實的。

「是你。」他說。當我們靠近至距離彼此兩臂之寬，一道黃色光纖從我的胸口向前生長突出，黃色與紅色觸碰彼此生成波紋，波紋向內包噬交錯成球體，發亮。

「你是誰？」他瞇起眼。我想了一下該怎麼回答：「阿吉。」他點點頭。

「我是納撒尼爾．溫蓋特．皮斯利。」他邊說邊張望，亮光邊緣好似有著幾道水泥牆。

「好長的名字，你原本住在哪個星球？鯨魚座的梅西爾？」

「鯨魚？不，我是地球人。來自北美的阿卡姆。」他不帶目標的持續張望，看起來像某種認知習慣。

「我也是地球人。」這句話抓住他的焦點，他看向我：「是嗎？」盯著我的臉，不知道在他的世界我看起來是什麼樣子。

「我是 CH097 你呢？你的**構合代碼**？」這是伊斯的基本知識，但卻讓他更困惑。

「果然不是人類，祢們這些鬼東西還想怎樣？放逐我之後還不願意讓我寧靜。」

「我不是你在說的人，我是人類，你也是人類。你說你來自阿卡姆？**所有的你**？」

「所有……？不，我就是我，就一個。我是納撒尼爾．溫蓋特．皮斯利。」他的形體越來越不穩定，但光球沒有消散，我感覺他的方式越來越清楚。他感覺起來瘋了。

「你說你也是人？你來自哪裡？」看起來他伸手想揪住我。

「我來自很多地方，台灣、韓國、日本、越南、非洲、南美，整個地球，可能俄羅斯沒有。」他的手指越過光球，我有被觸碰的感覺，這倒是第一次。「你不是你，你是你們。」

「不，我是我。沒有我們，只有所有的我。」

「好呀，來了個瘋子。」

「……你怎麼有這麼多情緒？」

「你眞的是瘋了。」納撒尼爾回復到張望的狀態，往牆走近，我自然地跟隨他。

「你來這裡多久了？」在傳達出這句話時才意識到有多麼可笑，但一股相當自然的驅動產生了它，果然，人與人產生了時間。納撒尼爾，還是太長，就叫他納尼好了。納尼開始沿著牆走，我跟在後頭。

「這裡是感覺不到時間的。那曾經是多美好的事。」光球始終維持在我們中間。

「我記得，我在一九〇八年五月十四日，那是一個令人興奮的星期二，但我授課到一半，便被祂們帶走。被帶到一間奇特的灰色房間，祂們告訴我，這會是一趟振奮人心的旅程，交換知識。我的肉體與意識已分開。在這純意識的天堂裡，我能夠學習到來自宇宙各處的智慧，而祂們中的一員也將在資本盛興的美國研究各式各樣的異覺體驗。」納尼滔滔不絕。

「起初我很享受被當作異鄉貴客般對待，在祂們的資料儲存中心學習，與祂們討論想法；」他停止話語，我們始終沿著短小可見的水泥牆步行，一條永無止境的長廊。

「你呢？你是什麼時候來的？」

「二〇一二年後，我不確定確切時間，每個我都不太一樣。」

「二〇一二？」再次提起他的興趣：「你也是被帶來的嗎？」

「算是吧……」帶走、自己發現？剛開始，我們存在於整片意識之海中，直到偉大種族帶來客觀現實。在海裡游泳的魚可能永遠不會認識陸地與文明，直到被裝進了路旁燒烤店裡的魚缸。

「一百多年後的世界變得怎麼樣？」全毀了。我簡單告訴他關於星之眷族與大黑暗的事實。

「超越巨大的尤格．索托斯擋住地球上所有的太陽，我們只能透過來自祂的光線看見世界，應該是從那時開始，生活眞正的死去。我們才去尋找眞實的自由。」納尼沉默著，直到：「那你現在自由嗎？」

「沒有現在，就沒有自由吧，我想。」一直走著，就像不能動一樣。

「你說你一開始在這裡待得很舒服，然後？」我問。

「是嘛？……是，直到他們發現我知道的太多。我成爲囚徒，被流放到意識邊緣。」

「你知道了什麼？」

「事實上，我們存在於地球人類誕生五千萬年前的古老城市。祂們打輸在原本自己世界的戰爭逃跑至此。敵人或許和你們未來遭遇到的噩夢是一樣的。」

「我們在地球？不是被這樣**告知**的。」

「我一開始也不是，直到我進入到祂們的圖書深處。這不是祂們撒的第一個**謊**；祂們控制了我們的意識，只給我們看想要的結果。可祂們阻擋不了人類的**求知慾**，我看見祂們以爲我看不見的東西，那些我不想看的東西。」納尼話中帶有一絲的瘋狂，卻十分的眞誠。圖形開始透過光球顯現，與他的語言連動。

「來這裡之後你有睡過覺嗎？」

「再也不了。」

「告訴我你還看到了什麼？」

「你聽了也不會懂吧……」

「我看的見，我看的見你說的話語。」光球擴張。

納撒尼爾訴說著看到的眞相，偉大種族的歷史，如何透過時間與意識產生的連結去替換。大多的言語到我這裡後只剩許多的無奈，混亂的恐怖，黑暗與屠殺，至今無法了解的投影，但卻與哲愈給我看的資訊有幾分相似。

同樣的九角星，這次是清楚的，由九個恩賜（長、寬、高、時、感、心、實、虛、全）所連結；中心的第一正九角星失去稜角變化成單純的九邊形，象徵邊互相連結（長寬高、時感心、實虛全）成三角形，三角形的中央睜開一隻眼，眼越來越大，大到吞噬整個三角，在外形成一個圓將之包覆，縮圈、旋轉，幾隻觸手般的波形從頂點竄出，形體被兩道鉤刀切割，最終形成一個似曾相似的符號。

看完他說出的一切，還未眞實理喻、一切都來不及的刹那，一道空間在右方展開；顆顆逐步被抽掉的磚頭，打開黑暗通往光亮世界的大門。

我們停了下來，不再行走；之間的光球阻擋我們相撞，反之將我兩推離；球體旋轉離散回兩群截然不同的光纖，眼前的男人變回密麻的輪廓。打開的空間開始將我抽走。

「或許和你比起來我更像祂們。」他看著我。

『和我一起走吧，我們一起離開這裡。』不知道有沒有說出口。

「不會記得來過，也不會記得離開了。」我試著伸出手，伸出我的光纖，我相信至少抓住了納撒尼爾的光。

「Θ 共感修復 Θ」

6.48

感覺到風。當刺眼的亮白完全逝去，看見一片巨大的黃沙。沙粒被微弱的風吹動，從堆積表面被提起，在離地不到幾公分的地方旋轉，直行一小段距離後落下。我穿著同套拘束衣，這裡不只有我。

悶雷在遙遠的天空響起，天不是偉大瀰響絢爛的景色，而是烏煙瘴氣的質量，像大黑暗時期。下雨了。大量的雨滴從大氣層落下，黃沙一點一點染上墨色。雨感覺起是十足的侵犯。

地表震動，九道巨牆捧著沙從地底升起；巨牆相當高，直逼大氣。巨牆表面因濕沙與水滴混雜斑駁，我被圍繞在牆的中間，沒有出口。深灰色的牆面出現毛刺，閃動，半透明。巨人降臨在牆的後方。

巨人說話了，我不禁衝擊跌倒到潮濕的沙坑。

「CH097，開始執行維修最終階段。」其中一個舉起巨大的爪子，祂們是偉大種族。祂們敲打著巨牆，牆被觸碰到的位置以圓型散發出短毛刺，是某種控制面板。

「取得時間。」取得時間。一隻說話，八隻複述；祂用前爪畫了一道，巨牆與我的思維、意識有著直接的連結；我跟隨祂的舉動被影響，祂們正窺探我的一切，解剖我的思維。

「我在進行溯源觀測時看到那朵美麗的蓮花；她存在於我每一條時間線上，卻又與當下那麼遙遠。我期望自我投射可以是個美麗的樣子，就像那朵蓮花；卻又因失焦而湧生不安全感，現實因而混亂。只剩下『當下』了吧。我想；唯有去創造那刻『當下』才能穩定自己。我不再去想著未來，而是思考著過去被改變的可能。」

直接的想法傾巢而出，像剛破殼的蜘蛛寶寶，密密麻麻在夜晚的客廳大肆享受；而房子的主人正赤裸地觀看著，思考要否將牠們殺死，如何殺死。

偉大種族透過我無法解密的頻率交流，聽起來像迅速的吹奏長笛並無條理的按放氣孔。

「解構。」解構。祂觸碰幾個點，我的身體產生動力，抬起胸口，挺出，半跪在地，雙手微開垂吊在身形兩旁。我看過的畫面、景色像幻燈影片一樣被投射在巨牆上播放，左右倒反。

一個個重複性極高的日子被撥放著，它們重疊在一起，其中的不同以紅色毛刺標記；我過著日復一日相同的生活卻絲毫不自知，享受著穩定帶來的舒適，絲毫不質疑不穩定帶來的成長。放映停下，滿滿蓮花產生的紅蓋住所有畫面。

「解析。」解析。我的身體癱軟倒下，思緒貼著地上的黃沙，只能斜眼看著牆面發生的一切。紅色毛刺被提取出來，祂的爪子在牆上推移，毛刺被擴張、放大檢視，不同的角度旋轉，移動。

「崩解。」崩解。紅色毛刺開始一點點被刪除。終於有力氣將自己的意識推離沙堆；當我找回空間感，前方的沙粒開始堆積，一個人形被堆疊而出，最後變成了小仙。

「我爲什麼在這裡？」小仙恐懼的包住自己裸露的身體，雨水很快淋濕她的頭髮與肌膚。

「眞的是你嗎？」感到困惑，但這股懷疑被它本身吞噬，我過去抱住小仙：「妳不用害怕。」

「爲什麼不用？我可能是假的！」她的手指插入我的皮膚，鮮血從傷口裡流出，非常的濃稠，根本碰不到地。

「我看起來是什麼樣子？」小仙盯著我。

「妳就是妳的樣子啊。」我摸著她的臉，擠出一些笑容，但卻一點都不這麼感覺，混亂。她是個我從沒見過的樣子。

「爲什麼你總是在說謊？」小仙的整隻手插入我的腹部，神情憤怒；血液從嘴中嘔出，噴濺到她的臉上。「你才是不眞實的那一個！」她大吼，雙手要將我從內部撕裂。

「謬誤排除。」謬誤排除。小仙將她自己給撕裂，從中間裂成兩半；她怒吼的嘴與嘴、眼與眼之間彈跳出細小毛刺，聲音彼此重疊。影像傳轉，濕沙如爛泥癱軟入地，從不遠處重新建構。

小仙的背影，她漸漸地回頭，對我微笑。

「咖……咖咖……．咖啡……啡。」她從左半邊融化，然後消失。

「重設。」重設。像夢的認知被認知，我明白，我清醒。看著沙堆上的血跡，什麼也沒想。

「經驗掃描。」經驗掃描。恍惚的理智被截斷，思覺頓時進入空白；大量情緒顯現在外在表現上，難以形容的苦痛與快樂攪在一起。

沙粒的角色變得更加清楚，它們是被榨乾的意識之海，一個個被偉大種族帶來此地處理掉的垃圾。這些沙粒會對純粹的投射起反應，構築成一座座波紋沙丘。周遭的沙塵如海浪般，跟隨情緒波動化成廣場的噴泉公園；我從肢體末梢開始消散，再從意識邊緣重新組合，形體如同海岸線上的浪花，高落、反沖、流瀉、重生。

「定位異常。」定位異常。經過幾次形體意識的向內傳導後，思維開始恢復；高牆上投射著經由好幾個維度纏繞而成的立（體）變（化）空間，主形狀漸變的扭歪無限面體。其中的幾段過程使用白色標註。我的**意識經驗**被掃瞄、偵測，而其中帶有好幾處的空白。

「探勘。」探勘。巨大影子的透視感拉進，牆後的巨物決定穿越前來。影子先是籠罩整面牆，後向下縮減；巨牆底下打開一個小孔，穿牆而來的不是什麼有形象的權威，而是資訊組合成的替身。

「週期 Log:3598742136 過後的空白，輸出。」替身用偉大種族的聲音發出指令；它的樣子極爲詭異，如同一隻由代碼構成的雙體人融合星際章魚。

我的思維對於祂的聲音無比順從，彷彿回答它我即能獲得獎勵的糖果。

「那是一段眞實的時間。」我因虛無獲得選擇。

「夢不是眞實。」它回答，可以感覺它持續使用那像章魚腳的引式代碼在我的思緒裡攪動，並用大量的觸突認知我在發出前經過的邏輯訊息。

「羈絆是一種夢。」

「既然空白並非眞實，卽是多餘，多餘的將與之刪除。」它的觸手向外扭曲，感覺到的一切越來越淡。

「你們相信輪迴嗎？」

「生命的循環只是低等存在爲了延續統治的方式，在時間之上的我們卽是永恆本身，輪迴只不過是一種文化謬誤、以小博大的心態。不過就是碗心靈雞湯。」

「那祢們是永遠無法打敗我們的；因爲，我們的過去不會消失。」

「無知。」說完，牆下的小洞再次開啟，資訊構成的宇宙章魚縮回屬於它的涵洞之中，影子擴張回巨大的身影。偉大種族的威權回去敲打鍵盤。

「共感重建。」共感重建。失去一切的痛苦感覺起來就像不停在往下掉落，自我被拆開，除去積塵後重新組裝。

「刪除。」刪除。我微笑看著扭歪無限面體中的一段段空白被移除，經過漸變，我的意識經驗回到穩定的圓形。我一點想法也沒有。

「你的精神是完整的。」你的精神是完整的。

閉上眼。黑暗。

正九角星，三角，符號。啊，原來是……我們都收過的那張黑色小卡。

7

『你想起來了嗎？』

迎來週期結束的甦醒，看著房間的天花板，咀嚼著帶來的改變，放鬆的精神，調和的思想。轉頭看向窗外，一直以來都有扇窗在房間裡，向我呈現伊斯的世界。

蛋黃的基調，不同維度的投射一再重複。平靜、平和，幾乎沒有聲音，若仔細去聽，會聽見音樂搭配著一切。我伸手觸摸床頭櫃上的電子鐘，沒有響，沒去多看一眼，我已完全沉浸享受在樂園的大水池裡。

坐起身，看著鏡中的自己。沒有毛刺，雙手撫摸自己的臉，心情很好。真的，心情很好。

我戴上眼鏡，拿下眼鏡。放回不需要的角落。

走到客廳，家裡只有自己。家具井然有序的放好，走到廚房，給自己沖了一杯咖啡。不知怎的，沖泡咖啡的過程我開始流淚。但僅僅擁抱流淚帶來的感受，不去多想。我靠在吧檯前，看著偉大瀰響散射的光，喝完這杯咖啡。

將杯子洗好後收回櫥櫃裡。走到門前穿上大衣，戴上禮貌。走出門，踏上主要通道，欣賞沿路美景。我的朋友莫仔出現，看著祂可愛的半透明身體讓我開心。我們一邊聊天，一邊往「剎那」走去，聊著在時間曲球裡看到各式各樣自己的生活，去哪裡吃飯，去哪裡玩，分享不同行星的文化。

前廣場，排隊接受門館女郎的掃描檢測。穿過大門，來到溯源部門。穿過其餘正在聊天的同事走到升降梯前，搭著升降梯前往方格，來到屬於我的溯源門前，它打開，我進入。脫下禮貌。時間曲球和椅子，椅子旁有個平台，用來放置禮貌。不需要做多餘的思索。

脫下大衣，與禮貌一併放好後坐上椅子，準備工作。但不知道爲什麼，**什麼**驅使我在伸出手前往右看了一眼。一個方型的物體在大衣下被體現，一個盒子在大衣前口袋。

不知道什麼時候。

熟悉的時間幻覺先被提醒，接著拉扯所有對當下的期待一起前進聚焦在方盒上。從大衣下拿出將它打開。

一個懷錶，有著正常的鐘面，正常的撥放。完全的物理，完全的眞實，充滿大量毛刺。時間如何眞正被看到，不是經由數字，是經由眞實的圓。

毛刺現象像水海量湧出。一下子塡滿所有空間，環繞、旋轉，而後，一朵朵蓮花從毛刺裡綻開。它們旋轉著我，我也在它們之中轉繞。秒針打擊聲越變清楚；記憶、回憶出現，過去、現在、未來。

這個禮物就是哲愈的禮貌。人類的禮貌。屬於我們的時光沒辦法被奪走。一開始抱有的所有期待都在當下兌現。

懷錶的形體因毛刺擴張，與曲球深處反覆連結，時間在面前糾纏，創造大量風壓，吹散所有蓮花的花瓣，片片花瓣因糾纏開始環繞，好幾種顏色的光譜、波長被體現、扭曲。懷錶與時間曲球融爲一體。

風壓消失，瘋狂的花瓣隨之落下。曲球變成一個發出雲彩、漂浮在空中的歪斜多面體，方格裡的光轉爲紅色，警告。我找回身爲人類該有的感覺，走到雲彩多面體的面前伸出雙手。

：自我意識液化成無我意識：無我意識滲透對象－影：影做等量固化超我意識：對象自我意識相對守恆氣化成無我意識－它影：它影穿越等量傳梭回本體－形：影液化－它形：

↓↑時間科技↓↑

感官進入時間洪流，重新接取到自己的身體，但我仍是個意識。九十七個不一樣的身體，其中一個佔有多三個百分比，組合成百分之百的意識。

時間形成曲線在兩旁穿梭，像閉著眼仔細看著眼皮內側，淡淡的黑上佈滿白點，曲線從遙遠的消失點前來，一直在發光、移動。

最後來到由多彩螢光曲線條勾勒出的列車車廂走道；線條建構出走道與節節車廂，每節車廂左右各有上下兩個房間，立體窗形透視。

時間之間的規律以車廂房間呈現。有著不同的居民，身體都在時間線之下，而『我』

則是在線之上；無法清楚看見身體的模樣，都以細小的白點組成，粒子雜訊。

在車廂間移動不是件簡單的事，我尚不清楚連結到的身體是哪一具，應該怎麼動它；只能用思緒探索。試著連結左上房間裡的居民，車廂輕微往左旋轉，主要識點移動到房間前方；一名老者裹著頭巾打坐。白點聚集，老者的身體輪廓變得清楚，但保持雜訊質感；我非常瘦，資訊開始進入思緒。

老者是九十七個我中最早進入意識昇華階段的，我憶起經歷，大黑暗時期的日子，飢餓、失眠，直至革命興起，我不是發起革命的先驅，但位在革命發源點——印度。想起種種往事，但怎樣也想不起來我的名字。

『放下吧。』『你……不想回去嗎？』『對我來說不重要了，我已變成你。』『我們達成很多共識。』『找回仍真實的我吧。』『究竟是什麼引導著我？』『想起自己的名字。』『那已成為它，我必須是我才行。』

完成一個道別，還有好多；一方開始衰弱，另一方回復清醒。回到列車走廊。雖然樂園中的我已被改變，透過週期被重新編程，但仍有一絲的我保持原樣，那是定位 CH097 特質的：心。

試著去移動我的**心**，將心的感覺放大。列車車廂開始橫向從視線前掃過，一節又一節，一個又一個的道別。前進吧，前進吧，還沒到，還沒到。

景色的螢光曲線越來越亮，透視更加彎曲；中心的我經過道別越來越大，環形擴張靠近底線；它其實更像一艘母艦，旋行向上攀升，把自己包圍。

一顆光球緩慢從中心浮出，接近臨界點時它與我分離。我停下來看著它。這不是我，但仍是一個重要的再見。光球分離後開始擴張，長大成一團由光纖重複旋轉的能量。

「我是納撒尼爾．溫蓋特．皮斯利。你想起來你是誰了嗎？」

「……」

「總會回到我們應該在的地方的。」

「我們還會記得嗎？」

「想不想得起來而已。」

「謝謝你送我一程，到這裡我就可以自己走了，再見。」

光纖重新糾纏成亮黃色細線，鑽進其中一條時間曲線往後方流走。

轉完最後一圈，來到臨界點。這是什麼？是我的名字嗎？

『陳吉全。』

意識進入這具名為陳吉全的身體。我沒有取代他，仍在一定的距離觀測著，像影子，像在鏡中看著自己的他；他有意識到我嗎？可以看見自己的意識代碼：劇烈的紅。

陳吉全的長相幾乎與樂園中的 CH097 一模一樣：平淡的東方面孔，細緻的眼睛帶著眼鏡，中分短髮和幾乎不笑的嘴角。透過眼神相對，我變成他。他變成我。

雙手從梳妝台前拉起，回到站姿，向後退了兩步，轉身坐到床上。用左手脫下眼鏡，不自然地伸取將眼鏡放到有點遠的床緣。手回到髮上，逆著髮緣往臉撫摸，最後停在額前。吸一口氣，將房間裡原先散瀰各方的煙重新聚集，吸入口中；香菸不知何時出現在手中，到嘴前，它被抽的很短。左手一直無法安定四處觸摸，按壓胸口，拉扯髮根，揉眼。右手上的煙跟著吞吐雲霧越抽越長，房間裡的煙一直被我的肺淨化，直到剩下丁點殘留氣味。一支完整的菸將火焰吐回突然出現的打火機，收回突然出現的菸盒；把一切放回口袋。

盯著空白的牆面坐了許久；這房間與我在樂園的家十分相像，一樣的時鐘與鏡子，窗戶的位置。窗外不停傳來古怪的街道聲，似乎一直發生車禍；高頻扭轉拖延成持續摩擦，滴答滴答的等待，不斷被收回的叫喊。是在下雨嗎？斷續的中頻噪音持續發生。

眼鏡自己往臉上飛回，右手在它快抵達時接取安置。我站起轉身退步出房間；這時我才看清楚窗外，風雨倒轉回到灰暗天空。

進入走廊；是個老舊的華廈，不是什麼大房子。經過安置客廳的佛堂，退步到另個房間前，轉身，將房門輕輕推開，門縫裡坐在床上的短髮女孩與我對眼。看著彼此不說話。

一滴淚水滾回半張臉上揚的嘴角；我的手仍在門把上。女孩轉頭的同時我把門又推開一點，看見女孩整身，左手上的傷口，一條又一條的割痕，割在複雜的傷疤上，不重複。淚滴與血水混雜然後分開。她用右手的刀片將傷口道道癒合。

最後才注意到她胸前的意識代碼，是一朵已經綻開的蓮花：美麗的紅色。

視前景色開始再度拉扯，感受從外部吞回我的心靈。毛刺顯現不是顆粒，而是扭曲的漩渦。一切變的忽快忽慢。最後的階段。

手鬆開門把，視線離開門縫，門縫就留在那。往後退步，不去注意房間微開的門；我退入浴室。變得疲累，另一方卽將與我連結，身體感覺明晰。

水從臉滲出，視線被液體模糊出色彩；景色佈滿大大小小的漩渦，心情不再忐忑，平靜看著浴室的鏡子。打開水龍頭，泡沫進入口中，伸出右手就要取得牙刷時，視覺感受斷線。無止境的白。

「你……是誰？」

8

起初只是單純的點和聲音，分不清方向；點慢慢放大彼此拉近。

看著彼此，我能從瞳孔裡看見自己；我們冷不防被彼此的動作吸引，跟隨，像場測試，先是拿掉眼鏡，然後摸著自己的臉。無法判斷誰先開始，一切都是鏡射，我們其中一人是左右倒反；這個前提下，我們都認爲對方才是虛假的。

退後兩步，保持距離，重新從頭到腳認知一遍。接著才是所在的空間。

它稱不上一個空間，只是一堆空白，沒有牆壁、天花板、地板。我們不過剛好在同一水平罷了。我們戴回眼鏡。

『看來這就是交換的階段了。』我想。

「交換？交換是什麼？交換什麼？」他說出口。

「你聽得到我的想法？」

「像是我自己的想法一樣……你是誰？你不是我吧。」

他抓頭，我也跟著抓頭，沒有絲毫誤差；我們的身體連結在一起，思維也是。但許多的想法都在模糊的淺層，只有明確的會被傳達。

「我是CH097，大家都叫我阿吉。」

「……我叫陳吉全。阿吉。」

吉全開始做一些奇怪的動作，我跟著做，他想著要測試這奇怪的氛圍是不是如他想的一樣奇怪；做夢或許。吉全用力拉扯自己的鼻孔和嘴巴；我們笑了，長得眞的很醜。

「……不是在作夢。」

「好吧；所以剛說的『交換』是什麼意思？」

「我的意識取代你的意識，我變成你，你變成我。」

「嗯……」他坐下、盤腿。我很少做這個動作，但做起來相當熟練。

「一些想法跟景象開始出現在⋯⋯但分不清楚那些，看，不，想不太懂。所以，你是死神之類的嗎？還是類似輪迴投胎；這裡是奈何橋，你是我來自地獄的化身，我將與你交換到地獄裡⋯⋯是地獄吧，你原本在的地方想起來像個地獄。」

「沒那麼糟啦，但我也是第一次做這種事。」

「你有菸嗎？」

「我想抽菸。」異口同聲。我翻找口袋，印象中最後是收在那裡；我們從口袋裡拿出剛才看到那包菸，他發出哦的一聲；我們將菸點燃。

「所以你爲什麼會在這？前來拯救人類的末日嗎？」

『不，我想我辦不到吧。末日什麼的。我只是追尋一種歸屬感，找著找著就來到這裡了；對，還有眞正的自由。我懷念自由。』思考許久，究竟什麼樣的答案才能夠配得上這個問題。

「歸屬感嗎？這倒是一個哪都找不到的東西。」

「你怎麼想？」

「我有一個很久沒聯絡的哥哥，他死了，我算是收養他的女兒；一直以來沒有想像過自己會有家庭，但對這個女孩來說，她失去這個我沒有很想要的東西，而我也給她一個重新再創造出這個東西的機會；但⋯⋯這樣來來回回意義何在？我能給她這個自己沒有很想要的東西嗎？這麼做不是很自私嗎？」

「這只有她知道了吧。你想要照顧她嗎？」

「沒有不想。」

這個地方多了一些花瓣，藍色的蓮花花瓣從上方一點一點撒落。

「自由呢？原本不是已經往更自由邁進了嗎？」

「那種執著肉體存在、或不存在的自由反而沒有意義，到最後不都希望看到自己有手有腳，不是嗎？」

「你這樣問我，我也……哈哈。」

故事也應該差不多就到這了。

「所以呢？不害怕再次面對到末日嗎？大黑暗。」

「只希望在末日前還能有一點時間，眞實的時間，老實說我不確定以這樣的姿態回去會是什麼樣子，已經失去了不少，不知道還能不能**看見**，若看不見，能不能找到要找到的目標。」

「藍蓮花。」吉全伸手抓住一片花瓣，我也伸手，但我的位置並沒有花瓣。

「你倒是一點都不害怕。」

「怕什麼？」

「怕我。」

「爲什麼，不就只是我嗎？」

調整姿勢，面對面。

「所以我會到樂園，我會到地球；是這樣嗎？」

「我不想去那個地方。」

「想起來的確不怎麼好。那我們該怎麼做？」

想法逐漸同步，我成爲過去，我成爲未來。我看著自己的眼睛，希望能看見心中想要的那片世界。

人跟人能創造出時光，那自己跟自己呢，會創造出什麼？

一個完整的精神。

「欸，還記得生活是長什麼樣子嗎？」

第三章 如今的黃昏與黎明

二〇一二年
六月

1

那天在天橋上，我足足吐了有三分鐘。

天橋上有數個欄杆，紅的相當不自然，單純色塊像被分屍的現實。偽善的生活給我戴上一副面具，邊緣在喉嚨延伸至下顎骨的那條曲線。說謊時總是痛得不得了。

哥死後，感覺像他從來沒有存在過，一直以來只有我一個人，鏡裡始終是同一張臉。模糊視野中，橘色參雜棕灰雜質的嘔吐物漸漸跟著天橋上的白色地磚蔓延，滲透進去像間格裡茂盛開的野草往遠方長去。

大白天，在天橋上透過某戶人家的窗戶看見一個小男孩回望著我。他身後的老藤椅腳與舊家客廳的擺設如出一轍，椅上碳痕與磁磚缺角，螞蟻會從缺角冒出來，我和哥小時候總蹲在那，想像牠們的世界，埋藏在地底的王國。男孩長著一張怎麼也忘不掉的臉，從小看到大，不照鏡子也看得到。

開始嘔吐。這天是喪禮；屍體冰冷地擺放在裝死人的冰箱裡，上面特地開了個洞瞻仰遺容。整個喪禮來參加的人不多，有些同學，還有我媽最近才交的男友，一個叫陳吉全的男人。

從某天開始哥變得不太對勁，他沒對我多說什麼。越來越感覺到生活出現岔路，以往一起做的事，刷牙什麼的，漸漸不一起了。直到他死那天，好一陣子沒看到他了。

發現他那天，突然想起小時候在舊家客廳追著哥跑的畫面。記得總看著他的腳，然後就看到了他的腳。透過微開的房門看見他的腳垂在那兒。終於搞清楚怎麼飛了嗎？當時還這麼想。直到看見繩索。連結著他的脖子和半垂的天花板燈，燈因重量歪了點。

然後他就不在了。被火化。裝在一個像桂格葉麥片的桶子裡，上面貼著照片，像廉價的拍片道具。陳吉全從喪禮結束到火葬場都跟著我們，我媽很依賴他。火化儀式必須在上午，我們也因爲要守靈沒睡覺，原本想直接回家，但實在太餓太累，決定先在路邊的永和豆漿休息一下。我媽一下車就跑到旁邊的天橋樓梯上抽菸。

坐在靠窗的位置。陳吉全拿著蛋餅坐到對面，要我把放在桌上的骨灰罈放下。放到椅子上的登山包旁；看著登山包，竟然不太確定是我的還是哥的，平常他會背他的，不需要有這個煩惱。

我翻找看裡面是不是我的東西。我和哥的習慣很像，比如說，營養口糧放左邊，照明設備放右邊。有包營養口糧碎了。

直到陳吉全要我去叫媽來吃飯時才理他；看著這個人的眼睛，眼裡沒有一點情緒。

『叫你媽來吃飯。』

走上天橋的樓梯，她抽著不知道第幾支菸。我說服了她，說是男朋友擔心。她走回豆漿店後，我開始湧出受不了的嘔吐感，好像所有這輩子吸進去的東西都是垃圾，我一邊乾嘔，一邊扶著欄杆走上天橋。直到看到小男孩才停下來。

終於開始吐了。嘔吐感撕裂我的腦神經，彷彿要將我拉扯進另外一個世界，像隻章魚在腦袋裡吸，吸光所有對現實的眷戀，吐到好想死。

天啊，怎麼還在吐，到底要吐多久，早就超過三分鐘了吧。

2

幾年前哥去新竹參加科學營時，某晚我做了個夢，夢到在個冷得要死、充滿奇怪壁畫的地底隧道裡追著我哥跑，像小時候，不過夢裡只有他是小孩。在隧道裡死命地跑，追不到的男孩跑在前方好段距離，時不時停下來回頭看。

回到家已經晚上了。全程都坐陳吉全的車，吃完飯媽就在後座睡著了，我則在前座抱著骨灰。陳吉全把車停在巷口，我抱著骨灰走進巷子，大鐵門開著，喪儀社把飲料塔堆疊在門口。進去時剛好對門住的伯伯下來，他瞥了眼手裡的骨灰罈：「原來是你們，用完記得拿進去，這種東西不要亂放，不好看啦。還會擋到出入，拜託啦，謝謝。」

他的視線與我擦身而過後才回到骨灰罈上。照片可能嚇到他了。

客廳擺著家裡的電腦。除了媽工作外，大部分是哥在用。他房裡沒有留下任何線索、遺書；但好像沒找過電腦？

我把骨灰罈放到他的書桌上；這比較像他會在的地方。出事那天晚上警察有來調查，他們帶走一些東西；自殺判決很快就下來了。下樓搬飲料塔時，陳吉全跟媽剛好走進大門；她看到我只問了一句：「你哥呢？」

「在他房間。」

她點了菸，我的視線在她靠到陳吉全胸膛時離開。有聽到一點他們的對話；我媽希望陳吉全再留一天陪她，但他不行。這樣最好，我不希望他出現在我家。

坐到電腦前，打開進入Windows Vista的使用者介面，三個使用者：蘇敏（我媽）、胡宗諺、胡宗廷。媽的照片是系統的藍色蓮花，哥放的是宇宙和星星的照片，我則是預設的灰色小人。點進他的使用者，有設密碼。盯著白色長條上閃爍的直線思考著。決定先輸入我們的生日：『19950620』。錯誤。換成國曆：『840620』。錯誤。

「這麼晚了不要玩電腦，去睡覺。」媽的聲音突然從背後出現，反射把螢幕關掉，回頭。她的神情疲累。

「你明天還要上課，喪假只請到今天。」我隨手拔一罐飲料塔上的麥香紅茶，拿著登山包走上樓。

十點多了我仍異常清醒。

房間在三樓角落，哥的在我房間左半的前方，這裡是媽用爸死後的保險金買的，一個有兩層樓四房二廳的家。頂樓和對門共用，不過都用來堆積雜物跟用不到的傢俱。

把登山包放到書桌上打開，拿出碎掉的營養口糧，打開書桌右下抽屜拿包新的換。我聽著樓下的動靜，聽見拖鞋腳步聲與玻璃杯碰撞聲，她還醒著。

學校強制規定必須在聯絡簿上寫週記，我選擇在週記記錄日常鍛鍊成果。拿出聯絡簿，剛開始班導會用紅筆劃圈打個問號，現在他根本懶得改了。這兩週做的不多，趁我媽睡著前補完這週該有的次數。

伏地挺身：正正

仰臥起坐：正正正正

交叉拳擊：正正正正

慢跑：丅

東西破碎的聲音。

摸黑，輕踏步走下樓，看見幾滴紅點，分布的沒有邏輯，沿途來到客廳，紅點聚成灘紅水。破碎的相框背朝上躺在深紅中，再來是跌倒的紅酒瓶。

媽穿著沒綁好的浴袍在沙發上睡著，手裡高腳杯開口朝下。我小心把玻璃杯取下，避開視線好不去看她敞開的身體。從廚房拿了條抹布，吸乾地板上的紅水。酒從相框裂開的表面滲進去染紅部分照片。是從前一家四口的照片。胡宗諺和父親的臉都變成了紅色。

看了眼電腦，還是明天吧。我沿著紅點往上擦，一路擦到三樓，打開走廊燈，最後結束在哥房間門口。我關上房門。水經過抹布染成紅色流進排水孔。

半夜，一個人坐在書桌前，我試著去跟他對話。把桌上的鏡子往中央矯，好看到那張臉。用童軍繩在脖子上綁了記憶中的釣魚結。拉著繩子尾端，拉緊，收緊。疼痛，阻塞，終於受不了，放開了。大口喘著氣。

撫摸著疼痛的面具邊緣。或許再痛點就可以把面具強行扯下。

所以我們要怎麼贏？

3

班導教歷史的課經常被拿來處理班級公務。他叫簡致鐘，綽號簡哥。簡哥有不少名言，同學戲稱爲簡語錄，其中一句是這樣的：『歷史課不一定要上，因爲歷史是贏家寫的；但重點是要學會怎樣才算是個贏家，所以回家記得自己唸。』說完開始處理班上的雜事。當然不是每天都這麼混。有時還是會叫同學站起來念課文，接著問有沒有人看不懂，最後叫大家拿出螢光筆，畫一些人名，說考試會考。

『一九二五年三月十五日，孫文大病初癒便馬上展開黨內的清算，將中國國民黨內的左右派人士分割整合；原本主張聯俄容共的孫文一病大轉，說在三日前的生死關頭下，看到一個他死後的中國，民不聊生，共產黨將國民政府追打大敗，中國一分爲二，從此兩方人民都活在你爭我奪的長期戰爭之中……於是，病醒的孫文決定一舉殲滅中華蘇維埃共和國，也就是中國共產黨。此舉造成大量的國民黨左派人士不滿，就此分裂。國共內戰開打……一九三一年九月，日軍發起九一八事變，開始侵華戰爭……一九三六年，西北剿總的東北軍將領張學良因抗日壓力發動政變，聯合共產黨軟禁前往東北準備掃紅的革命軍總司令蔣中正……』

「胡宗廷，胡宗廷。」

「簡哥，他在打手槍啦。」

「胡宗廷！」

到第三聲才傳進我的耳朵裡。根本沒心情上課，我盯著課本上的地圖及幾張黑白的二戰照片想著，哥的密碼是什麼？他喜歡什麼？還是……19361221……我抬頭看向班導。

「胡宗廷，你唸下一段。」我剛才聽到什麼？搜尋著課本上的文字。

「……一九三六年十二月二十一日，孫文用計，表面上派人前往西安進行談判，其實是決定一舉殲滅黨內的親共份子。二十三日正式談判的當下，躲藏在張學良公館附近民宅的國民兵從地道侵入，將在場的親共份子完全掃蕩，其中意外包含被軟禁的革命軍總司令……從此埋下國共內戰的勝利因子。」翻頁。

「一九三七年，盧溝橋事變，華北淪陷……」

「胡宗廷，」簡哥打斷：「你沒發現跳了兩大段嗎？」我看著課本上那張張學良、楊虎城、蔣中正與周恩來的合照，腦袋一片空白。

「好了，這堂課就站著吧，那個，鍾同學，你剛很注意他嘛，換你唸；從剛剛落的兩段開始。」

「呃……一九三七年，盧溝橋……」

「夠了，你也站著。誰有在聽啊？蛤？」感受到鍾庸瞪我的眼光，鈴聲響。

「打鈴了，好啦，今天就上到這；我看最近也沒有什麼事，大家都在努力準備學測，明天導師課就繼續幫大家複習，下次要講台灣歷史跟紅色恐怖，自己先看過一遍。下課。」

午餐時間，大家圍成一圈圈聊著天，大部分的人在討論上個月畢旅發生的趣事；我沒參加，上高中後都是一個人。打開掛在課桌右的書包拿出碎掉的營養口糧。

「幹～你～娘！」一個巴掌將手中的口糧打飛到地。鍾庸，班上那努力扮演小霸王形象的同學，人生影響他最大的卡通人物應該是小叮噹裡的技安。

「吃這啥小啦？」鍾庸帶著幾個跟班圍住我。看到了阿福，還有幾個特徵虛弱的角色。

「欸，等一下最好掃起來喔。」坐在旁邊的女同學冷冷說了一句，因為餅乾飛到她那。鍾庸只是愣一下。

「怎樣，你媽不會幫你帶便當嗎？還是窮到沒錢訂午餐？」他的眼睛既小又下垂，而且他的髮型分明比較像阿福。打開登山包，拿出另一包好的營養口糧；隨時都有準備好。

「守喪吧，上上禮拜阿，十三班那個模範生，他複製貼上那個。」

「喔幹對齁。」

「幹你娘屁啦！守喪吃這個。人沒死就已經在吃了啦，吃這幹嘛？好吃嗎？我吃吃看，」鐘庸伸手要抓，我看都沒看移動我的手，他漏空。

「好了不要鬧他啦，無聊。」

「他是木頭人，都沒反應。」其他人在旁邊嘴砲。鐘庸踢下我的登山包：「你每天都帶這麼一大包幹嘛？離家出走喔。」

面具開始痛。我抬頭看著他：「放學跟你媽開房間用的。裡面有她喜歡的玩具。」開始笑時，鐘庸的拳頭剛好到了我的臉；其實躲得掉。挨了那一拳，我從椅子摔到地板上。

「幹幹幹幹幹！」鐘庸一邊亂吼，一邊胡亂出拳。我舉起手臂護住，繼續講話：「你知道你媽喜歡哪種玩具嗎？會震動那種。」他失去理智，小跟班呆滯一陣子才開始制止他。

「我讓你媽舒服，你回家才吃得到大餐啊。」其他人終於把他拉開，簡哥剛好走進教室，有人看狀況不對先跑去叫他了。

「胡宗廷，我知道家裡發生那樣的事很不好受，但也沒必要在學校搞亂吧？」坐在保健室病床上，阿姨一邊幫我的臉擦藥，簡哥則坐在前面訓話。

「你不想上好學校，其他同學還想。這樣打擾到班上其他人的心情很沒責任感你知道嗎？」我可一拳都沒有揮。

「你要不要再請幾天假？還是要打給你媽？」抬頭看著他，臉上的傷口並不痛，但面具的勒痕痛得我喘不過氣。

放學後，一個人來到活動中心的頂樓。這個地方不會有人來。我從破掉的磚塊縫隙裡拿出一個鐵盒，鐵盒裡放著爸的舊望遠鏡。在頂樓可以透過望遠鏡看到我家附近的街道。

「啊——！」我對著前方大喊。接著，用望遠鏡觀看，能否有人接到。大部分沒反應，看到一個路人張望了一下，然後繼續他的生活。

「幹——！」你們有找到出口嗎？我可沒有，這愚蠢的地方只是走不出去的迷宮；爲什麼？因爲有人在迷宮出口蓋了房子，把我們都給擋住了。

幹你娘！

回到家，我來到電腦前。試著去登錄胡宗諺的使用者，輸入了幾種可能的組合後，宣告失敗；越來越不了解他了。我登錄自己的使用者。

桌面是預設的藍色背景，打開 IE 瀏覽器。或許先看看他的臉書；從好友名單連結到他的頁面，他的動態已經一年多沒更新。他也不是個熱衷於網路社交的人，只看過幾次他用訊息聊天。國三畢業那段時間，他蠻常待在電腦前跟人傳訊息；我上樓回房時總會看到他在陰暗的燈光下敲打鍵盤，螢幕的淡藍螢光在他臉上化上淡妝。

網誌標題：《在魚缸裡跳舞的大象》，很像他會取的名字，難以理解，好像很聰明。最後更新落在二〇一〇年的六月三十日，一篇名爲《網路方舟：千禧族對於地球的背叛》的訪談文章，大多的文章都是對話與訪談的形式。這篇看起來是經過修飾的對話錄，再不時加上他的想法註解；訪談對象以代號呈現：**女孩異子**。

「胡宗廷。」我媽回家了，轉頭，她站在樓梯口；可以從眼神裡明白她有接到班導的電話。回頭關掉網頁，轉過來面對她。客廳的燈閃了幾下，她捉了張椅子到我面前坐下，伸手觸碰我臉上的傷口，反射縮了一下，她移開，幾滴淚水從眼眶裡溢出，但很快被遮掩。她從旁邊拉來菸灰缸，點起一根菸。

「怎麼老把自己弄成這樣。」她用手遮住眼睛。過了兩個香菸的呼吸，她才再開口：「阿吉要搬進來跟我們一起住。」

「他說要的嗎？」努力壓抑一下子湧出來的情緒。

「是我說的。」她看向我。避開，看到放在餐桌上買回來當晚餐的微波食品。藍色提袋沾到塑膠膜溢出來的棕色肉汁。

「我不要他搬進來。」她沒出聲。我追問：「爲什麼？」繼續保持沉默；連個理由都說不出來？憤怒開始炸出。

「你認眞嗎？胡宗諺才走不到半個月！陳吉全算什麼？只是個無關緊要的人！」突然提高的音量嚇了她一跳，指尖的香菸掉落到腳上，燙到她的大腿。疼痛引出情緒。

「你哥已經不在了！這是我現在想要的！」試著撿起香菸，大聲說話讓她手指顫抖。香菸又掉了。我試著穩定，把情緒壓抑回喉嚨底下：「要是他還在，他也會反對這件事。」成功把憤怒只留在表情上。

「我知道。但他不在了。」她的聲音也回復正常；她需要另一個依靠，這個角色一直以來都不是由我來做。

我脫口而出：「爸一定也不會希望……」或許只是反抗的聲音，還沒呈現完成就被她的巴掌打斷。

「不要把你的焦慮發洩在我身上。」她冷冷地說。巴掌召喚出臉上傷口該有的疼痛，兩股痛交疊，感覺不到臉了。

我坐在胡宗諺房裡看著骨灰。

相框擺在骨灰罈旁，紅酒的痕跡在快蔓延到媽的臉旁時乾掉。她大聲講電話的聲音穿過樓梯間走上樓：「你說什麼？什麼？爲什麼之前都沒提過？什麼叫她也要搬進來？你不講是故意的嗎？你要我怎麼辦？什麼叫沒有其他親人可以照顧她了？我才不管她是不是跟宗廷一樣不愛講話，我不要這個女孩在我家裡！」

我拿起相框，重複向下拍打著桌面，試著用噪音蓋過她的噪音。啪、吖、啪。

4

放學後我待在頂樓，打開講義從其中一頁的頁角撕下塊長方形，反覆曲折後捲成圓柱，聯考知識搖身變成社會違禁品。將紙捲刁到嘴上，揣摩著抽菸；大口吸氣，吐，假裝咳嗽。

橘貓從轉角出現，剛睡醒的牠伸了個大懶腰。往下的樓梯門檻前擺著兩個不太乾淨的小鐵碗。橘貓看下空的鐵碗，再看我一眼後跳到圍欄上，瞥一眼底下的人類，開始清理自己的後腳。眼角餘光瞄到一個熟悉的身影；我取出鐵盒中的望遠鏡。

陳吉全走出校門，往我家走去；他背後跟著一個黑色短髮的女孩，穿著其他學校的制服。我意識到的熟悉身影不是陳吉全，而是女孩。我看過她嗎？她彷彿感受到我遙遠視線一般猛然回頭，透過鏡桶與我相望，我反射轉身躲回圍欄後……我在哪裡看過她？

「囡仔莫跟別人學食薰。」工友突如其來的聲音將我拉回，嘴上仍刁著那枝假菸。

小橘貓看到工友便從圍欄上跳下來，跟在他的腳邊哇哇叫。「好啦，好啦。」工友將掃具歸位一邊安撫橘貓。他拿出罐頭，打開倒到鐵碗裡。他從掃車裡拿出便當，拖張椅子坐到吃飯的橘貓旁。

他看向盯著他們的我：「你敢是無啥好轉？」聽不懂他說什麼。不敢承認自己有點羨慕他們。夕陽光切過其他大樓的輪廓打在頂樓上，橘毛與鐵碗的反光閃亮。斜斜的陰影切過人的半臉，但一切很快就消失了。因爲雲也存在。

太陽下山，黑黑的樓梯間上方是來自廚房的燈。門口擺著陳吉全的皮鞋跟另一雙比較小的布鞋。一個中型包裹放在鞋櫃上，蓋著新北地檢署的印章。

媽在餐桌前抽著菸，陳吉全一盤盤把煮好的菜從廚房拿出來。「洗洗手整理一下過來吃飯。」我沒回她，拿著包裹筆直往廁所走去；轉動廁所門把，是鎖著的。

「不要像之前一樣躲在廁所不出來。」她說。

回房間，我用美工刀割開反覆黏綁的膠帶打開包裹；裡頭裝著另一個登山包。破損的相當嚴重，表面許多地方被割破。裡頭的物件分裝在小袋子，每小袋都貼了編號跟地檢署的印章。

登山包表面除了殘破斑爛，還在背帶尾端看到血跡；檢查小袋子，除了急救箱外，沒有其它緊急用品，沒有營養口糧、手電筒，取代是大量沒有墨水的原子筆，卻又沒有一本筆記本或日記。毫無頭緒。直到發現一張五金行收據，是買粗麻繩時開的，地點在基隆。最後，發現了那把刀。

銀色的露營刀，比一般的還要再大，握柄雕著冰山圖樣花紋。刀身乾淨，絲毫沒有灰塵。握柄感覺鑾舊。我們不會在登山包裡放刀，會放維修工具；這把刀是武器。握緊刀柄感受，脖子上的痛楚被刀鋒吸引，想透過它創造出口。

樓下傳來沖水聲、開關門聲，動作非常輕，隱藏在媽與陳吉全的對話聲中。進去廁所洗手時，在洗手台和馬桶坐墊上發現幾滴鮮血；抬頭看了天花板，不是從上面滴下來的。媽敲了兩下廁所門。

「還不知道妳叫什麼名字。」媽是晚餐第一個開口的人；四個人圍繞餐桌，電燈不時閃爍；大家筷子都動得出奇地慢，似乎還不知道怎麼去吃這頓飯。我坐在女孩對面，只知道她是陳吉全的姪女；她的眼睛……好像在哪看過。

女孩緩緩將炒空心菜送進嘴巴，似乎沒聽到我媽在跟她說話，好似不在桌前。

「嗯？」她反應慢了三到四個八拍。

「妳的名字？我叫蘇敏，他是胡宗廷。」媽的嘴角抽動，僵硬的笑就要維持不住。

女孩抬頭看我，我們對眼；她好像也看過我？

「……現在這樣新的生活方式大家都需要適應期，也不知道對妳來說我算什麼角色，妳可以叫我阿姨，或以後妳想叫我……」

「我叫陳懿。」女孩打斷。

「陳『一丶』，是哪個『一丶』？」

「懿德的懿。」陳吉全冷冷地說。媽看了他一眼，笑容快消失：「嗯，所以妳幾歲？成年了嗎？」

「暑假結束升高三。」

「那跟宗廷一樣大耶。」

「今天帶她去註冊了。」

「哦，搞不好會跟宗廷同班唷。妳功課好嗎？」陳懿沒有回應，她眼神離開我，回到飯碗上：「節哀順變。」她小聲說。媽的笑容完全消失了，她看著陳懿，很少看見她露出這種眼神。

「謝謝。」媽握住陳懿的手。「在這裡住可以放心，聽阿吉說妳媽媽離開的很早，當女人，我比妳多二十幾年的經驗，有很多事情可以直接問……」這次沒人打斷。她突然掐住陳懿左手，將它翻面。「妳手腕是怎麼回事？」隱藏在薄外套底下的手腕坦然露出，傷疤佈滿陳懿的手腕，兩道新鮮的傷口凸顯在舊傷痕上，鮮紅血珠從細線冒出沾到外套袖口。

「陳吉全，你知道嗎？」她抓著陳懿的手，炮口轉向陳吉全。

「我問過，她也不知道什麼時候弄到的。可能是搬東西或拿書被割到吧。」陳吉全回答得很快，像早想好答案。

「拿書。」她放開陳懿的手。「在我家不要做那種事，」開始壓抑，每當這麼做，她的左手會不由自主開始找菸。

「應該說我不准。我知道妳在想什麼，我看過太多。整理好自己好好生活沒那麼難，有困擾都可以問比妳更有經驗的人，懂嗎？這樣解決不了任何問題，我會確保妳明白這一點，要是繼續這樣，妳會非常後悔。懂嗎？」當她說完，突然電燈『啪』一聲熄滅了。黑暗中沒有任何人發出聲音。

「這次也斷太久。」陳吉全語調冰冷。

刀鋒切開燭火的光，露營刀被烤得越來越熱。整個社區都停電，路燈也不亮。把燒得微熱的刀從蠟燭上拿開，刀面紋路產生變化。一種奇妙的感覺，與第一次見到陳懿非常像。有點漂亮、吸引、似曾相識。

木製握柄上了銀色的珐瑯漆。柄上的像百科全書裡的冰山，水平面下比上面的還多。除了冰山外還有些像魚的小生物在海裡。雕刻的紋縫中有些黑色痕跡，像乾掉的血。站著，用刀對燭火的光揮舞，刀風陣陣把火焰往左右推壓，把光也切開。

陳吉全幹我媽的聲音透過地板傳上來，厭惡耳朵聽見的聲音；聽她嬌喘，對抗腦中自然投出的想像。用力對著下方揮砍，若不這麼做會把刀刺向自己的腦袋。

都是她的聲音。怒氣累積。快速用力揮刀熄滅蠟燭，黑暗勾引著，我推開門跑到外面走廊。腦袋充斥令人噁心的聲音與畫面；握著刀柄的手力道增加，堅毅的木柄擠壓手骨產生疼痛。隨著叫聲密集化，腦中的對象逐漸清晰，想像要化爲實體，或現實追趕上想像。往前一步將刀舉起。

揮砍，高潮，光明。

電回來了，走廊變回原本的模樣。喘著氣，被揮砍的想像消失得一乾二淨，樓下也沒了聲音。

細碎的碰撞聲從左方傳來，哥的房間門半開，黑暗裡站著一個人影，我退了一步，反射把刀往前舉高。人影放下手上抓的東西。

「妳在幹嘛？」她的身體沒有吃到從門口進去的燈光。

「那是眞刀嗎？」陳懿的聲音。我把刀放下。「妳在這裡做什麼？」眼睛辨認出窗戶灑進的夜光，與門外的日光燈共存，勾勒出她的身形。她轉身，從裙子口袋裡拿出，好像是副眼鏡，戴上。

她從黑暗裡走出，先看到她的右手食指，接著是拇指，最後才是她。她用手比了把槍，戴著墨鏡，上緣緊貼瀏海。

「你跟他長得一模一樣。」血液慢慢從她右手手腕上的割痕流出，一股極度不適的衝擊感襲捲意識；傷不是在左手嗎？

「你們也都像爸爸。」想再將刀舉起，可有什麼壓制住它，不是從外面，是從裡面。

「我現在要走出房門，回到房間。出去的同時，你不能動；等到我離開了，你要回到你房間，關門睡覺。」她往前走踏出房門；她一步步後退，過程中手槍的前端都指著我；我動也動不了。有什麼凝結了，腦袋思緒塊狀化，如魔術方塊被翻轉推移。她退到樓梯口：「你沒有看見我進去。」扣板機。

51

做了一個夢。夢到哥走到我房門外，敲了門三下，然後說：『胡宗廷，你刀要不要還我？我要用。』但當我起床去開門時，他卻不見了。

叮咚，叮咚，叮咚，叮咚

『欸那個，胡宗廷上課不要睡覺，同學把他叫起來。』

他的聯結正引導著一切……聲音，光，這間教室感覺很濕。水，越潮濕的大氣會引導出越多的……這間教室安全嗎？他們很像，就快要一模一樣，尤其是作爲通道。或許他們是通道的兩端？不…是兩側？經過昨晚的確認，他是通道。他跟著我一起過去，然後回來。他盯著我的鞋子…爲什麼？

『難得有班務先來處理一下；通常是學期初介紹新同學，不過也剩沒幾天了。來，妳叫什麼名字，跟大家自我介紹一下。』

破碎的空間集中在他的頭髮上方，那是做夢的位置吧？他夢到……漣漪開始往後走了，講義擋住了他的臉；還在往後，就像朵害羞、收縮著地綻放的花，幾乎要消失了。我的視線、精神都要抓不住。

「難得有班務……學期初介…沒幾天了…妳叫什麼名字……介紹……」聲音繞了一圈回來，原來是在跟我講話。

「嗯？」我發出了聲音，眞的沒有很想，但還是不小心。名字…名字。

「自我介紹一下呀。不要害羞，我們班的同學都很友善的。」他的眼睛藏在眼鏡後面，很難看清楚。名字…名字：「我叫陳懿。」

他看著我，是在等待嗎？不是想知道名字？啊，離開了。破碎的空間消失了。清醒的感覺一直想從我的眼睛進來。好煩躁。

他嘆口氣：「好吧，來了個安靜的同學，想必功課應該不錯……總之，陳懿暑輔開始會跟大家一起上課，最後這兩天先讓她熟悉一下新環境……

……還站在這裡幹嘛，可以下去了。」背被輕輕推了一下。速度太慢了，新環境，新的人，新的念想來回在眞正重要的訊息之間。不，我必須專注，我得專心。

我走下講台，我從他的正面慢慢看到側面，眞的不是他嗎？實在是太像了，像得讓我驚訝。就像面鏡子。連逃避的模樣也都一模一樣。我坐到他後面的空座位上。

『好啦，暑假快要到了，但也不要太放縱。沒過多久就要考學測了，要是有好學校念也不用指考，可以早點放假知道嗎？大學念哪會決定你們的未來，我猜大家都會留在台灣啦，但是好好拚的話，搞不好有人可以去對面念也說不定。好，開始上課，上次說講到哪？』

『簡哥，台灣史跟紅色恐怖。』

『對，台灣史；台灣史上學期末有帶過一遍，應該還沒忘吧，來，同學，看你應該有認眞上課，來帶大家複習一下。』

『蛤？……喔……國父孫中山從病痛加深到康復的關鍵七日後來被訂定爲國共內戰勝利的關鍵。一九四五年日本宣布投降，二戰結束，台灣光復，正式加入蒙古、西藏、新疆邊境一帶成爲中華民國的邊疆省份；一九五〇年國共內戰勝利後，中華蘇維埃共和國敗兵退至內蒙古，改組中華人民共和國，同時陳誠正式就任台灣省主席，將台灣定義爲中華民族對外堡壘，同時開始收復內蒙古統一中國的計畫。』

『說得不錯，你看哪一家的講義？』

『報告簡哥，這是我自己做的筆記。』

『……好喔，你可以坐下了，給你期末成績加十分。』

這裡也一樣，聲音聽起來像是關不起來的水龍頭。使勁地流呀，流呀的。當流出現實外，流進虛無裡就消失了。我看著他的背影，有時候會覺得回到了隧道裡面，但總想不起來是甚麼樣的隧道，冷不冷？他也會在我不看著他的時候看我。好溫暖。

『……跟著剛才的繼續講，有件事很有趣，大家可以想想看；要是我們的國父病沒有好，那國共內戰可能會打輸，那中華民國會不會退兵到台灣；我們整個台灣近代史就會長得不一樣……看你們都記得，這堂就來隨堂考好了。大家還記得我們是民國幾年開始地方自治的吧？』

『……』

『好啦，又沒說要算分。』

下課了，我站在走廊扶手前看著天空。灰色天空被烏雲及塵風染得混濁，下著雨，雨中能仍清楚看到從東方上空科技工廠煙囪冒出來的淡藍色煙霧。

我會發現他是因爲那台飛沒多久就被淋濕而墜落的紙飛機，從頂樓出發，他的混亂附著在飛行動力上，雨水與混亂合而爲一，一起把紙張給揉毀。

我們的現實得聯結在一起……我沿著樓梯往上走，我發現，只要越接近他，空間的破碎就變得越眞實，破片之間的縫隙也會變得更加清晰。要小心，要隱藏。我推開樓梯門，破裂的痕跡集中在他身上，其實很像光芒的星星殘影。

「我習慣自己待著。」他這麼說。

喵，喵，兩聲；一隻小橘貓從轉角走出，小貓小心的避開裂痕，從他旁邊經過。

「看來你不是一個人。」我說。

「牠剛剛不在。」空間裂縫開始收縮，他的樣子變得明顯了一點。我離開樓梯口，決定讓感受領導，要是繼續專注在理性現實上，我只會跟他一起破碎。

「雨眞大。」我靠著牆，抬頭看屋簷邊重複再生與落下的水珠，布鞋的前端被濺濕。

「現在是梅雨季。」他的話語雖然模糊，但我仍能聽得清晰。是聲音吧，連聲音都一模一樣。橘貓來到我腳邊，聞了聞我腳踝後側身倒下，玩弄襪子露出的線頭。細微的空間扭曲被牠越玩越大，大到牠嚇了一跳後抽開，然後回復正常。

「知道他怎麼死的嗎？」現實立基於事實上，而創傷是再也眞實不過的感受了。「你哥，怎麼死的？」裂縫的線條沿伸到屋簷的水滴上，扶著它，讓它沒那麼容易墜下。

「自殺。」他說。

「哪種自殺？」

「上吊。」

「嗯。」

透過共同創傷，現實連結的那一刻，我們的空間因相遇而產生被壓縮的爆炸，像閃光，先模糊，然後融合在一起。哇，似乎舒服多了，裂縫變得比較像拼圖。至少有邏輯了點。嗯，然後，發生了。用意識跳過的所有傷痛終將在新的現實回溯，這是不是一種心靈世界的質量守恆？

他對於胡宗諺死亡誕生出來的傷痕，一邊流入我的同時，眞實的血液從我脆弱的鼻腔裡流出。

「欸，你有衛生紙嗎？」我忍不住笑了出來，是喜悅吧，感覺很不孤單。他則是嚇到咒罵了一聲。是蠻嚇人的，血沿著我的人中，爬過嘴唇，彎過下巴，經過脖子、鎖骨，染紅白色校衣。全部都是血。

我斜眼看著他，翻找那大得不可思議的後背包……一樣的舉動，既視感的拿出急救箱，把棉花用藥物沾濕塞到我的鼻孔；同時輕柔地壓低我的頭，按住鼻翼的兩端；一下子，我放鬆了下來。棉花很快就染紅，他取下換了一塊，鮮血仍在持續流出。

「幹，爲什麼流不停？」

「醫生說，我天生血開頭的都不足。血小板、血清素之類的。」我倒背如流的唸著那些理解途徑，說完才想到或許可以不用對他也這樣說。

橘貓從我們中間擠過，來到樓梯口喵喵叫；工友阿伯推著掃具車走出。他蹲下摸小貓的頭，然後才看到我們，語帶驚嚇：「安怎？妳是予人拍喔？猶是撞著？跋倒？」

很明顯，他無法應對阿伯丟出來的情緒，我猜他應該聽不懂閩南語吧。

「無啦，流鼻血爾爾。」我自己開口。阿伯把眼神推往胡宗廷，他點了點頭。基本的肢體語言就不會有理解上的謬誤。

「鼻血敢遮濟……」阿伯邊碎念邊把掃具車推定位；他拉開棉花，確認血止了沒。

橘貓終於吃到飯了，一邊吃一邊發出呼嚕聲。
「恁喔……有要緊無？」阿伯再跟我確認了一次。
「我無代誌。」我對他笑了笑。他也很眞實，比起上課來說。
「沒轉去是佇遮等雨停喔？」
「著阿。」我輕輕推開胡宗廷的手跟棉花，血已經止住了，可能是因爲第三方的現實介入。抬頭吸兩下，我用手盛了點雨水抹掉臉上的血跡。
「擲遮著好。」阿伯從工作服裡拉出個小塑膠袋，要胡宗廷把沾滿血的棉花丟進去。他照做。
胡宗廷自顧自的整理起急救箱，他們連這點都一樣，依賴著同樣的安全感來源。
「阿恁是咧冤家喔？火氣遮大。」阿伯一邊用筷子扒飯一邊跟我說話。
「是我身軀毋好。」
「少年人……莫…唉。」他欲言又止，回去繼續吃飯。小貓吃一吃過去蹭他的腳。他們彼此間的圖像互相磨合，完整的現實令人欣慰。可能比起陌生的我，小貓更能理解他跟著飯一起吞回去的話吧。牠對我喵了一聲。
「多謝你。」道謝完，我們沉默了一陣子。胡宗廷也收拾完了，他正盯著雨看。不知道他是不是也在看著從自己身上延伸出去的裂縫呢？

「我看這場雨是袂曉停，」阿伯放下便當盒，小貓湊過去聞了幾下，輕輕舔著沾上滷汁的飯。「這借恁。」他的手上抓著一把舊舊的黃傘，把傘柄朝向我。

「他說可以借我們傘。」我走回到胡宗廷身邊：「你想回家嗎？」

「他才是那個習慣自己待著的人吧。」走到一樓樓梯口，我轉身對他這麼說。我希望他能夠更加眞實。但我不知道，我有沒有能力領導我們兩個人的認知。

「好累。」我把傘打開。

5_2

雖然撐傘，但雨是下斜的。陳懿制服上的血跡被雨水沖刷成像喝飲料灑到，白色制服因濕透透明。天色微暗，我把傘收好掛至大鐵門內側。用最輕的步伐上樓，雨水從制服跟褲管尾側滲出，一滴滴跟著來到客廳。微弱的黃色小燈，只有陳吉全坐在餐桌前；桌上擺著用鍋蓋罩住、煮好的晚餐，他讀著書。《雙鹿物語》；白色的封面，綠色的瘦明體字型，兩頭茸角交錯的鹿影。在樓梯口，他發現我們：「換件衣服，這樣會感冒。」絲毫沒看我們一眼。

她房間在樓下，理所當然先用浴室。我把濕掉的制服脫下用衣架掛好，等蓮蓬頭的聲音停了，才拿著浴巾跟換洗衣褲下樓。

打開門時我反射縮了一下，她還坐在裡面，而我只穿著四角褲；她坐在馬桶上，翹著二郎腿滑手機，頭上披著毛巾，換上了便服。

我把浴巾掛好：「換我了。」她沒反應。「妳可以出去嗎？」

「幹嘛，害羞喔？」她專注在手機上；難以理解的狀況，盯著她好一陣子，渾身散發不自在感，不過面具並不痛。

「妳在看什麼？」她拿著新的智慧型手機，我還是拿媽用剩的滑蓋。

「臉書……看起來快碎掉了。」她突然起身，穿過我，打開拉門走進淋浴間，墊著腳尖往窗戶外張望。像在追蹤什麼。她細聲碎念：「雨這麼大……破圖看不清楚……」她回頭看我。

安靜讓氣氛尷尬，我的手不自然靠著浴室牆面，應該說點什麼……

「他一直都這樣嗎？」

「誰一直都怎樣？」

「妳……舅舅，感覺沒在跟人交流。」

「……喔，不知道，某天他就變這樣了。以前他會主動跟我說話。但他突然不笑了。」

「爲什麼？」

「可能因爲我。」她低下頭。回到沉默。感覺話還沒說完。「窗戶外面有什麼？」我開口。

「……現在說了你也不懂。」她往外走，卻又停了下來。還沒說完，有什麼懸著。

「謝謝，剛剛幫我。」

「嗯。」

「可以再幫我一個忙嗎？」

「什麼忙？」她停頓了一下，後來幾句話她的聲音品質聽起來不太一樣，像幾個類似的聲音重疊輪流佔主聲道：「幫我一起完成胡宗諺的遺願，然後順便拯救世界。」剎那，什麼無形物衝擊了我，強烈的侵入感，提升、扭曲著感官神經；邏輯運轉的速度還不及問題的湧生，在複雜的改變與被改變之下，我只發出這聲音：「三小？」

叩、叩、叩，媽敲門的節奏；打斷所有正在經歷的狀態。聲波凝結。

『唉，才過一晚你們就變成好朋友了是嗎？注意一下自己的行爲。』眼神往陳懿手腕飄，她縮手，她們面對面，好像有說什麼。『弄一弄出來吃晚餐。』

當晚沒再跟她說到話。腦中打滿結的網，怎樣都解不開。

6₁

結業式全校兩千多個人塞在活動中心輪流聽著主任教官、校長，還有些愛說話的人演講；主題圍繞著校訓「忠、勤、宏、毅」跟夏天玩水、學測打轉。

用上廁所當藉口開溜，打算回教室收書包後到頂樓坐一下。從側門溜出，繞過中庭的菩提樹從邊側的樓梯走回三樓教室；踏上走廊剛好望見空軍教官在視野尾端，他走入柱角，轉彎朝這方向走來；我側步滑入旁邊的教室，彎著腰躲進窗框下。這間教室裡有人；一轉頭，陳懿坐在中間靠外窗的座位上，她發現我。她雙腳伸直頂著書桌橫柱，靠著椅背在找什麼；我意識到這間是十三班的教室。迴避她的視線，探頭看，教官已經走下樓。我起身走出教室，聽見陳懿跟在後方的腳步聲。

「你要幫我嗎?」她問。走進我們班教室,直接朝我座位去。她站到面前:「你可以幫我嗎?」我把書包放到桌上,收完準備離開時,鍾庸的小跟班出現在左前門口,把門關上,抓住門把不讓我拉開。「幹你娘,唉呦,不錯嘛。」鍾庸從走道進入窗後,我們眼神交會,他手上拿著一根菸:「屌了,班對耶,班對。」我放開手把,往右前門走去;第二個跟班出現,大力關上右前門。碰。

「來,快點,做愛給我們看。」他挑釁,跟班們起鬨。我往後門走去;跟班三號出現,從外側拉住門把。我用力拉扯門把,門些微抖動,發出喀喀聲;陳懿跟在我身後,像絲毫沒聽見他們起鬨,自顧自說著:「你到底要不要幫我?」我鬆開門把,轉身看向她。

起鬨得更大聲,做愛、做愛、做愛一直喊。

「妳不達成目的就不甘心是不是?」察覺異樣,一跟她說話,他人的存在即變得模糊。

「要我幫妳?先回答我,妳什麼時候認識胡宗諺的?」她只是沉默地看著我。

「什麼叫我哥遺願?」沒回應。「什麼叫拯救世界?」屏蔽感扭曲感官,將深處的情緒挖出,撕開面具。

「我不能告訴你,」怒氣簡直要滿出;我轉身用力一拉,把跟班三號連人帶門拉進教室,碰,然後是痛苦的喊聲,他撞到頭了。「除非答應我你會幫我。」她第二句話說完時，我已走出教室。

『欸幹，誰叫他顧後門的啦！』鍾庸的聲音回到耳外，然後是教官：『鍾同學！在幹嘛？』

我快步往操場走去，沒心情上頂樓了。陳懿跟上，她繼續說：「一旦開始就會起**漣漪**，你會意識到它們，它們也會重新找上你。」

「誰？」她沉默，我轉身繼續走，離開大樓，經過草皮，踏上橘色跑道。

「你要不要幫我？」

「三小，幹。」

「我需要你幫我幫他，拜託，幫我幫你哥。」來到中央的球場；放學鈴透過廣播系統大聲響起，鈴聲與她的聲音完全重疊：「他是我認識最好的人。」但卻清楚聽見每一個字；我閉上眼，平靜呼吸。

睜開，風吹過操場，黑色短髮擋住她半張的臉：「如果可以，他希望我們也都會在更好的地方。」

鈴聲結束。

「所以，到底要怎麼幫？」風停了下來，她的眼神透露混雜著喜悅的恐懼。

6₂

「聽起來可能很奇怪，但我也無法確定。」漣漪占滿了整間永和豆漿店，我們現實的色彩鮮豔過於其他存在，於是我戴上墨鏡，去平等化現實。胡宗廷身上延展出來的破碎紋路終於被漣漪緩解，他稍微安定了下來，再來，就剩他要聯結我的現實了。

『六桌，六桌好了！』他起身去拿餐點。我拿了幾顆彈珠放到桌上。

「整體存在中，有無限個像這樣的地球時空。」我把彩色彈珠排成環繞的圓形，跟著漣漪的痕跡。「這些時空本身互不干涉，進行著自己的生命周期。然而，來自更高維度的外力會使兩個平行時空交錯；平行轉爲交錯的過程，會以極大的變動體現；像世界末日。」彈珠撞在一起，如同往中心縮圈的漣漪。電視播放新聞的聲音共鳴著，現實也在回應著我。

「你一定也聽過或看過各種末日預言，像：九九年、千禧年，等。今年的一定聽過。」

「有。馬雅文明那個。」

新聞放起木匠兄妹的《世界末日》搭配主播說話：『大家今年最轟動的話題是什麼呢？你相信世界末日嗎？大洪水、火山爆發，還是跳樓大拍賣？今年，離我們最近的就是馬雅文明預言的世界末日，在十二月二十一日；今年也推出了不少關於世界末日的電影，本台特別訪問來自中研院的科學家，讓我們聽聽專業的怎麼說……』

「從以前到現在，沒有一個預言成眞，因爲它們發生在其他的時空，雖然不是這裡，但一個個關於末日的想像在我們的時空堆疊，而每有一個時空被『祂們』吞噬，其他時空裡的生命也會受到影響，變得更悲觀，更期望成眞。」回憶跟著我的思緒同步湧出，可以說是一**邊想起來**一**邊敘述**著我自己的現實。

「……爲什麼？『祂們』是誰？」他的聲音產生波紋，我的聲音化成回音：「信仰，只要夠多人相信，事情就會越來越眞實……我只知道祂們來自『虛假』，我們的反面。祂們花了很多時間在世界裡散播、累積對於末日的感受，在集體意識裡累加到一定程度後，祂們便利用裂開的縫侵入現實。祂們的進入導致我們的宇宙被推擠向下一個平行，所有的平行相疊處將逐漸被摧毀。最終，祂們會獲勝，而我們的世界成爲下一個世界裡的虛假。祂們會繼續等待下一個世界的裂縫打開；將無窮的平行時空一個個吞噬，這是『祂們』存在的方式。虛假戰勝現實。十二月二十一日，世界末日會發生，這次會在這裡。」我的手顫抖著，阻止世界末日……那是胡宗諺想要的，我想要著麼相信，這是我想要的。

「這聽起來很像陰謀論。」

「你敢說對世界末日沒有一絲期待？」他沉默的往窗外看去，漣漪集中在他的側臉。一瞬間，我好像被帶回了過去。更多的想起來…他正在想像的是我曾經經過的眞實。

那面側臉無數次出現在我生命中的眞實；在校園、冰原上、在洞窟裡、在混亂中。同樣，也在敵人的面前。紫色的漩渦包圍著我們，來自虛假的怪物往天上飛。

『爲什麼可以這麼確定？……胡宗諺也這麼想嗎？』

被聲音提醒，眼前的他變得模糊，我好像正在跟另一個他說話。脫下墨鏡，試著看得更清楚。「我們都看到了……祂們。」恐懼看到了機會，鑽進我的意識，用我的嘴吧說話。糟糕，太大意了。不應該去勾引漣漪。

「祂們長什麼樣子？」胡宗廷很快地被那份恐懼帶走，但似乎也萌生出了其他東西。他們果然很像。

「忘了。」在太遲之前，我戴回墨鏡，將恐懼關回屬於它們的世界裡。電視新聞改播報著端午節的划龍舟跟吃粽子比賽，北部、南部、內地八大粽的區分方法；店家的吵雜聲回到耳內。

我喘口氣，把吸管插進紙杯，開始喝豆漿。「妳爲什麼要戴墨鏡？」他問。

「因爲現實的破圖看久了很不舒服。」抽離、抽離。別讓祂們找到我。

63

她把杯子裡的豆漿吸乾，吸取空氣的聲音像有什麼被切開。她突然停下腳步，靠著天橋欄杆坐下：「呼，好累。」

「妳跟我哥怎麼認識的？」我放下登山包坐到她旁邊。

「南極。」南極？「他訪問我寫部落格文章，後來一起去南極。」她把頭後仰，閉上眼。

「發生了什麼事？」

「……想不起來，只記得關於自己的；他的都想不起來，好像我們活在不一樣的**現**

實，不曾交集……我看著你才會想起他。」我也是透過妳才能想起他。

「這些世界末日的事是他跟妳說的嗎？」模仿她的動作，將頭後仰。

「沒，查維基百科的。」轉頭看向她，不可置信，她偷偷睜開左眼瞄我，看見我的表情，她咧嘴笑了：「你眞的相信喔？」

「哈哈，很好笑。現在很適合開玩笑嗎？」我沒有生氣。

她打開書包，拿出一本厚厚的舊書，封面上，浮雕的多重星狀圖騰，『Kitab Al Azif』的字樣圍繞在圖騰的四周。

「寫在這裡面。」她把書遞給我。

「這怎麼唸？」我指著書名，她搖頭，不想唸出來。「虛假之書。」她回答。翻開書，裡頭盡是看不懂的文字，有些英文，有些阿拉伯文，還有像契型文、甲骨字的，翻過幾頁，只看有圖片的部分。

「看不懂。」連圖都看不懂。

「我有一本中文翻譯版的，可是不見了。內容沒差很多，都是在寫『祂們』。」

「這東西還有翻譯？所以這是名作嗎？」

「不，是作爲警告。」

「妳怎麼拿到的？」持續翻閱，雖然看不懂但強烈的不安透過書傳遞到我身上。

「你哥偷出來的，然後藏在我這邊。」

「從哪裡？」一張黑色小卡掉出來，上面寫著看不懂的字：『Un-agl Sam'fhta』，除此之外沒有其他東西。

「從祂們那裡。」她指著小卡。

「上面寫什麼？」

「地下黃昏。」

把卡片插回書頁間。陳懿突然很認真地看著我，眼睛睜得比平常還大。我繼續翻到最後一頁；一片空白的一頁。她嘆口氣：「有感覺到什麼嗎？」

「什麼？我應該嗎？」

「**這本書會因觀看的人給予不同回饋**；像我就沒發現過那張黑卡……後面幾頁我翻都翻不開，你好像也是。」我疑惑，一頁一頁快速掃過，不出其然，大約有八十多頁像一頁直接被翻過，不管怎麼試，從中間、用甩的都一樣。都會直接到最後一頁。

「這不太符合物理現象吧。」

「累死，快掛了。」她把書闔上，拿走放回書包。渙散的眼神回來了。

「我們可以先回家嗎？我想休息。」她站起來往橋下走。我背上登山包站起，看著她的背影。

她終於發現我沒跟上，回頭，好似非常用力地大喊：「我們明天再繼續！希望你有耐心，一起撐到故事最後！」

7

我起得很早，暑輔下午才開始，媽工作也請了假；靈車在抱著骨灰下樓時已停好，她打開黑傘：『今天我們要把宗諺送進去了。』不知道說給誰聽。

靈骨塔在三峽山區的一間醒靈寺，靈車載著我們進山，抵達後把骨灰罈抱到佛堂，誦經儀式已經準備好，我跪到中間，模仿著僧人的動作合掌。低著回頭，骨灰罈上，照片裡的他發現了我。

中間的僧人站起，拿著連頁經本放落翻閱，一邊頌著經，一邊從走道往門口走，另外兩位站起跟上，一個敲木魚，一個繞缽。我抱骨灰跟上。入塔位後，他們問要不要點香和燒紙錢，若要響應環保可以代爲集中燒。我抱著兩疊紙錢到金爐前，先拆掉最大綑上的橡皮筋後遞給媽，她先點菸再點火，把金紙丟進爐子，神情看起來有點厭倦有點疲憊。

『我要去公司一趟，你回家熱冰箱裡的剩飯吃一吃就去學校。』她接了通電話後把剩下小張的金紙一把丟進金爐。

回到公寓，打開冰箱前查覺到現實的一絲位移，疑惑在公寓的角落打轉，我跟著來到三樓，瞥見哥房間的門縫透出午後陽光。透過門縫看到坐在書桌前的陳懿。

「骨灰呢？」她問。

「進塔了。妳在這裡幹嘛？」她又戴著墨鏡，坐在書桌前，手掌平撐在桌面。她打開每個抽屜翻弄，拿出幾個鞋盒，裡頭分類裝著各種小物：車票、電影票、路上撿到的小東西。

「我不知道他喜歡看電影。」她將一張張缺角的電影票拿起來看。

「爲什麼要翻他東西？」

「因爲，因爲因爲。」

「妳要找什麼？」

「爲什麼你要一直運動？」

「呃，爲什麼妳要一直喊累？」爲什麼她不好好說話？

「爲什麼你要一直帶那個背包？」

「現在是怎樣，妳還要我幫忙嗎？」
「有道理，」她別過頭：「對不起。」
我坐到床邊：「所以妳要不要告訴我……」她打斷：「不行，現在這樣完全沒辦法找到，我得……」她轉頭看我，欲言又止。她轉回去，深呼吸，把雙手放到兩腿間，用手指組合成一個菱形。
『Y'lloig ehye.』她發出了一串音節。
陳懿有明顯的改變，或是我？看著她的感覺變得很不一樣。情緒爬升。
我反射抱住頭，試著往下拉，面具往上崩解，黏著皮肉，對外展現的虛假解離拔除；前一秒崩潰離析，後一秒回復冷靜。過渡期結束，適應了狀態的移轉、改變；我冷靜下來；一些淡藍色接近透明白的物質從我的表面流出，看起來像微觀下的蜘蛛絲，結構彼此相連卻又急著分散。
蛛絲物質流入空間產生轉變；融合，漂浮、曲折、蜂窩狀的透明折射體將物質解析成更細小後吸收吞噬，六角形間傳遞光譜漸變的漣漪。不規則地把空間分割、折射成多種面向，現實變成多重鏡森林，**反射的不是影像而是狀態**。
焦距跟著放射一起拉遠，終於，我看到了那張意識之網、虛假的框架、存在的感覺。

六角鎖鏈串成一張緊握空間的網；在意識到網後變得更加冷靜。

「這是……什麼？」

「移像儀的位置……可能沒辦法持續太久。」她在跟我說話嗎？她把我當成誰？

那本舊書來到她手裡，網以書爲中心展開；疼痛像把突如其來的尖刀插進腦門，我哀嚎出聲。恐懼伴隨哀嚎出現。

「戴上會好一點。」墨鏡進入視覺範圍；她脫下遮給我。戴上墨鏡，疼痛消失，所有的線條、輪廓、奇怪的折射紋理都變更加清淡。

「發生什麼事？」沒想到發出聲音這麼難受。陳懿的神情擔憂、不安，害怕被撕裂。感受她的同時意識到她正追蹤著什麼。我抵銷更多詢問的念頭，用的是更加專心的跟隨；不管要做什麼，都得兩人一起才可能成功。

慢慢的，我跟上她，看到了正在追尋的對象。一個輪廓，由網變化顯出，像藏在網下撐開的人影。胡宗諺的**曾經**被網所記憶。陳懿背起椅背上的書包，懷裡抱著虛假之書；避開輪廓的軌跡，但模仿著形式。她來到房門，用動作對齊，她一步步來到書桌前，跟隨胡宗諺的曾經，以相等的速度脫下書包，掛上椅背；稍有差錯，軌跡會閃爍打亂，她便走回房門等待，重新走。

掛書包、坐下、開抽屜；一次又一次，她的狀態愈顯不適，直到開始流鼻血。鼻血緩慢地從鼻孔滲出，感覺非常濃稠。我脫下墨鏡遞給她：「妳戴著吧。」

「謝謝。」血液停留在唇上。

這次，她很順利跟上；把書安放在上層的抽屜中央，軌跡完美對上。網格收縮對齊，折射輕微震動，更加清晰的軌跡從桌前站起，從抽屜裡取出一團**模糊現象**，抓著轉身走到後方衣櫥，探入。

陳懿的上半身進入衣櫥翻找。衣物被拋出，網格的線條分成重像後散去；聽見木頭離開彼此的聲音，她更加探進櫥內，像穿過牆壁。最後拿出了一個藍色鐵盒，印著中華民國的警徽標誌；嘉禾迴繞著金鴿，鴿首上方有顆白色的太陽。裡頭是個裹著布的物件，把布攤開，一把信號彈槍和一發橘色子彈。

「三小？」我跳下床上前查看。紅色槍托上有乾掉的血跡，紅中的黑疊上一滴新的紅。她把槍遞給我，鼻血又開始流了。她用包裹信號彈槍的布壓住鼻子，擦去血液：「我沒事。」

被信號彈槍強烈吸引；按壓擊錘，彈開槍管，觀看著放置子彈的空洞。它給我的感覺很像那把刀。

「還有東西。」陳懿對我示意。我鎖回槍管，她拿出鐵盒裡的第二個物品，一個很舊的塑膠組合玩具，一隻小恐龍。她讓小恐龍站在手掌間端詳。門鎖轉動，鐵門位移聲、腳步聲，兩個人。媽回來了，還有陳吉全。完全拉回現實：「幹，我們不是應該在學校嗎？」

教室裡，我們因為遲到在後方罰站。鍾庸和坐在他旁邊的跟班不時回頭指指點點。

「想什麼學校的事？」陳懿的聲音把我帶回房間。我隨卽爬到門前偷看。

「下一步是什麼？」我放低音量，輕輕關上門，爬回她身邊。

「不知道，爲什麼要藏這個？」

我有些微印象，很久以前。

她細說著：『回憶會成爲轉換的閘道，而在通過時經歷的黑暗，就是恐懼從……』聲音越來越小，嘴巴在動卻聽不見；我想起小時候吃的早餐麥片會送玩具，我們都會把玩具藏起來，藏在……

「我以爲已經結束了。」脫口而出；我清楚感受到她口中的漣漪。

擺放書架與衣櫥的牆壁拉長退後，木頭紋路不自然地延長，同樣的細節重複填空。回憶安置在中間。舊家的淺色原木餐桌，那張像是鏡子裡的臉坐在對面，正傾倒著比手掌還大上許多的東尼老虎香甜玉米片，把銀色包裝裡僅剩的脆片倒入裝滿牛奶的碗。小巧的玩具不小心掉入，緊張的把手伸進牛奶裡撈出。是個由兩種顏色組合成的小恐龍。

記憶被汙染，細長黑影從重複的木紋穿透而出，像藤蔓，觸手。

瓷磚地板上擺滿各種贈品玩具，它們有各自的角色，長得奇怪的演壞人，長得帥氣的演英雄，在積木組成的小鎮生活；我們討論著小恐龍的正邪天秤該倒向哪一方。扭曲的黑影觸手爬上回憶邊緣，難以忍受的視線擠進我抽離的視角中。

遊戲最後，我們把玩具收進一個矮櫃的下層抽屜，裝的不是日常用品，是精心佈置的小屋，秘密基地。兩雙相似的手把小恐龍放進抽屜。關上，黑影將抽屜外表染成焦黑。好幾隻眼睛在各處張開，每開一眼燃燒的聲音就變得更旺；黑暗。

手裡的東西掉落地面，睜開眼。小恐龍躺在地上。

「這是我看過最慢的眨眼。」陳懿脫下墨鏡，伸手撿起玩具。

「頂樓有個櫃子。」我看向牆壁，書架與衣櫥保持著合理的距離。樓下傳來開關門聲，她把聲音壓得更低：「在等什麼？」

「剛才⋯⋯我好像回到過去，我既站在外頭，卻感覺是當下，然後⋯很多難以忍受的視線入侵，我開始害怕，很害怕，最後被推了出⋯來？」

「祂們希望你害怕，那會讓祂們變得更強大⋯⋯要走了嗎？」她問。

「現在想去也沒辦法，我媽平常不准我上去，說是危險，頂樓的門鎖著，鑰匙在她房間裡。」

她低頭想了一下後往門走去；輕輕打開，看了一下，然後整個打開，往外走。

「欸！」我喊得很小聲。趕緊把信號彈槍跟子彈一起包回染血的布裡，小心把門帶上，把槍放進登山包裡。

她蹲著，透過三角形的梯口偷看。我只能看到餐桌尾端，陳吉全跟媽坐著，她靠著他的肩，菸味。

「謝謝你來載我。」媽對他說話的態度完全不一樣，聽起來很溫柔。

「餓了，煮東西給我吃。」像個小女孩。陳吉全熄掉菸起身走進廚房。媽看著他走離餐桌，她叼著菸，手在椅子上撐著。突然她感覺到什麼，看到回頭的前半動作，我和陳懿縮了一下，靠角度把自己藏到樓梯牆後。

「怎麼了？」我們都以為自己被看到了，不敢移動，接著傳出拖鞋腳步聲。

陳懿看兩人都離開客廳便快步下樓，我跟上。她彎腰穿過客廳，順勢溜進門沒關的主臥室。跟著進去，我躲到半開的門後往外頭看。他們待在廚房，陳懿開始翻找。

「他們出來告訴我。」

「妳到底在幹三小啦？」視線在房內和廚房來回。

「知道在哪嗎？告訴我的話可以快點。不然就世界末日了。」

「嘖……應該在床頭櫃的……不要動！」廚房裡突然有大動作，我縮回門後，閉上眼。

「找到了。」什麼都沒發生；睜開眼，陳懿在我面前用手指叼著頂樓鑰匙。她往門外看：「恩…他們在……嗯，走吧。」走出門快速直上頂樓。廚房裡，媽躺在小吧檯上，陳吉全壓在她身上親吻著她，她閉著眼。

頂樓分成左右兩區，都堆滿了雜物。

「要找什麼？」她站在雜物中間回頭看我。

「一個舊櫃子。」我也開始找。她只是看著我找。不像是想起……更像有人告訴我……感覺腦中細碎的想法，不是回憶，更像訊息，某個置身事外的第三者正在告訴我應該往哪裡看。

最後，在陽台圍欄角落發現那個舊矮櫃。

外表焦黑的痕跡，這是舊家唯一沒被燒爛的傢俱。試著拉開下層抽屜，有點卡住。用力往上提，斷裂聲，成功把抽屜打開。

裡頭放著一疊撕下的筆記紙，質感跟那本舊書一樣；她搶在我前面拿走筆記，專心讀著。抽屜裡滿滿燒熔的塑膠殘骸，有的完全焦黑，有的保有原本的顏色。

一個反光打斷思緒，我把手伸進深處，摸到一個冰冷的物件，一把舊鑰匙，尾端掛著號碼牌。３０８。

「拿來開什麼的？」我遞給陳懿。

「嗯…一個置物箱，不對，公事包…之類的。但我也不知道東西在……」她說話聲越來越小，皺眉，感覺頭在痛，人中上還留有血痕。

「到底有什麼事是可以確定的？」不知道爲什麼開始生氣，是因爲她的表情還是我的耐心見底了：「從開始到現在妳什麼都沒有好好跟我解釋，經歷了一堆莫名其妙的……

然後呢？那本只有妳看得懂的怪書不是應該什麼都有寫嗎？」她左手緊捏前額，看起來更加不舒服，不是因爲我，她根本沒聽見我剛說的話。

「回來⋯不是⋯」她瞇起眼努力看著什麼，漣漪嗎？竟然在那種狀態下還能說話？憤怒轉成擔憂。

「我跟你哥⋯南極的研討會⋯有一個公事包⋯冷藍色的光⋯儀式⋯不行，結束了。」她攤坐下地，靠著紙箱喘氣。

「最後一次遇到你哥時，他說要去只有他可以去的地方幫助我、我們，到另一邊取回**末日之鑰**。」

「末日什麼？」

「他一定⋯⋯打不開的抽屜要怎麼把東西放進去？一定是⋯⋯」

樓梯間傳來拖鞋聲，我拉住半茫然的陳懿躲到雜物堆中；不安促使我想起，翻看她垂放在身旁的雙手手掌，沒有；頂樓鑰匙還插在門把上！腳步聲停下，我緊張的看著門的背面，門把轉動，打開。我憋住呼吸，視野裡只有半開的門。門推得更開，他踏一步進來，轉頭掃視。

我與陳吉全眼鏡底下冷淡的雙眼相交，他看一眼雜物堆裡的陳懿。我吞口水，陳吉全轉身。

「就跟你說他們還沒回來。」

「我有聽到聲音，門爲什麼沒鎖？」

「可能上次忘記鎖。」門被稍微帶上，但沒關。「還是妳想在這裡？」媽輕聲笑：「回去床上吧。」門關上，等完全聽不到腳步聲才敢放鬆。

發生了什麼事？嘗試去拼湊合理的解釋，或許，陳吉全不想讓陳懿添上麻煩吧。

「知道公事包在哪了嗎？」我輕輕搖晃陳懿的肩膀，她回過神來。

「不知道，現在最可能知道的只有你……你怎麼知道鑰匙在那個抽屜裡？」

「什麼叫只有我？妳說得他好像沒死一樣是怎麼回事？」有些話還是被我吞下，我說不出口…難道是哥告訴我鑰匙的位置？是他把訊息放到我的腦袋？

「……東西藏得很深，他可能已經找到了，只不過祂們也知道他找到了……」她回到自言自語的狀態，這樣下去不是辦法；躲躲藏藏根本沒辦法好好想事情。

「待在家裡沒搞頭。」確認好樓下的情況，我離開頂樓。不可以再犯錯了，我謹慎思考，出門前先換上制服，帶上書包與登山包；現在我們應該在學校。

8₁

漣漪又集中在同樣的地方，真不知道這間永豆是怎麼樣的存在？他似乎很喜歡在這裡思考。我猜，地點位置可能剛好在底層巨大裂縫的延伸之處上吧。胡宗廷在樓下的攤販買了一副墨鏡，我們的現實越來越近了。

空間的破圖巧妙的避開我們找到的這幾張筆記，我把舊黃的紙張放在白色貼皮的餐桌上，裂痕的形成像是被物體砸破的玻璃破洞，我可以清楚的看見上面的文字。幾張從虛假之書裡撕出來的缺頁，古拉丁文描述著星之眷族對古神的禱文，彼界的語言在眷族的速寫畫像旁如昆蟲般蠕動。

「有想過找其他人幫忙嗎？」他吸豆漿的聲音空洞且迴旋。幾些回憶湧上，不是畫面，而是思考。星之眷族圍繞著巨大的虛無植物吟唱禱文向上飛升，好像有爸的影子……可惡，還是想不起來。

打從虛假之書轉交到我手上，我便開始時不時地夢到過去。但總在清醒後才想起我夢到了**過去**，卻不記得夢的內容…過去是長什麼樣子。我可以想起我們在南極相處的時光，卻記不起他做了什麼。想不起來爸最後的樣子……

「現在怎麼辦？」再次聽到他的聲音，他已經把飲料喝完了。

「感覺這超出我們能力之外了。」我把筆記收起來，關鍵還是在他身上，他必須認知到這點。「上面寫了什麼？」他問。

「古老的神話詩歌，感覺這是障眼法，好讓對手忽略鑰匙。」

「妳要解釋給我聽嗎？」

「讚頌古神的禱文有點像防護罩，把眞相僞裝成祂們的樣子，祂們在搜索的時候就會忽略這把鑰匙所代表的價値。因爲在祂們眼中不滅的神性是絕對的。虔誠的心變成了可以利用的弱點。」

「所以妳的意思是……這些都是胡宗諺做的？」

「可能，死亡是步入虛假世界最直接、最隱蔽的途徑。」我不知道這麼說會不會傷害到他。胡宗廷低下頭，漣漪一瞬間集中在他身上，綻放著。他們在對話嗎？

「你爲什麼會想到那個櫃子？」我接著問，希望能順水推舟。

「……先說妳看到了什麼？」他反問，阻力擋下了我。

「南極的事，跟記憶不一樣。卻和想像的一樣。」

「什麼意思？」

「拿到書後想起了一些，過去的片段像思考一般被提醒，但僅止於感受，好像在那段時間我有兩段不同人生的記憶，可是其中一段只能用感受的。」

「那什麼是眞的，什麼是假的？」他連天眞的樣子也與他一模一樣。

「眞的跟假的都一樣重要。」我等帶著他對這句話的反應，漣漪湧動著，但他像被麻痺一樣，卡住了。

「線索藏在回憶裡，回憶裡的眞實是我們自己想要的結果。」

「這代表什麼？」

「回憶是由當下的我們重新創造出來的過去。現在與過去的連結，你不是也看到了？看到什麼？」他麻痺的狀態成功被我的邏輯解除，湧動的波紋成功一圈圈收進他的意識裡。通道打開。

「我『看』著小時候的片段⋯透過那個玩具，經歷了⋯當時的情緒，又不太自然，不是平常回憶的方式；像有其他東西在，只是從來沒這麼去看過它們。」他用力說著。

「這是只有你們兩個人的連結，他一定把線索藏在那裡，別人才找不到。有什麼只有你們共有的記憶？」

「不知道，我不知道。」麻痺又再次發生，我感覺到更強的阻力，某種傷害的感受同樣也流進我的裂縫裡，好痛苦。但不行，不行放縱。

「你靜下來才有機會找到。等回憶再來，試著讓想起的過程再發生一次。等連結再出現。」我想握住他的手，我想，真的很想。但他痛苦的樣子觸動著我，我是否也想像他那樣的痛苦著？

「你們的連結一定是祂們想要破壞的東西，所以才有別的東西在。公事包是從祂們那邊來的，離得越近，就越有機會。」我撐著感受，感覺有甚麼要爆了。

「聽不懂；爲什麼可以這麼不緊張？不是全世界只有妳知道世界會末日嗎？還是因爲我替妳緊張所以妳什麼都不用管了！」他把筷子往桌上摔，引爆，他內心的傷痛浮出，這是連結的代價，我很清楚。

「只能試著去做，現在能想到的就這些，緊張也沒用，這不是我們可以決定的。」我讓自己用最平靜的方式傳達，他瞪著我，空間破碎的紋路充滿著我的視覺，如淚眼盈眶。

流逝。「……是誰決定？」他問。

「不會是我們。」

「媽的。」胡宗廷轉頭看向窗外，側臉造就一次又一次的既視感。

「爲什麼那個櫃子黑成那樣？」我問他。

「那是我舊家剩下的傢俱。」

「……舊家在哪？」我問。

他回予我的表情就像是某種悲劇重演在面前。他既明白卻又逃避。身上的裂痕一下子穿過了所有空間，意識的拼圖躁動著。一下子我便明白了，他與他最深的共同回憶，最安全的地方，就是那無法被分享的惡夢。創傷。

8₂

隔天，我照著記憶查看網路地圖；拿著陳懿的智慧型手機，照她指示操作。重新回到那個家：對我來說是什麼？有個想法，是胡宗諺希望我回去的：我覺得這個想法很偷懶。我目光從地圖轉到陳懿身上。是爲了她嗎？哥並沒有回答我。

「這好方便。所以你可以無線上網？這很貴吧。」說點什麼。

她漫不經心地盯著公車站牌：「吃到飽就可以。你看好沒？」

對於舊家地址的印象模糊，況且這新科技讓我感到相當好奇，整天拿著這種手機會更有安全感嗎？就不需要去對抗什麼了。這讓我想到一件事：「妳……舅舅，他是做什麼的？手機帳單是他付的吧？」

「喔，我也不是很清楚，投資相關的，他不用去公司上班。」她瞇著眼看我，陽光照射得直接，但這種情況她不會戴上墨鏡。「你到底看好沒？」

我上搜尋引擎查了二〇〇三年火災的新聞。那年發生不少火災，閱覽著，依照建築的外觀確認：「找到了。」

「在哪？」

「北投。」她手指掃過站牌上的數字跟路線圖：「好累，搭捷運好了。」

出捷運站，我對這附近街道的印象很淺，很多地方都變了。住宅新舊混雜，許多從沒看過的高樓被施工鐵柵欄圍繞，上面貼滿布條傳單跟噴漆。

『脫離中華民國政府』、『島國獨立』、『島民站起來』、『在我的眼裡種滿金針花』等等社會運動標語。走過一個個黃底紅字標語，低頭看著手機裡的白色小道，她倒很認眞看那些標語。

「你覺得會嗎？」她問，經過一個環繞道，標語結束在這兒，往上坡走。

「會什麼？」

「獨立呀。」

「不會吧。」

「爲什麼？」抬頭，回看著掛得最高的標語；掛在新建好的住宅高樓上，白色的字寫著『島嶼的人在哪？』：「不覺得這件事會擺在世界末日前面才對嗎？」
她聳肩：「因爲之後就沒意義了？」
「不是，因爲大家眞的有意識到自己活在個多糟糕的世界。」
「所以現在沒那麼糟？」
「不是，」我看向街道上的人：「是沒有人這麼覺得，妳不是說世界末日跟想像還是集體意識相關嗎？」
「嗯。」很多人低著頭走路，看著手上的螢幕，像我現在。「如果大家眞的害怕，或有一點明白不該期望末日發生，而嘗試做些什麼，那情況就不會糟到有人認爲該獨立，我們可能早已自然的生活在一個所有人都感受到歸屬的地方了。」
「末日可能就不會發生了，是嗎？」
「不知道，但至少我應該不會在這裡做些麻煩的事。」
「那麼，你也不會遇見我，我也不會遇到你哥。」
是呀，或許吧。
「到了。」走了好大段上坡後，看到印象的石牆跟黑柵欄鐵門，佈滿鏽斑。
「哪裡？」她從警衛室的破窗探進去，我回答前她已經爬了進去。

「十三樓。」我推鐵門，鎖著的。她推開警衛室的門，走到對面打開扣鎖。「來嗎？」她說。門上幾片黑色的碎屑剝落。

「這裡怎麼還在？」她走前面，我們從中間的樓梯爬上去；整座大樓的外壁都被打掉，只剩水泥結構裸露。

「原本要打掉重建，不知道爲什麼只做一半。」

「爲什麼要重建？」

「大火從這棟蔓延到隔壁棟，基本上都不能住人了。」

「火災。」走進十三樓，她讓我帶路，這才意識到沒跟她說過那場大火的事；胡宗諺有跟她提過嗎？「所以我們才搬走。」整個樓層只剩柱子，牆都不見了。數著房間數目，直到看到那扇窗。

「這裡。」不知道是方位，還是光灑進的樣子，這感覺記憶深刻，那扇是主臥室的窗戶。

「哪裡？」

「從這根柱子……到這根柱子都是。」大概比了一下。

「完全不像一個家。」

「怎麼說？」

「少了牆，還有基本設備，之類的。」我們在空間中呆站著。「然後呢？」我問，她靠了根柱子蹲下來，從書包拿出一根菸跟打火機，白色寶馬，是媽抽的牌子。

「妳也抽菸？」她發現我看那包菸時的表情。「出門前看到放在餐桌上。」她點起菸，吸了一口：「等吧。」

「抽菸是什麼感覺？」

「專心點。」

繞在柱間，連原本的樣子都想不清楚，有什麼在阻止著，越想越想不到。現在能引發任何感受的只剩那扇窗戶，卻因爲盯著它而想吐。

「應該有什麼印象深刻的事件吧。」她說完，我開始覺得熱，像被火焰給包圍，不適感擴散成危機意識：「想不起來，那時候太小了。」

「你有看到過。」她再推一把，火燒得更旺；不想再往那個方向。

「我說想不起來。有沒有其他現在可以做的事？」我加大音量。眼睛始終離不開那扇窗。

「把過去想清楚就能處理現在。」

光亮縮減至空洞，沒有玻璃的窗口覆蓋薄薄光暈。一隻眼睛在暈裡睜開，被祂看我的眼神吸引；除了眼睛外，窗旁平面的黑影轉成立體，一對長爪穿過牆壁伸出。只隱約聽見陳懿的話語：『這裡以前是什麼樣子？……』

一團團想像投射進腦海，看著我拿出登山包裡的刀去傷害陳懿，長爪穿過我的身體；我正被某種生物吸食著自己創造出來的恐懼。理智瓦解成碎片。想像開始變化成不是我的樣子。

有著我長相的他和陳懿沿著隧道走，盡頭是強烈的白光，白光裡站著一個帶著眼鏡的大人，長相有點像和善許多的陳吉全。他們三人一邊說話，一邊在漂亮的雪地裡走著，滿滿的溫暖。他們回到冰屋狀的房間裡整理行李、他們在候機室裡談天、我（他）坐在遊覽車上，窗外的風景從異國建築變成熟悉的綠色山脈。

場景以不定的速度一再重複，直到光完全消失。恐懼隨然竄升。

漣　漪

矮櫃以原本的樣貌出現在窗戶下，我和哥坐在櫃前，最下面的抽屜開著。我們把玩著許多玩具。『是你哥的話應該比較簡單……』陳懿的聲音創造出另個漣漪，不同的波把眼前的所有給瓦解推散；小時候的身形扭曲，火焰再次湧上。

「想不起來啦幹！」終於承受不住而大吼，自己像介於兩者間的受體被來回推擠，憤怒的情緒抓回現實。把所有感受到的都丟給陳懿。她指上夾著抽到一半的菸，眼神露出擔憂。

在一切想像再次發生前我離開這棟建築，頭也不回的走離。無法得知現在的我有多少是自己，多少是他。不停用謊言告訴『我』還是佔了多一點。但這個我又是什麼？

接下來，我有好陣子沒跟她說話，也不敢跟自己說話；不去做任何的想像。暗自期望事情可以就這樣結束，用平庸掩埋。

但現實與虛假都證明了，放棄努力的人沒有資格活著。末日就是這個意思。

八月 11

站在一座陸橋上，圍欄用灰白色石頭雕刻而成，古老的感覺，像神廟的高柱被縮短。天色非常灰，太陽被月亮給吃了，剩下一圈光環。另一個更巨大的東西把光環給吃了，祂就像座移動的山丘，陸橋下的樹木搖晃得很厲害，巨獸把路途上的障礙堆開。

我緊握著雙拳，擺出攻擊架式。冷汗從髮線冒出、流下。揮拳。速攻。配合著呼吸，呼出、吸收。對著牆上的黑影攻擊，聽不見自己猙獰的聲音，在影子世界大吼，傷害的思緒傳得比現實還要快上幾倍。黑影中的目光漸漸鎖回牆內。月光讓影子換了方向。用毛巾擦拭感覺不到的身體；打開房門。

哥的房門半開，裡頭散出自然亮光。房內傢俱擺放的整齊，有條理，窗戶外是晴朗的白天。他頭探在行李箱裡。他意識到我後看向我，稀鬆平常，照鏡子的安全感。

「怎樣？」他用著平常有點脅迫的語調。他的瞳孔不是人類的瞳孔，也不是動物。持續變型的多面體內，顆顆彩色的小球輪迴催生。

「欸，耳機是不是在你那？我要帶去用，還我。」他說。

「好。」我轉身走回房間，打開書桌抽屜拿起那副白色耳機。再走回他房前已經黑夜，日光不在，房內也空無一人。突感到精神不適，走向廁所。

打開廁所燈，淡紅色的瓷磚與自己浮現在洗手台上的鏡子裡。轉開水龍頭，雙手捧住流水，臉低下觸碰；感受水從鼻孔與眼角滲入面具底部，重複拍打直到洗淨。睜開眼，鏡中浴缸上一雙漂浮的腳緩慢落地。浴簾拉開。

陳懿用著怪奇的節奏跨出浴缸，握著那把銀色露營刀。她把刀舉至我的喉頭，嘴慢慢貼近我耳後；鏡子裡剩下她半張側臉。

「我們會這樣結束。」她輕輕地開口。

砰。先是輕柔的一聲，接著更大。鏡子變成一扇門，先是龜裂，後被撞開，支撐門與牆間的鍊條緊繃。視線回到過去孩子般的高度；轉頭看，沒有別人。另一聲撞擊伴隨鍊與板的震動一起發生，再次回頭看到自己孩時的背影；隨著撞擊頻率增加，視線離一切越來越遠。

枕頭與床墊被汗水完全浸濕。坐起，胸口悶住喘不出來的氣，任由在體內膨脹。我低頭望向床上帶著觸突的人形。

暑假就要結束了。

腳步停在陳懿房門前，進入無法躍過的等待，可我始終都會去敲這扇門。叩、叩。

陳懿看到我後用手肘稍微撐起上半身，她的脖子從棉被下露出來。「你回來了。」

我們已經好一段時間沒有說過話。

「對。我夢到他了。」

「…別急。」她伸直手臂，棉被滑到腰間。不確定該不該走進去。

「需要這段時間是有原因的。」她轉過身，把棉被甩至牆邊，穿上室內拖。

「先去刷牙。」她穿過我走進浴室。

「哩現在在想什摸？」口中含著牙刷與牙膏，伴隨著水流，她的聲音含糊不清。

「我在想爲什麼？」

「哩知道爲什摸。」

「一開始，夢裡有個巨大的…存在？在影子裡…像移動的山，暗示？像想像…帶著迫害感的投射……不知道，說不清楚。」水流聲停下。

「嗯，然後呢？」

「我去攻擊祂…消失了，我回到家裡，白天，我看到胡宗諺，但有點不太一樣。」

出現的先是抓著牙刷的手，然後是她的臉；她瞧著我：「你看到的東西，和在舊家看到的是一樣的嗎？」

「對，感覺起來一樣……」

「有在軌道上了。」她跳出浴室走進房間；想起那天突然走掉很不好，應該要道歉。我跟上她。

「我換個衣服。」她把房門關上。

1_2

「對不起。」才走進胡宗諺房間，他就跟我道歉。

「幹嘛道歉？」情緒影響著他，我坐到書桌前，他呆滯著站在房門口。

「那天我不是故意的。」他靦腆的低著頭。這樣子可不行，得趁他還記的夢裡發生的事時找到線索。不管是怎樣的情緒阻擋著他。漣漪停留在頭頂上作夢的位置，快要消失。

「欸，專心點。」我轉過身，跨坐在椅背前。他愣了一下，走了幾步到我前面：「對不起，我那天不是故意突然離開……」

「不是叫你專心道歉啦。」我不小心笑了出來，原來他還在在意幾個月前發生的事，實在是太老實了。「所以你看到他在幹嘛？」我把笑忍了下來，該認眞，認眞。

「喔，喔…整理行李。」胡宗廷回過神，逐漸後退的漣漪被往回拉了點。

「有說去哪嗎？」

「沒講，但穿著制服。」

「還有嗎？」

「他……要我還他耳機，我回房拿，然後他就不見了。」漣漪的波紋瞬間成破圖，往下竄，我離開椅子，目光試著抓住裂痕的動線。

「沒有其他的了？」我試著催促他思考，好加強破圖的輪廓，但他愣住了。

「沒有。」他說。

「耳機…耳機呢？」紋路變得很淡，他用思考阻擋下來了什麼。是不是夢裡有些部分他不記得了…又或者…不想說？

我走去衣櫃裡翻找，記得他剛才有提過一個行李箱。那個把手上綁著出入境貼紙的藍色行李箱出現在眼前，爲什麼上次我忽視了它？現實跟著回憶一起重現，我想起他在機場，拉著這個行李箱跟在我後頭。疼痛就像空間中的裂縫破進我的腦袋，我將行李箱擺到地上沿著拉鍊拉開，裡頭空無一物：「不在裡面。」

胡宗廷坐到我旁邊，破圖重新從地板集中到他身上。

「他什麼時候會用到耳機？」我問。

「我…他喜歡在搭車時聽音樂。」裂痕重新變回拼圖，在他身上組合。或許關鍵是……他把自己當成了他？同理心連結起兩個相距遙遠的時空，把線索給帶回當下。

「搭車。」我起身，回頭打開書桌抽屜拿出用來放交通票的鞋盒。經驗跟線索開始連結。

「制服…畢旅…」我們一張張看，大部分是火車票，從板橋到市區居多。

「畢旅是五月吧？」

「嗯，就在……發生之前。」安靜一陣子，只聽得見小紙相互摩擦的聲音。

「這裡有五月二十二到基隆海科館、五月二十四回來的票。」在我拿起時，裂痕往那兩張特定的背磁式紙張竄，全都鑽了進去，然後消失。

「海科館？那裡有什麼？」

「嗯……有個港口。你們不是同屆？」

「很多事我都忘了。」

「你沒去嗎？」
「沒。」
「爲什麼？」
「沒什麼誘因。」
「那你都在幹嘛？」
「在學校，沒去畢旅的人被關在同一間教室；我都升旗完就跑去頂樓。」
我把那兩張火車票放到床上，並把鞋盒蓋上。
「哪種畢旅會把人帶去基隆啊？爲什麼不坐遊覽車？」
「自己規劃那種。」
「他也沒去？」
「對……那陣子，他不太跟我和我媽說話，那幾天也沒跟我媽說，就拿自己存的錢出去，回來後被我媽發現，她很生氣。」
「你聽到的？」
「對，我聽到的。」
我抓起那兩張票根，還有什麼漏掉的……我用力看著那兩張紙，想著要把漣漪給拉回來。

「他看起來不太一樣。哪裡不一樣？」我問。

「眼睛，像外星人。」

他可能已經很接近祂們了……我心想。一個讓人害怕的想法開始在腦中揮之不去，沒有破圖，沒有漣漪，只有恐懼。會不會…他終究變成了祂們？

「所以我們什麼時候去，望海港？」我天真地脫口而出，用著不是我的語氣，更像是他的。你在用我的嘴吧說話嗎？胡宗諺。

13

想都別想。

「不可能讓你們去。」她再補上一句，飯桌的氣氛變得很尷尬，壓抑的情緒從媽的手指跟脖子外側露出，幾條微凸的青筋。陳吉全靜靜坐在我對面夾著炒空心菜。我與陳懿對看一眼。

「可是現在是暑假。」試著再要求;雙手仍放在腿上,筷子碗盤完全沒動。

「暑假又怎樣?再不到半年就要學測了,以你的課業你怎麼敢?給我待在家裡念書。」媽表現要結束這個話題,開始吃飯。用課業壓讓我起了更多反抗心,她從沒問過我想上哪間大學。

「妳在乎嗎……」思緒小小地從嘴裡流出。

「你說什麼?」她轉頭看我,右手緊握筷子,直立地挺在餐桌上。「你們還未成年,跑這麼遠不安全,懂嗎?前陣子不是很乖嗎?爲什麼不繼續保持?」她再次壓制情緒,但可以從深鎖的眉頭看出就要把持不住。

我知道怎麼激怒她。猶豫了,我有這麼想拯救世界嗎?我看向陳懿,她低著頭,碗筷也還沒動,眼神左右飄動,接著,我注意到她微微開口,準備說話。

我介入:「但上次胡宗諺自己去也沒有……」不該由她承受。

「你說什麼!」媽用力敲桌,手中的木筷脫落至地連續兩聲鏗鏘。「胡宗廷!現在是存心跟我過不去嗎?」她對我大吼。

「你是不明白……他……」她用憤怒擠出悲傷的情緒。哥那次回來沒過幾天就自殺了;我決定說出心裡想的話:「妳難道沒想過是因爲妳對他的態度嗎?」

「你怎麼敢拿他來指控我!」媽拿著裝滿飯菜的碗重重往下摔;混著瓷片的飯菜噴

灑，同時淚水從她眼角流出。

「妳一直以爲這樣是對我們好，妳沒有想過……」我抬高音量，情緒伴隨眼淚從體內上升；可話還沒說完就被更大的聲音打斷。

咚！媽重重推了椅子一把，餐椅撞上餐桌，菜湯灑了出來。「哪裡都不准去！」她大吼，轉身離開。這時我的眼淚才抵達眼眶。我和陳懿愣在飯桌前不知該何去何從。陳吉全靜靜把移位的餐盤擺回原位。不遠處傳來劇烈摔門聲響。

「明天怎麼辦？」我們躲在餐廳右方的小陽台，她問。「爬這邊出去嗎？」從陽台往下看是一樓樓梯口與鐵門間的空地。

「別鬧了，又不是在拍電影。」

「不然？」

「她明天要上班，可能妳舅舅會待在家……」

「我累了，明天再想吧。」她嘆氣。

「她九點前會出門。」

「那約九點吧。」

「好。」她手伸到落地窗把手上，但遲遲沒有打開：「你剛才……」

「怎麼了？」

「爲什麼不讓我跟她說？」她看著我，眼神惺忪。原來她有發現，我想都沒想回答她：「妳不是她的小孩，這不是妳應該承受的。」我說完，她頓了一下，別過頭。

「晚安。」她推開窗。

2

隔天很早就醒來了，大約七點；靜靜躺在床上直到聽見鐵門關門聲。整理登山包，把可能會用到的東西都帶上。找不到大門的鑰匙；一定是昨晚在陽台時媽進來房間拿走了。看下床邊的電子鬧鐘，八點半。

二樓客廳沒人；確認往一樓的樓梯間也是空的，主臥室的門關著。先去確認陳懿的狀況；輕聲敲三下門，沒人回應，轉動門把，門沒鎖。她睜著眼躺在床上往我瞥。

「妳在幹嘛？」輕輕把門帶上，她持續看著我，沒有說話。「她出門了，要走的話就趁現在。」她張嘴，我只聽見一聲很輕的低鳴。

「妳到底有沒有想要完成？這樣到底是要我怎麼辦？」用氣音對她說，她只有嘴吧動了一下。

「妳說什麼？」走到床邊，她很虛弱：「我動不了……」

「怎麼了？」

「我感覺不到我的身體。」

「怎麼會突然這樣……不管了。」似乎已經習慣會有非寫實又難以理解的事情發生了，或許跟造成她總會流鼻血的原因差不多吧。我快步走出房間，不可以再畏縮下去。正想該怎麼做時漣漪就來了。

有隻手從背後伸來，手上拿著一個舊相框；媽懷孕時的照片，爸牽著她站在一旁，她坐在輪椅上。背景很眼熟，是舊家一樓的小公園。

眼光移動，拿著相框的手消失了；回頭只看見沙發。

媽懷我們時坐的舊輪椅，要是這東西還在，一定在頂樓。不用鑰匙上去有個方法，從房間窗戶外的防火巷爬上去。我回房爬上書桌，打開窗戶探頭看。右上角是冷氣機外部，爬到上面就能勾到頂樓的圍欄。嘗試去搆冷氣外支架時，腳滑了一下，整個人往下攤，往書桌撞。好痛，下巴撞到窗框了，撫摸著疼痛的皮膚，注意到地板上的閃光。

掛在鐵書架上的破登山包掉了下來，物品散落一地。反光源來自另一副大門鑰匙，這把是哥的，後面掛著黃色油燈的鑰匙圈，有點生鏽。

找到鑰匙給我繼續下去的動力，思緒也變得更清楚。選了支堅固的鐵衣架，把兩條童軍繩纏在一起，打結固定在架勾關節處。甩動繩子，一次就勾到圍欄上。拉住繩子踩上窗框，控制方向別離牆太遠，不用多餘的力，腳懸空的當下令人緊張，我很快扶住冷氣，往上抬抓住圍欄。翻過圍欄，很快找到舊輪椅。

我既驚喜，又冒冷汗。不自覺的伸手觸碰右肩，感覺被握了一下。驚嚇、回頭。同樣的角度，同樣的空有現實。

把輪椅放到一樓玄關，打開看見坐墊上有乾掉的舊血漬。回到陳懿房間，她仍躺在床上動也不動。

「走吧。」拉開棉被，她穿著條紋睡衣。雙手越過她的背和腳，抱起來。她非常輕，好像沒有受到重力影響。我的手隔著衣物感受她的肌膚。

「…書。」她輕說。「喔，對。」我回身用右手食指勾住她的書包背帶，往外拉穿進手腕。

到板橋火車站走路大概要二十分鐘，天氣微陰。港口可能很冷。一路上她都沒開口說半句話。我們搭上最近一班往基隆海科館的區間車，我把殘障區的輪椅安全帶扣好，坐到她旁邊的博愛座。這趟車程少說也要兩小時，對面窗外一路從我的倒影，看到城市，看到山林。

「昨天……」她開口，我回神。「你媽對我說了很奇怪的話。」她說。

「她叫我『不要想』。」

「不要想？什麼意思？」

「就……不要想吧。」

她說話同時，清晰的畫面出現在想像裡，與火車外移動變化的光影融合。

媽拿著紅酒瓶坐在沙發上，介於憤怒跟憎恨間熟悉的表情，每當她喝酒想到些事就會出現。看起來像正在殺人。

『不要想。』她用著命令的語氣。

『我沒有要幹嘛。』陳懿說。

『不要……想。』這是一種控制，我從出生到現在感受到很多次；不只在她身上，在很多人身上都會感受到；這些人的世界裡，他人不擁有想法，所有人都該如自己期待那樣思考、行動；所有事都該如期發生。

停站，戶外的小站；一個老婆婆拄著拐杖走入，我看到她便站起來讓位。

「多謝。」老婆婆對我微笑，我回以微笑點頭。她眼光飄向陳懿：「唉唷，少歲著破病；艱苦沒？」婆婆慢慢觸碰陳懿的手。陳懿看著她，輕輕地笑。

「哈哈，我嘛足艱苦。愛加油喔。」陳懿沒有說話，婆婆笑了幾聲，放開手轉過頭去。過了一下子，她又轉回來：「恁欲去佗？」

「海科館。」陳懿回答，聽起來好一些了。

「喔，望海港喔。恁敢知，遐是台灣上北旁的火車頭喔。」

「她說什麼？」我小聲問。

「她說，那裡是台灣最**北**的火車站。」

進站，我推著陳懿出去；天空下是翠綠的山脈。

「所以，現在，要幹嘛？」看見一朵雲，形狀是古怪的三角形，一些較薄的雲層成波浪狀從三角形中心延伸。

「去海邊吧。」我把她推到地圖前。「望海港，他是去那裡。」

經過車站前的公園，很新，灰色的大塊磚瓦建築，還有幾座零散、鮮豔的現代雕塑突立在周遭。這一切都與公園界線外的老舊建築與大山完全不搭。這裡房子都很矮，可以清楚看得到更遙遠的地方。

「你覺得他是怎麼走過去的？」她問。

「沒辦法像上次在房間那樣嗎？」

「沒辦法，在公共空間很危險，會暴露我們的位置。」

推著她走進望海巷。巷口的店面個個面朝我們；有咖啡廳、海產店，還有柑仔店。木頭支撐構築成開放式的窗口，擺滿魚和蛸亞海鮮的冰櫃陳列，灑出淡淡冷光。走上堤防，不遠處雜亂長滿消波塊；海浪有頻率拍打著粗糙水泥，水流穿過四面體間的漏洞到我們下方。海風把頭髮吹到她臉上。

一朵烏雲稍微滑開，陽光露出了一點點；天空中多出了些不一樣的線條，路徑不完全是直的，有的化弧，兩端都往極限遠方延伸。陽光照射到線條邊緣會稍稍反光，不是純白，是相當細緻的七彩。

「妳提到的破圖、裂痕……還有那天在浴室裡往窗外看，」我轉向她：「妳在看什麼？」她頭髮被吹得很亂。

「……彼界的存在感，祂們的世界在漸漸地跟我們的融合。」

「完全融合的時候，就是世界末日？」眼角看見海平面上閃耀的火光，一棟燃燒的紙房子。鬼門開是最近幾天。

「你眞的在乎嗎？」她轉頭問我。

我放開輪椅的把手，坐到堤防上。海風正面吹過臉頰，線條若隱若現；轉頭看向陳懿，仍記得她在我懷裡的感覺，一種互相連結，穿透彼此的感受。像一部份的我變成一部份的她。要是一直摸著她，會不會知道她心裡的想法？

「我也看到了。」我說，她沒表現出任何驚訝，慢慢從書包把那本舊書拿出來。

「你看到的長什麼樣子？」她問。

「很像電腦程式裡的經緯度線，有點半透明，會反射有顏色的光；感覺很遠。」

「每個人看到的長得不太一樣；因應意識去接觸、感受彼界的方式而異。」她翻閱書頁：「我看不到線條，但看到線條中間的東西，像慢慢移動的空間拼圖……感受彼界必須依靠外星力量驅動的儀器。現在台灣也能看到，祂們已經進來了。」

「為什麼只有我們看的到？」我問。

「…或許別人也看到的，但只有我們在乎。」她哽咽。

「為什麼只有我們在乎？」

「因為我們不夠社會化，因為我們不快樂，我不知道。誰有資格能決定其他人應該在乎什麼？誰應該思考什麼？重點不是為什麼只有我們看的到，只有我們在乎。重點是……為什麼我們看的到，為什麼我們在乎？」她闔起書。

「為什麼？」

「因為我是我，你是你。」

海平面接近淡橘；夕陽光一路從上方雲層延伸到海線上。太陽前罩上一層灰膜模糊的形象，一團扭曲的黃昏正在進入地下。

「胡宗諺怎麼拿到書的？」景色觸動我去問。

「不知道。從南極回來他就有了。」

「他怎麼把書交給妳？」

「在他走前三天的晚上，他爬進我房間的窗戶。把我搖起來，我半夢半醒。」漣漪同時發生在我們身上，連結被堅固地建立。這次的就像拿著望遠鏡，看著遠方發生的事。

她坐在床上，穿著同一件睡衣；他……我搖醒她後跪在床邊。

「我很久沒看到他，不知道是作夢還是什麼。」我從破舊的登山包裡拿出虛假之書，放在她大腿旁。「他把那本書塞到我懷裡。」她把書拿到手中。「然後，跟我說……」

「我要說什麼？」開口，停頓。

『我找到方法了，不用難過，不需要再叫醒我，這是我想要的，去一個更好的地方。』我的聲音跟著我的嘴巴開合，聲音的接合傳遞一陣酥麻感。

「這是歌詞嗎？」

「不知道。不是吧。應該不是。」

「然後呢？」

我與她雙眼交接，我的眼神堅定，透露出一些只有自己能明白的感覺；她仍恍惚的看著我。我脫下登山包，坐到床上她身旁。

「然後……他坐到床上，靠過來，吻了我。」我親吻她的雙唇，輕輕碰觸，被吸引往前，在到達更深一層的碰觸前分開。流動、追蹤與跟從，三者達成共鳴後漣漪靜止。

我呆滯看著前方的海港；海面上多了好幾盞燃燒的水燈，港邊的人潮散去，已入夜。一聲，不，兩聲悶雷。

「所以，你喜歡他嗎？」我平淡的問。她低下頭，遠方的聲音逐漸放大，當聽清楚那帶節奏的點落聲時，雨下了下來。

讓我起身離開的是那小小、被我發現到的呼吸，好像她嘆了口氣。面具脫落，心被掐了一下；明白自己不該這麼去感受，卻無法制止；好險雨滴的冰冷幫我披上更外一層的冷靜。

遠遠地，陳懿站起身，推著輪椅跟上我。

回板橋時雨已經停了。火車上一路摸著嘴唇；知道那不是我，也不該屬於我，但投射造成的混亂裡有著極爲相似的情感；或許一開始就只有我，一直以來只有我。被雨水浸濕的睡衣襯托出她的身型。

家門口，拿出哥的那把鑰匙，插入輕輕轉動，兩段明顯的喀吋聲。他們都在家，在玄關脫下淋濕的鞋子與襪子，減低音量，樓上沒開燈。沿著樓梯牆走，察覺，停下，轉頭回應。

陳吉全靠在陽台扶手上，邊抽菸邊看著我們。

「跟你們說過不能出去了。」打開落地燈，媽的聲音比以往更加冷淡。陳吉全結束一根菸，點起另外一根。

「你們再一起出去，就不要回來。」她起身走到陳懿的面前，雙手插在胸前，同時看著我們。我低頭迴避，希望事情可以就這樣過去。

「胡宗廷，」聽到自己名字時神經傳導好像暫停了。「不准再跟她相處。」這次來不及阻止，眼前與過去重疊，這並非喚起的漣漪，這是疼痛、暴力、一切黑暗的連結。

「所以我不能一起去幫**胡國誠**上香的意思。」陳懿說了我不敢再提到的名字。一個反手巴掌動作與聲音同時發生，陳懿的臉偏向右邊。

「妳什麼東西啊？妳敢提他！」她情緒越過好幾道坎，一下子跳到最尾端。

「誰告訴妳他的名字！」媽很快看了我一眼，我沒有上前，反而後縮。「說啊！」她大吼，右手的巴掌回來。陳懿往左偏。這時，陳懿笑了：「胡宗諺託夢跟我說的。」大吼，純粹得像失落的語言。手掌轉爲拳頭，一拳擊中陳懿的正臉，她後退一步，仍然站著，彎下腰，液體拍撞磁磚地板的聲音。

「妳這沒父沒母的婊子！妳懂什麼！」往前逼近，單手轉成雙手，每一擊都是拳頭。「妳以爲妳知道什麼啊！」陳懿跪到地板上，用雙手護住上身。每個擊中的聲音都讓我發抖，眼淚不停流出，我很清楚，我在這裡感受到的痛是遠遠比不上她那感受到的。

媽的尖叫聲傳到了家外，窗戶對向的鄰居打開燈，兩個模糊的人影在黃光下觀望。拳頭一直到陳吉全從後面抓住她的右手才停下來，她也在哭泣。她甩開他的手：「你們兩個都給我消失！不准出現在我面前！」她快步離開客廳，摔門進房。

我視線始終無法離開用雙手撐著、跪在地板上的陳懿。地板上的血跡和她的背影看起來就像某一天的胡宗諺。

夜深後我才離開床鋪。拿著急救箱與生理食鹽水，走到陳懿房間。沒有猶豫的打開門，房裡只有書桌上微弱的檯燈小黃光，她坐在床上，手抱著膝蓋頭埋進腿裡。她只穿著內衣褲，染滿血的睡衣掛在椅背上。聽到我進房後，她慢慢露出雙眼。我坐到她前方打開急救箱，拆開一包新的紗布。她往後靠，把腳放下盤腿，露出受傷的地方。血一直從額頭，到鼻孔，到嘴角，脖子，鎖骨，胸膛。

「妳還好嗎？」我用食鹽水沾溼紗布，拭去血跡。

「還好。」除了前額跟嘴角有明顯的傷口，其餘都是淺淺的瘀青。血流的很多。我專注在傷口上。

「抱歉。」

「不用，你不是英雄。」純白紗布染成深淺不同的紅色。

「爲什麼妳要說那些話？」

「該來的總是會來；逃避解決不了問題。」

用了兩張紗布，總算把血擦乾淨。她的膚色很淡，在黃光下就是乾淨的黃色。拿出碘酒，用棉花棒沾。藥水觸碰到傷口時，她因疼痛反射抓住我的手臂。

「妳要繼續嗎？」

「我不知道。」嘴角的傷口，這次她有忍住。離開我的手臂。

「我哥做過一樣的事。」她專心聽著。「都是他在承受她的拳頭，現在應該輪到我了，不是妳。」我把東西放回急救箱，把沾血的紗布與棉花棒丟進垃圾桶。

「謝謝。」我才該對她道謝。

「接下來呢？該怎麼做？」我坐回床上，離她一小段距離。她把腳合回去，下巴靠在膝蓋上。她安靜很久。

「我需要妳的幫忙，幫我完成胡宗諺的遺願，然後可以順便拯救世界。」直覺說出這段話後，才意識到既視的連結。

「三小？」我們異口同聲，笑了。

「我們應該從另外一個角度進去你的舊家。」她說。

「怎樣的角度？」

「彼界的空間是能夠摺疊的，重疊的部分就是空間的連結。從那下手更有可能進入到深處。」

開始能理解她的意思。一般我們是從外部去操控腦中顯影的圖像，現在是從內部，像完全另外一個物種的思考邏輯。**透過變成敵人**，好占得先機。

「附近有發生過火災的地方嗎？」她看到了契機。

3

開學典禮途中，胡宗廷和我擬定好計畫，先後以去廁所爲由開溜，翻過後門的圍牆。搭公車到永和的永利路。經過堆滿機車的騎樓，來到一面橘色的窗口牆前；牆上標題些許剝落，但仍能透過痕跡看到『福和大戲院』五個字。這裡充滿了裂縫與漣漪的痕跡，給人的感覺其實很像那間豆漿店，是現實的軟肋。

售票窗口的壓克力板被刮痕和灰塵弄得一片模糊。幾張寫著出租的傳單貼住原先表示場次的告示欄。

「火災是哪時發生的？」我頭頂上的牌子寫著『劇院請上三樓』。

「去年，因爲裡面住太多遊民，還累積垃圾，有人爲了把他們趕出去放火。」

「樓梯的鐵門被封住了。」

「對，這塊全部要拆掉做都更的樣子。」他走到我旁邊，把登山包背到胸前，拉開：「鎖長什麼樣子？我有帶一些工具……」

「用其他方法進去。」我伸手阻止。

「什麼方法？」

「目標是……到你舊家，透過空間的連結，火焰之間，到火焰之前。記得那場大火是什麼時候嗎？哪一年，哪一天。」

「哪一天我想不起來……是九二年。」

「二〇〇三，好，想著那一年，還有火的感覺。仔細去想它。」

胡宗廷閉上眼，露出苦惱的表情。一下子，回憶的漣漪思考化在我腦海裡綻開。我**想起**胡宗諺曾經的樣子，他做過的事。那一次，露出這樣表情的是我。我想不起來他是在何時何地握住我的手，但那建立起的連結銘記在心，我不會再忘了。

「我想這會有幫助。」我輕輕由下往上握住他的手掌。把憶起在心中的漣漪傳遞出去：「連結做好，就不會走散。」

是時候了。我在回憶裡探索，也閉上了眼，用思緒去抓住虛無的線條，拉扯。想像，每次啟動都必須再次經歷想起的過程，這個開關是一種語言、是一種文化、是一把鑰匙。打開我的精神，連結眞實與虛假的我，使其完整。

我的精神是完整的。

『Y'lloig ehye.』

無形重壓通過身體，視覺暫留形成浮水印倘佯在意識之間。之後是不可言喻的輕盈，像剛跑完步，釋放壓力中的腳踝。視線裡浮出來自彼界的痕跡、網格，比以往還淡但更密麻。周圍的光暈與氛圍改變，天黑了，招牌亮起，亮紅色與淡藍色。樓梯間的日光燈一閃；光抵達後是聲音。嗡嗡。雨滴此起彼落地從後方傳來，轉頭。下起雨了。

「不好意思，借過一下。」一個帶著小孩的老先生穿過我們牽著的手走上樓。戲院開張了。零散的買票人站在騎樓，賣零食的攤販在一邊。他們不屬於我們的時間，甚至是世界；穿著復古，身體外籠罩一層質感，充滿顆粒的底片，還有過度曝光的亮白點。

「我們在哪？」胡宗廷張望著。

「交界處。」我感到疲累，暈眩正浮出：「可能是這個空間的過去，或是它投射給我們的它自己。」我不是個穩定的通道，一個踉蹌，拉著他的手往下倒，他在我碰地前將我拉起。扶著我坐到一台速可達上。

「……感覺跟上次一樣，妳做了什麼？」他問。

我緩慢調節呼吸，用袖子擦去還沒流出來的鼻血：「我把我們的意識面向從『觀看現實』轉移到『觀看虛假』。」有點疲於解釋。總之就是用通道摺疊空間啦。

「妳說的那串……是什麼？外國語言嗎？」

「不是。」口渴，我伸手抽走他登山包側邊的水壺，大飲幾口。

「人類轉譯的外星語言，一串特定的發音方式，像什麼可以用聲紋解鎖的高科技；你這樣想就好。」把水壺插回去。我用頭和眼神指向票口。不管是在哪一個面向的世界，還是必須服從它們的規則才會被接納，被接納，才能夠探索。

「感覺不像二〇〇三年。」我們排到隊伍的後方。其實也沒幾個人。

「這只是其中一種二〇〇三的樣子。」售票口上的戲院大名回歸完整，下方有著今日放映的片單場次。

「龍門客棧，兩張，學生。」胡宗廷意外的入境隨俗，售票員小姐摸索著，籠罩在外表的噪訊難以分辨她的表情。「那間已經播到一半了，要不要看另外一部？」聲音倒非常清晰，咬文嚼字的精細程度就像電影裡的演員。

「好吧，情事，兩張。」小姐很快撕了兩張寫著『和廳』的票給我們。

「一百六十元。」他打開錢包，露出苦惱的表情，不知道爲什麼握在一旁看著覺得好笑。這不是完全投入進去了嗎？

「不好意思，我沒帶夠。」他仍從票口將所剩的華金遞過去。小姐帶著雜訊的手觸碰到鈔票時，鈔票也跟著被雜訊包覆住。接著，她找給他也帶著雜訊的鈔票和硬幣。

「不用找了。」胡宗廷尷尬笑了一下，眞的很好笑。

我牽著他走上樓，樓梯間籠罩淡藍日光燈，幾張看起來很新的舊電影海報沿著一路往上。經過一條堆滿電影看板跟立牌的走道，盡頭有兩個人站在那裡抽菸。其中一個看著遠方，另一個靠在牆上。「這戲院有鬼。」看著遠方的男人用著深沈穩定的嗓音輕聲說。「鬼。」抽風機不停轉動的影子打在廢棄的電影看板上。

「妳看過這部片嗎？」他問。

「沒，只知道是一部義大利老片。探討存在主義之類的東西。」

驗票走進影廳，半圓形影廳中沒半個人影。票上寫著自由座，我們挑了比較中間的位置座下。一般電影院應該很冷，但現在溫度只會跟著想法改變。我感到溫暖。

破圖始終如薄影隱藏在視覺每處；我在旁邊座位發現一個裝著蒸熱壽桃的粉紅色塑膠袋，拿出一顆，剝了一半給他。漣漪往電影幕前匯集，要開始了。銀幕亮起全藍畫面，藍轉紫，然後變紅。膠捲邊框軌跡跳動，五個標楷體大字填滿整個電影幕：

國歌
請起立

視覺雜訊延展到聽覺，噪動的顆粒聲透過喇叭與半圓形空間共鳴返響，熟悉的中華民國國歌以古怪的變奏音調穿入縫隙。原本空無一人座位上，一個個混亂的人影依指示起立，仍坐著不動的我們被包圍；壓迫感不停提升至無法感受；人影相互融合，放眼望去皆是黑暗又不規則的訊息顆粒。聽起來像在燃燒。完全填滿，不可名狀。而正當打算去感受與意識時，一切又變得理所當然，無須多言。

紙飛機飛過圍欄，往下方的城市裡。飛得很慢很遠，城市廢墟爬滿植物，自然生態重新奪回居住權，以我們利用它們的方式反將一軍。

「你知道這整個城市本來是一個花園嗎？一出門就會看到大片的花草樹木。」手裡的摺紙用未乾的墨水寫了許多筆記，文字看起來像被封印在紙皮上的小蟲。地板上幾灘積水中冒著新芽。天空非常藍，雲不多卻看不到太陽。

「忘記了，好像很小的時候爸跟我們講的吧。應該是。」胡宗廷的虹膜是青棕色的萬花筒，我則是黑褐色的結晶。瞳孔裡互相反映彼此。眼睛中的眼睛看著眼睛中的眼。

「你爸是怎樣的人？」

「想不太起來，好久以前了。嗯，他不會因為你是小孩就把你當智障那樣哄。他對所有人都蠻一致，他也是這樣教我們。印象最深刻的是他會一直告訴我們：『做好準備，做到最好，不要讓任何事物影響你。』」

「所以才一直背那個背包嗎？因為他那樣講。」

「其實就他教我跟胡宗諺做的。」

「好像小叮噹。」紙飛機在飛過視野前方的二棟廢墟時重力突被逆轉，筆直往下墜落。

我被他搖動肩膀喚醒。我靠著他的肩，聞到了他的味道。醒來後我們走出影廳，福和大戲院變回成廢墟。走廊的窗戶不是破掉就是被拆除，陽光更直接的照射。燒黑的走廊相當不穩定，顆粒狀的雜訊已嚴重成線，切割、顫抖。每往前一步，感官和被動接受到的資訊就會做一次巨大移換。

「到了。」不穩定短暫收縮後消失。相當熟悉。空間緩慢扭動，天空仍是恆定的，如光脫離物理定律，散射出不合常理的色彩，重疊，扭曲，然後重合。

胡宗廷彷彿被什麼吸引一般，向前走去。肩上的登山包滑落到地板揚起塵沙。我跟上，戲院的走廊一路帶著我們回到他舊家的大廳，過去的時光透過維度投射到現在；每樣傢俱、每面牆，每個細節，像浮水印顯現在視覺裡；沒有顏色，質量，以米白色輪廓存在。

胡宗廷撫摸著水泥柱間的透明牆壁；究竟是我們以未來之姿存在於過去，還是它們的過往穿透到如今？

「這裡是……落地窗，」他沿著我的方向往前，逐一介紹他正在觸摸的時光。「這裡是音響。」每當他觸碰一個新的時光，漣漪便從家具的輪廓逐漸進入到他裡面，一邊吸收，一邊想起。

「這裡是電視櫃。這裡有一面牆。」經過重現的轉角。「這裡也有個櫃子。裡面是……」他伸手將櫃子拉開：「裡面是零食。」

「這是矮桌；這裡是沙發。」他沿著藤木沙發上緣撫摸，經過三個弧線來到另一側；往下，觸摸把手。一下子，**剛才**吸收的漣漪從他的右手排出，灌入那座沙發象徵的時光裡，確定它的形體。胡宗廷沉浸著，漣漪跟著他的思緒脈動，扎實的連結。他坐了上去。

我透過他也連結到了感受，他似乎正想著一段美好的時光。我嘗試去觸碰，沙發的藤木把手傳遞出幸福的感覺，像早晨陽光灑在皮膚上的溫暖，不刺痛。沙發坐墊承受著壓力，然後與之和解，放鬆。我也坐了上去。

「我帶了這個。」打開書包，我拿出兩罐金牌。他接過其中一瓶。罐開口彈開的聲音迴響在空間。啤酒冰涼的經過喉嚨，氣泡的生滅刺激腦神經。

「我還帶了這個。」我拿出一台白色ipod及一副耳機。是胡宗諺那副。

「在哪裡找到的？」把耳機的其中一邊戴進他右耳，他問。

「剛才。」我說；遺失在時間裡的東西，便會在時間裡找到。我真實的什麼都沒有帶，但我虛假的什麼都擁有。

我從左耳戴上另一邊。轉動觸控面板，選定一張專輯，開始播放。輕柔的旋律響起，具空間感，中性的聲音。「這是什麼？」他問。「地下絲絨與妮可。」我回答。

聽著專輯的第一首歌，慢慢喝著啤酒；跟著音樂的情緒走，快樂蔓延開來，他又想起了怎樣的時光呢？我感到好奇。

「你媽一直都這樣嗎？」我打了一個嗝。

「怎樣？」他也打了一個嗝。

「凶暴。哈哈。」
「呵，差不多。」
「她對你們也這樣？」
「差不多。」
「從什麼時候開始的？她一直這樣嗎？」
「可能吧。」
沉默。是我們。音樂裡的電吉他與合成器越顯沉重。呢喃般的聲響讓酒意變得像拖著重物前進。幾首歌過去了。
「你沒有想過離開她嗎？你媽。」
「沒有。」他看起來並不無奈。
「爲什麼？」我問。
「因爲她是我媽。」
我迴避他的眼神，因爲我明白他的感受。
「妳爲什麼不離開？」
「你想要我離開嗎？」
「沒有。我沒差。」

「那你是怎樣？」

「妳……感覺在我家過得不是很好。」

「沒有什麼好挑的；就，過下去。有時候，就是，只能選擇這樣。有些事發生在能力和運氣之外。到最後每個可能性其實都差不多。」

忽然想起了爸，他感覺起來有點半透明……爸，你爲什麼邊哭邊笑？好奇怪，還是是我？音樂改變，一句歌詞凸顯而出：『我願意成爲你的鏡子。』

「所以你爸是怎麼走的？」我問。

「他沒逃出去，這裡。」

「你認眞？」

「認眞。」

「認眞認眞？」

「認眞認眞。」

開始喚醒，終會明白有些事是這輩子都不願意重新意識的。或許是悲劇，或是創傷；但都仍會通往同一種結果：有多麼希望這一切都是假的。

「起火點在他們房間。」

我們慢慢從沙發上轉頭，背後，穿過虛擬的牆，是那扇窗戶。

「他們房間裡有什麼？」

「不知道，不記得了。」

「從外面看進去呢？會看到什麼？」

胡宗諺進入黑暗，漣漪焦慮脈動，沙發就快要消失。我好像聽到了不安，感受到火焰燃燒般的熱，還有劇烈的撞擊聲

「我不知道，我沒看過。」他逃跑。

「現在進去看？」我想幫助他穩定。漣漪的顯現變弱了，差點就坐不住。他離開沙發：「我講不出沒看過的東西。」耳機掉落。

要不是我馬上也跟著他站起來，就要摔死了。我明白他害怕那一段，這讓我更加確定那一段一定是關鍵，恐懼是祂們的武器，卻也是最接近祂們的眞實。放棄現在可不是一個選項。我閉起眼，往前走，做了一個開門的動作。

「這裡是……梳妝台。」走進主臥室，從右方開始沿著牆探索。「這裡是……矮櫃。上面放小電視。」嘗試在黑暗中摸索恐懼的輪廓，的確有什麼在那裏，感覺有誰摸著我的手，跟著我一起。手經過一個高低差，之後馬上撞到一根水泥柱。眞實的。好痛，不過沒關係，重新睜開眼，看得更清楚了，繼續。我興奮了起來。

「廁所門在這，裡面這邊是馬桶，這裡是洗手台，這是淋浴間。」時光如同在客廳般化成浮水印折射到我眼前，雖然我看的到卻感受不到，但那也沒關係。

「這裡會是一扇窗，」來到那扇實際的窗戶前：「這裡放雙人床。」我轉身看向胡宗廷，意識到中間有一道牆，小跑到主臥室門口：「歡迎光臨。」招呼。他笑了。

胡宗廷跟著我的路徑進到主臥室；從他變得明亮的眼神中，我知道他也看到了，並在感受著。我小跑繞過床緣來到他對側，一跳，跳上雙人床，躺下。

「我沒有睡過雙人床。」看著天花板。我知道自己不會摔落地板，相信這裡有一張床，隨著我們的距離，床愈漸眞實，最後，看見材質與顏色。他也躺上雙人床，躺到我的身旁。

「要是能住在這兒就好了。聖誕節的時候放個小聖誕樹。我們可以住在這兒。」說著說著，他睡著了。像童話一樣。

而不安正在前進著，我把他帶領到恐懼的溫床之中，用虛假且快樂的外表誘騙，我希望他能面對，並照到線索。我知道噩夢會襲來，轉身看著他的睡容，覺得自己好虛僞，淚水不停地湧出，你會不會就不醒來了？求求你，快點醒來好不好？謊言的代價就要將我給吞噬。

4

夢裡，一個不停重複播放的畫面；某個被重現的眞實，醜惡的。但不被意識，隱藏著。可能根本不是我的夢，而我只是他人的另一個夢。我並不特別。

從床上醒來。左右張望，一切都消失了，浮水印、輪廓；但我們躺的是一張絕對眞實的雙人床。她坐著，顯得不安。

「我沒有辦法繼續了。」她語氣凝重。

「什麼？」我坐起，揉著眼睛。睡意與困惑交雜。

「我沒有辦法繼續了。」

「妳在說什麼？」我清醒。

「我把知道的都告訴你了。如果想繼續的話自己繼續。」她面容冷淡。

「妳決定開始，現在又退縮，到底想怎樣？」我離開她，來到窗前。

「是，開始是我，但僅止於開始。我只知道你哥要我讓你知道。就這樣。」

「知道什麼？」

「你得自己發現，我只能陪你，不能代替……」

「狗屎！不要再來這套。講實話！」聲音放大，進來的光讓我在她眼中變成黑暗。

「我從不希望世界被救。」她語句清楚：「我沒想過做任何干涉結果的事。而且有很大的機率，我們根本辦不到。奮鬥後發現還是沒辦法改變結果。那只會……讓人發瘋。而且你們不也希望這樣嗎？」

「什麼？」我靠著牆蹲坐到地上。雙腿發軟。

「你們一直在準備不是嗎？那已經不算危機意識了。你們期待它發生。」做好準備，做到最好，不要讓任何事物影響你。

「狗屎！不要把妳的話塞到我嘴裡講！」大聲怒吼。她閉上眼。我抓著頭，太多了，所有都太多了——情緒、思緒、期待。我不想感受。

她睜開眼：「我夢到……我夢到你，拿著一把刀，走了過來。你把刀抵在我脖子上。你跟我說：『我們會這樣結束。』」我望向她，她在述說我的夢。爲何奪走我的夢？

「不能再繼續，不能再失去任何人……」她話語頓時失去對象，我理智亦同。

「妳現在不完成的話，我們會失去所有……」

「我不想要你和你哥一樣。」

「我不是他！」

「如果眞的想…贏，我們得先投降。」

陳懿的房門重重摔上。

我靠著陽台的鐵欄杆，髮絲穿過飄向空中，腦感受著鑄鐵的冰冷與重壓。已厭倦再去思考『接下來怎麼辦？』。等待只是一道前進跨越後馬上關上的門；如果能將空間立直，我會直接重重摔落到終點；這樣或許比較輕鬆。

太陽的影子在落地窗上往下走。冷風提醒酒精的代價，用水壺把水灌進疼痛中。過量的流動，我咳了兩聲。換出其中一包營養口糧，用嘴拆開包裝，咬出一塊。喀滋。陳吉全穿著拖鞋的腳剛好擋住落日的影子。他推開落地窗走到我旁邊，自顧自抽起菸來。正當我打算起身，他對我說話。

「可以分我一片嗎？」他伸出手。我把整包都給他。他把菸熄在欄杆上，拿了一片。太陽的餘光被他用營養口糧切割。他咬一小口。

「我們很像。」他看著日落：「人類需要的東西都一樣。你跟我，蘇敏跟陳懿。每個時刻都是一樣的。從以前到現在。」他一邊咬著口糧，一邊說。

「我在這裡不是偶然，驅動著我跟你的不是時間，也不是愛；是自我意識。我已經看過一次結局，你能讓我看到不一樣的嗎？」

「什麼跟什麼？」伸手拉起放在地上的包包。「我不在乎你跟你的自以爲是。」轉身要走。

「你在乎陳懿。」他說。我停下。

「我還記得在上一次末日的時後，我試著去抓住她的手，但是倒塌的大樓把我們分開，我便再也沒見過她。我記得之後的某天看到了你跟蘇敏，從廢墟裡走出來，過沒多久，眷族就追上來了。不知道你有沒有活下來？」

陳吉全說話的同時，我感覺現實正在跳動，分成了好幾塊，我看不清楚他，甚至聽不清楚他，黃昏剛好直射向我的眼。當下的眞實屏蔽了我對他的感受。

「眞實一直都是最糟的，不會再更糟了。這次我成功把她交給你，但你不害怕再失去她一次嗎？」他拿起口糧，咬了兩片。

「幹你娘。」

「我已不再是我，但你仍然是你，所以，對，幹你娘。」

離開陽台的時候，黃昏剛好結束。

十二月二十日

1

學測倒數二十八天。

放學鈴聲響起，等所有的人離開教室後才把臉從桌面上抬起。聽到聲響。是鐵摩擦磁磚的聲音。人分別從教室的三個門走進；他們站在門間，其中兩人用手臂架住門框，另一人抓住拉繩，將走道的窗廉完全拉上。鍾庸走進教室，其他人把門關上。他把手上的鐵球棍靠住講台站到後方，笑容顯得自卑；我們對看許久。

「你女朋友咧？怎麼這幾天都沒來？」他的聲音有點顫抖：「是不是懷孕了？」說完過了尷尬的幾秒，其他人才發出乾笑。

「你不是不舉嗎？啊孩子是誰的？是不是我的？」笑聲接得很快很直接。

「爲什麼你要這麼機掰？」我脫口而出。

「唉唷？你會講話喔？」他翻過講台跳到第一排的桌子上，大力搖晃後鎮住。

「因爲……就爽啊。」他跳下桌子，棒球棍匡噹倒地；朝我走來。「你越不爽，我就越爽；懂嗎？」來到我前方，只有一步之遙。

「嘖。」他對後方的人示意；跟班接到指示後移動到我兩旁。一人扯下登山包，兩人抓住我左右手，架到鍾庸前方。

漣漪的鎖鏈往我跟鍾庸的中間匯集。「我問你，」他聲音顫抖：「我們今天打掃抽菸是不是你去跟教官說的？」原來是這種鳥事？

「回話啊！」他大吼。哈哈。「幹！」一拳，相當扎實擊中腹部，胃袋擠壓膽囊頓時無法呼吸。呃…呃…把空氣用力從嘴擠出體外，我繼續發笑。

「你瞧不起我就說啊！」再一拳。我吐出些口水；還是膽汁？嘴角卻怎樣也下不來。

「幹！我操你媽！」

「你以爲你很了不起嗎！你故意不說話是在裝酷是不是！」

「再裝啊！我最看不起你這種人啦！」

「怎樣！再笑啊！再笑啊！」

「我這種人你惹不起啦！廢物！」

「你這種垃圾最好會有人喜歡！裝模作樣！敗類！怎麼不去自殺！」一拳接著一拳，有些擊中腹部，有些在胸口，有些在臉。

「欸，鍾哥，好了啦。」視線有點模糊，耳鳴夾雜輕嘶與低沉的轟隆。好像是抓著我右手的人猶豫了，拳頭停止。

「幹！」喘息聲。顫抖著。「棒球棍！」一些桌椅的推擠。「拿來啊！」腳步，金屬碰撞，木頭摩擦。球棒的金屬光澤從眼前晃過。隱約，我看見鍾庸將金屬球棒舉至與頭同高，反覆握緊，搖晃。

「把他抓好！」棒球棍揮出，鎖鍊擴張。骯髒與污穢，溫柔與諧和。共震。收縮。感覺到右邊的手稍微鬆開了。右手脫離往前。磅。手掌先是感覺到冰冷後疼痛。我的右手抓緊著棒球棍的腹部。

「三小？」

我扭動身體將左手甩離固定住的**什麼**；迴轉身體用手肘擊中前方**什麼**的頭部。叫喊聲，凶器離開他的控制；往前突進。我跪壓住那**什麼**的身體，看見幾雙清晰的眼睛。右手握拳，擊向鎖定是頭部的位置；左手握拳輪擊。還看得見眼睛。右手握拳，啪。左手握拳，啪。沒有人阻止我，直到模糊裡出現鮮豔的紅。眼睛消失。鎖鍊重新匯集，耳鳴消失。垂放在兩旁的雙手染著鮮血，鍾庸的鼻子與嘴巴也是。血液從臉頰兩側流到地板往下延伸成一個三角形。

這一切都沒發生（沒事）。我告訴自己。**我的精神是完整的。**

被血紅染滿的人類臉龐。血泡斷續從嘴裡冒出，脖子帶動肢幹抽蓄。聽見玻璃裂開的聲音。濃稠的血從指尖往地面牽出絲線，像脫下手套，往前走。

憤怒異化成慾望領導著我，空間邊緣凝聚一道透明的波，浪樣朝我沖刷，留下輕微光譜痕跡；沖完一波，又一波。一遍遍，多股複雜湧動往上疊加。

細微輕柔的鋼琴聲從彼端飄穿耳膜。往前走，教室的白牆經由延伸漸變成粗糙的水泥牆，不知不覺來到熟悉的廢墟之中。水泥柱的架式如敞開的門。熟悉的窗多了框，灑進來的顏色……透明波在穿過門框時結束。

回頭已完全在這座廢墟裡，教室和倒地的人不復存在。鋼琴聲變得非常清楚。

德布西的《月光》。

往左看，雙人床只剩下表面老舊的木頭床架，沒有彈簧床墊。視線跟著到另一面牆；幾近焦黑的梳妝台靠著牆擺得工整。母親的漣漪侵入，上面的長橢圓形鏡子龜裂，靠得越近，裂得越開；光線穿透出。坐到梳妝台前，鏡面玻璃被黃光推破，幾片不規則狀的玻璃噴過兩側，停在半空，附著在格線上。

看著自己……看著那張臉。是我，還是他？平淡的表情上，有血跡，瘀青，傷痕。但只要不去看裂痕，仍以察覺完好的地方。好比從來沒受過傷。

打開鏡櫃，拿出放在後面的粉底；鏡面剩下半邊，只能看見臉充滿裂痕的一半。我用粉底修補裂痕。越去修補，成像越模糊，變得像另一張臉。

陳懿的眼睛回望我，然後是她的唇。放下粉底，拿出口紅，轉出，沿著看不見的左邊嘴角，把口紅緩慢拖到上唇右邊。卽將往下唇邁進時，臉轉變成年輕的母親。口紅拖過下唇，抿嘴，完成。蓋回鏡子。

模糊的半臉在連接回清晰的半臉時，新臉將舊臉吞噬。光暗。上好的完妝乾燥崩裂，長滿突觸的觸手從臉上的裂縫竄出，我的意識從身體抽離開來，鏡中化成星之眷族的我正對著自己大吼，我卻絲毫感覺不到一絲憤怒。

只有短暫的抽離，感官來回的同時跟著椅子被往後推出，經過房門。門外是過去孩童般的視角，回憶透過縫看著坐在梳妝台前的母親。房裡昏暗，母親臉上也有著紅色的痕跡。她透過鏡子看到我，微笑，往床方向看一眼。手裡的東西折射出光星。放大。感官跟著椅子被推回廢墟。

德布西的琴鍵按得更用力。

鏡裡臉上的觸手轉進我的主觀，它們有著自己的意識，我無法控制它們的期望。觸手綑綁住我的脖子，收緊。痛苦、恐懼的想像在思緒裡綻開。我摔落地面，慾望綑綁無法掙脫。叫喊著卻被靜音，想像著卻被控制。看見我親吻著她，變成我看著他親吻著她；他們脫去彼此的衣物，她手上的傷冒出血，裂開變成新的傷痕。人形變成框架變成浮水印變成光。

苦痛激發著淚線，它們按住左右腦袋，將意識轉向它們期望的方向，強迫我看著。疼痛在心窩疊加。而最最最，最讓人難受的；痛苦經由疊加變成愉悅。

『如果要贏，我們得先投降。』她的聲音隱藏在《月光》的音符之中，向潛意識催眠，我逐漸放棄控制，任由觸手旋轉包裹我的身體。面具的壓迫感意外的被觸手放鬆，虛無支撐著我的重量。失去意識，然而，

我的精神是完整的。

21

右手握著什麼？堅硬的金屬質感戳痛骨頭。痛覺帶回我的意識。視點對著消失點中心快速移動，兩側景象深又模糊，本體外的所有都在震盪。我緩慢打開手掌，是那把吊著308尾牌的老舊撞匙。移動停止，我回到哥的房間裡，跪坐在木頭地板上。

房門打開，陳吉全的手握著房間門把。一切感覺都在發散。

「你的包裹送來了。」他的聲音不太一樣，聽起來像幾種不同語言被排列整合成中文；每個發音特色都延伸至不同的文化背景。有男有女，有老有少。他的冷靜眼神將我一步步從潰堤、過載的邊緣拉回往常，彷彿他每時每刻都在努力這麼做。

「我……」開口聽見的不是自己的聲音，更像胡宗諺的聲音；停止發聲，不安全感，歇斯底里。

「寄給你的包裹。」陳吉全模糊成數以百計的半透明人形交疊。重疊的位置只有瞳孔。

「我放在客廳餐桌上。」說完，他放開門把離開，門板輕輕搖晃。

看著被翻箱倒櫃，弄得混亂的房間，以能盡的最大力量驅動、站起身子，穿過房門，通過時閉上了眼。再睜眼，卽身處在熟悉的日常。

餐桌上果眞放著一個不小的包裹。紙箱外側被過分用多層透明膠帶重複保護，各處貼上四、五種使用不同語言的物流貼紙。小心輕放、此面朝上等警語標示被用最糟糕、不謹愼的方式對待。直到最外層才是中華郵政的貨運單。寄件地址標示著**這裡**，寄件人寫著我的名字。上方蓋著大大的紅色印章。**退件**。

將包裹帶回房間，用露營刀切開紙箱。雙手扒開膠帶撕扯，看到了一個握把，我用蠻力把與包裹尺寸幾乎相同的內容物拉出，它是一個老舊的公事包。

深紫色外皮因陳舊剝落露出底下的白色編織網羅，被浸濕後曬乾的質地，收縮的皺褶漫佈邊緣；前端是兩個金色鎖扣，有細細的氧化條紋。握把是銀色的，外殼鍍在皮革上，複雜的圖騰刻印，張牙舞爪的海怪。

拿起那把與公事包相等老舊的撞匙，尋找符合撞針的孔位。完全沒有。握把上海怪的頭部與兩側皆爲可轉動的輪盤。細微間距標註著羅馬數字。I～X。

308。羅馬數字沒有代稱0的符號。0在當時被視爲汙染上帝創造的聖數。是邪物。看著海怪頭上的細小眼睛，輕輕轉動第一個旋盤，把左邊觸手調整到『III』。拇指輕撫海怪張開的嘴，謹愼將右邊的觸手旋轉至『VIII』。

拇指感到一陣刺痛，像靜電；喀一聲，金色鎖扣彈開。成功了。試著打開但仍卡著，我捉起露營刀的刀柄，用刀鋒快速在邊緣一劃，開口微微彈起，什麼在裡面勾引著我；強烈的歸屬感帶著不安，像列車即將進站的月台邊緣，**高地效應**。

光芒從公事包裡散漫而出，觸手般地在現實攀爬附著到可見之上。等到瞳孔適應強光，才清楚一窺裡頭的樣貌。沒有什麼內在空間，深藍色光像襯墊鋪滿，中心是個造型奇特的冕飾。橢圓形的輪廓，不符合人類的頭部特徵；前端高聳尖銳，銀色鍛痕佈滿金黃本體，三顆不同顏色，紫、錄、紅的半透明珠鑲嵌在前方，被三個圓圈圍繞，是瞳孔與

水晶體。亦或松果體。中央珠子發出的亮綠將襯托的深藍融成新的靛青送到物件外。凝視著，漸漸的，視覺又坐上快車。消失點被光芒填滿，兩側索性變得更加清淡。我慢慢被包裹進內裏，變得比它還要渺小，讚嘆著那個大。以及此刻用不完的時間。

我的精神是完整的。

2_2

冕飾上的三顆透明珠子是經過改造的器官。透過移像儀將虛無生物的松果體轉向到現實，這是人類的作爲。他們解剖混血者的大腦並將之取出。爲的是將現實與虛假兩方的意識交互投射。不禁好奇是怎樣的能量在驅動這個冕飾？

我**胡宗諺**的意識在最不可思議、虛假黑暗的深淵找到了這個公事包。將它奪走，取回現實。過程中似乎已經被它影響，不知道是我跑進，還是它在反射裡保存了我的精神，複製了另一個，與我的另一部分產生強烈共鳴。

共鳴是美麗的，和諧的，讓人沉醉其中無法自拔的。但這之間，對於某些事物產生的愛是教人清醒。執著是唯一無法被奪走，無法被感染，用以對抗的武器。

胡宗廷在一切太遲前闔上公事包。他的現實才漸漸從扭曲多變的面向轉回恆定。他的小腦袋瓜略過了許多的可能與想法，他非常清楚這個古怪、不合理的公事包是用來對抗世界末日的工具，且一定來自於自己的哥哥，必須的。

想法最終聯繫到那本古書，再延伸到拿著古書的雙手、手的模樣、手臂上的線條、脖子、臉、那個女孩：陳懿。思想停留在她的臉上，從此之後便沒法多想什麼。因爲愛同時賦予傷害的權力。

胡宗廷很快看了下窗外的夜色，還有時間。他抱著公事包衝出房間，小跑步下樓梯，門也沒敲闖進女孩的房間。

女孩窩在被窩，無法動彈。她已經這樣好幾天了，好像世界終於決定要跟她斷絕往來，與現實藕斷絲連的情感終被切斷，像被扯掉插頭的家電，不會動了。直到男孩走進房間。染色。電線剩下的電流不知怎地讓燈又亮了起來。

「我拿到了！」胡宗廷清楚地對床上那團東西丟出四個字。陳懿翻開棉被，探出頭，看著他手裡的公事包，眼睛睜得超級開。

「……怎麼可能？」她意識到自己聲音清楚。

「寄來的，陳吉全簽收的。」男孩走到床邊坐下，他仍抱著公事包，似乎是忘記放下。她撐起身，收起雙腳讓他有地方坐。

「什麼鬼。」她揉揉眼睛，他們已經好幾天沒有跟彼此說話，這件事根本沒人在乎，這場末日是唯一連結兩人的現實。

「快要來不及了。」他終於鬆手把公事包平放至床上。「寄來的包裹樣子很奇怪，包得亂七八糟，還沒有寫任何地址，妳覺得……」對，是我做的。虛無世界可沒有地址。

「可能吧，這不是最重要的。如果繼續以常理來解決問題，那世界末日根本不會發生。」

「好……」男孩向前傾身，女孩的手握了一下棉被，他調整密碼鎖，鎖扣應聲跳開；他熟練地反手握刀劃過。公事包慢慢開口，綠色的光像觸手爬出來。她在看到內容物前伸手壓住關上。鎖扣彈回，密碼鎖重置。吖、喀、哩—哩。

「裡面是一個冕飾對吧。」她看著他，搖頭。

「妳怎麼……？」他不太確定她的意思。「我需要妳幫忙，我不知道應該怎麼做。」女孩手掌慢慢移開公事包，眼球移開他的臉，開始思考，過了一會兒，開口：「先帶去你舊家，放在那裡的地上。」他點頭，抓起公事包，起身要離開房間。什麼也沒辦法想，分不清楚情緒跟理智。去到那邊後要做什麼？打開後要做什麼？他都不知道。但爲預防起見，他早把信號彈槍藏到後方褲頭，用制服蓋住。

「欸。」女孩的聲音喚住他時已經走到門口。回頭。「我當然要跟你去啊。」她說，人還在床上。

「啊不然呢？」他回嘴。再來就像電影裡演的一樣。男孩女孩在晚餐前離開，窗旁放了個凳子，兩人掛了衣服串爬出窗外。

好，我差不多就到這兒了。

3

我的精神是完整的。

踏入舊家廢墟，如今顫抖的不只是空間，是時間，是現實。現實的晃動不像地震，那只是物理。現實的晃動是存在於腦袋裡，一個人的意識是感官，兩個人的感官是現實。

落塵在半空載浮載沉；空間像沉入大海或邁入雲層難以看清。樓梯口，她用手電筒探照，我們小心地前進。她照著地板，塵埃揚起的水泥結構凹凸不平，仔細看有許多細小絲線從結構縫隙往塵霧裡延伸，不，那是從上面降下來的。絲線對光有強烈反應。手電筒往前擺，塵霧裡的絲線閃閃反光，看出了輪廓，建築原樣的再現，我往前走，領著她走過走廊，開門走進舊家。

一路來到主臥室，門半開。她往前走了兩步，轉頭把手電筒遞給我。她打開書包拿出古書，翻開。現實開始煩躁，輪廓線條攀升，塵霧反之落下；書頁完全攤開時，過去的浮水印消逝，只剩那張床架扎扎實實的放在原地。

「放到那裡。」她翻了幾頁後，指床架旁的地板。我照指示放下公事包，調整密碼鎖，劃刀打開。爬得很快，裡頭的光眞正活了過來，不畏懼展現，光絲爬滿空間，發出細小破碎的嘶嘶聲，極光般漸變。她蹲到我旁邊，拿著找到的幾張筆記，交互比對、翻頁、計算。

我從側邊看著每張書頁，不安感湧現；文字緩慢蠕動，格線重新以類幾何的方式填滿空間。盡量讓目光避開冕飾，而它一直在細語著要我看它。不，我只看我想要看的。

我看著陳懿的側臉。開始覺得自己很蠢。

她轉身，臉來到我旁邊，低著頭，小心調整公事包擺放的角度、開口的角度。洩到外頭的光，生命隨著調整改變，縮小爬回裡頭。等調整完成，光最遠的地方只到床架邊緣。

「成功了嗎？」我問。她輕輕搖頭。

「我從沒想過會走到這裡。」她往前，牽起我的手。「剩最後一步了。」她拉著我的手，往冕飾前進。光因表現出認知，觸手像在認識新朋友攬住我們的手指。由裡到外撕扯的拉力。

「記住，所有的眞相都只會形成話語上的比喻。我們得是虛假裡的眞實之人。準備好了嗎？」眼睛被冕飾發出的光吸引，我們一起握住冕飾。

『我的精神是完整的。』

漩渦是劇烈產生的漣漪。看見了；自己手上拿著那把露營刀切開現實，紫色漩渦籠罩四周，像風暴；她也在，還有許多怪物。其中一個站在面前，其餘的一邊吟唱一邊往至高飛升。遙遠的頂端是團詭異的雲霧，光球與眼睛交互生成，同時誕生與毀滅。接著是虛假之書在面前被包覆，看到自己伸手取書。紫色風暴中剩下自己，然後是另一個自己；自己的臉開始扭曲，變成陳懿的樣子。自我與自我，同時存在的多個，時間、空間、心靈。

迷霧中的我們鏡射相映廢墟裡的我們；只有其中一面能被觀看，觀看者才能夠是眞切的眞。不然怎麼說是**照**鏡子？

「來不及了。」我們被冕飾產生的衝擊彈開撞上木床架。公事包闔上，光消失，書往前攤。

「怎麼會？」疼痛在彼此間迴盪。

「得把公事包帶到另一個地方才有辦法破壞，」她往前爬，重新翻開書頁：「西經 128° 34′，南緯 49° 51′，阿根廷西邊遠處孤島底下的古城。裂縫的中心點，我們只在軌道的尾端。反作用力太強了。」

「妳在跟我開玩笑？」

「我沒有。」

我起身，看著趴在地上的陳懿：「妳不也說過？都已經走到這裡了！東西都拿到了，這沒道理！」情緒發洩的同時，她起身拍去灰塵，走過我身邊坐到床上。

「對。就是這樣。」她低下頭。

「一定有辦法，可能寫在某個地方妳沒看到，」

「我都看過了。沒有。」她哽咽著打斷我。

「幹！」咒罵，我用力踹了一下床架；她嚇了一跳。

「就這樣一起結束不好嗎！」她也大聲起來，然而：「我告訴過你，我控制不了……」回縮。她開始流淚。

我轉過身，對著她：「狗屎！妳根本屁也不知道。」盡我最大的努力冷淡。「妳只會假裝不在乎，但其實根本沒有努力過。妳把沒有努力當作沒有選擇。」

「我沒有不在乎……」

「妳找我只是因爲我跟我哥一樣。供妳消遣。」

「不是那樣……」

「不要再裝了。」

「沒在裝……」

「一直在靠裝可憐跟投降，來得到妳想要的。」

「也許……」

我的手掐住她的脖子，淚滴從指背滑落。我跪到床上，把她拉到床墊正中間。

「我受夠妳那種自以爲是的態度。妳只想看世界毀滅，什麼時候才要承認？什麼時候才要給出眞正的想法？」

我們會這樣結束。

血液從她的嘴裡流出，滲到床墊上流到中間。

「跟你相處的時候，我幾乎不會再覺得累了。我喜歡跟你在一起的時間。我也有看到你開心的時候，我確定這些感覺。我確定……」

她不說話了。沒有擴張的網格，沒有在陰影窺探的眼睛。沒有任何被投射到腦海裡的想法，思緒都是應該有的，都歸自我擁有。每個想法，都是應負起的責任。

露營刀插在她的下腹。白色彈簧床墊染上血紅。

漣漪。

風從主臥的窗進入，穿過床墊，帶上了味道，才去震動被鍊鎖住的板；推開主臥室的門，母親攤著雙手，跪坐在床上；血液從雙手潑濺到薄紗睡衣。母親的雙腳間夾著一個突起物，是血的源頭。進入房間後，才明白那個突起物是父親。他的手垂掛在面前，蒼白，了無生氣。

一把銳利弧形的長菜刀一半待在父親的腹部裡。母親鬆開刀柄，她的頭朝我轉動，頭髮稀鬆凌亂，遮住大部分的臉龐，只看得見其中一隻眼睛的瞳孔。

她的憂傷化身成我的恐懼。我退後一步，撞上半開的門板；小步發出沒有聲音的後退，離開房間。佇止在走廊，透過縫隙看著光影變化。黑白不停交替，直到光變成橘紅色。

母親打開門，她換了件乾淨衣服，另一件有小碎花的粉色睡衣。她走到我面前蹲下，手裡握著一個細長的打火機，遞給我。往前抱住我。

煙霧從門縫蔓延，像森林裡逃跑的動物。感覺到熱氣。回頭，看著走廊上的另一個我。我們相望，我身上的恐懼流進他的精神，分享著。他背後的一切都變成黑影，不斷，不斷往前；然後呢？他消失了。我也消失了。

殺了。

身體失去支撐的力氣癱倒，從床墊摔下；跟著血液摔到床旁，沾進我真正的臉。無力地靠住床架，而她停留在時間裡的面容安然待在一旁。

鮮紅的血流過地板上的微塵蜿蜒向前抵達攤開的古書。目光看著右下書角，緩慢被血液浸濕。流了很久，不停地流，沒有要停下地流；累積的血蓋過書本下半，撥開虛假之書翻不開的那幾頁。

胸口像被強行挖開的疼痛，開始嘔吐，吐出不少深黑色的液體。液體與血相遇後繞著彼此旋轉。拿起書，翻開被撥開的新頁。

看見我的名字，然後是與我相似的字跡。他的字，但不是平常的他，是亂得像我的他。是醜得像我的他。書頁有三分之一的部位被血色染髒，但仍開始閱讀。

鉅細靡遺的故事如回憶烙印進大腦；思緒系統下載了更新包，新的覆蓋。感知終被拉扯開，應合而爲一的感官複雜得分開感受。

痛苦的吶喊。　悲傷的流淚。　開心的大笑。　緊迫的憤怒。

與美相互移轉的愛。

往下深沉，往裡收引。心跳快到無法感受。瘋狂，同理。然後慢下來，像美好的音樂。

我殺了陳懿。

試著親吻她停留下來的唇，這個舉動順利把我拉扯進痛苦渦流之中。

無止境的萬花筒呈現綠光，每種可被認定的形狀都完美呈現。和諧引起深處的密集恐懼，拜託，別再細緻下去了。

另一端是個眼睛，只有一個，獨一無二的巨大。大眼周遭潰爛的皮膚組織，觸手和藤蔓如融核對流。祂是黑色的，更精確地去形容，祂是髒的。可以聽見低沉的鼓聲和單調的樂器音響從祂深處傳出，周遭的萬花筒以最汙穢的話語叫喊、褻瀆著祂。那即是對祂的讚美與崇拜。收縮、睜開，接受所有色彩光譜的虹膜，及不停爆裂的黑色瞳孔回望著我。祂的身份象徵筆直從思維切出——**阿撒托斯**，沸騰的混沌之核。虛假之首。我在祂的夢裡，不，我只是祂的夢。祂就快要醒來。

訊息傳進精神裡轉譯爲聲：「汝慾爲何？」祂的巨眼是所有看過的眼，歸屬與感動無法抑止地從心靈瀉出。思路迫於直覺，拐彎抹角被暴力拉直。「我⋯不⋯明白⋯啊⋯啊⋯」傳遞的過程極爲痛苦，我得在感官上扭曲自己的身體與面容才能好好把話講出。

「吾在最骯髒的思想當中，發現了最令吾感知的美。」祂說。「汝慾爲何？」

一直以來，汙穢的思想，傷害的思緒，都不是投射進來的外物，一切是自我的無法承擔，若要接納自己有多麼地糟糕，只能讓所有糟糕化爲外物。想法經過，推演拼湊該問題的解答。

「我的慾望⋯⋯是沒有責任。行爲不會產生任何的責任。」祂發出的聲響躁動，混雜不入耳的汙穢平息不適，完整我的精神。

「啊，多美的慾望。」瞳孔擴張。「虛假至極。」瞳孔收縮。感受著令人流淚的情緒。

「爲什麼，爲什麼？」我問。

「汝不在，汝從來就不在。」祂說。

「你快樂嗎？」祂的聲音改變，變得柔和、似曾相似。有些東西是再怎麼努力，都感受不到的。我們都是假的。祂決定再賴床一下。最後，我見到自己躺在一座平頂山的中央。

醒來，虛假之書不再存在。取而代之是握著來自過去的打火機。焦黑氧化的外表覆蓋光澤。

4

大停電發生在十二月二十日二十點四十二分。

餐桌上點著兩支紅蠟燭，用蠟油固定在白底藍花紋的陶瓷餐盤上。凝固的蠟油淹過蠟燭下的一部分。燭光星星穿過母親手腕與額頭的縫隙，她另一隻手拿著玻璃酒杯，盯著杯子裡緩緩搖晃旋轉的紅色液體，給出動力創造小小漩渦。剩下不到半瓶的紅酒在桌上擺著，沒有飯菜。我站在角落，盯著她。

裂紋像拼圖溝槽生長在她的形體，細微地離散。她看到我的時候，像看到許久不見的回憶；起初驚訝，帶著想念，然後害怕，包裹著羞愧，然後醒悟，最後逃離。

拉開她一旁的椅子坐下。望著燭火好一陣才看向自己沾滿血液的雙手。鮮血乾枯，表面隨著皮膚上的細紋龜裂。她迴避我的眼神，我努力在腦海裡維持她的形體，幾乎看不清她的表情。我抓住她的雙手，緊緊握著，確保她清楚承受我遞交的東西。她的手顫抖，像勉強提取著重物。我的手鬆開，她也跟著。焦黑的打火機摔到餐桌上發出刺耳聲響。她緊張收起手，小聲驚呼，然後大叫、痛苦地抽氣；裂縫挖開，淚水流出。

「我沒有辦法⋯我沒有辦法⋯」她啜泣。呼吸道堵塞的吸引聲著急地填滿寂靜。「我知道他很痛苦⋯⋯但我沒辦法忍受。我不敢想像從此過著幸福快樂的日子後還會有什麼事，什麼都不會比那更好了。」她用力握拳，顫抖傳到肩膀。

「我恨死了，恨死綑綁自己的理由⋯想要自己完整自己！我無法接納任何完整我的人！」她對自己憤怒，用瘋狂過載自己的狀態。

「我害怕，必須讓事情有個結束，無法活在臆想總有一天會失去的恐怖中⋯好害怕。」她抓著自己的臉，往兩旁撕扯，形體挖得更開。「所以我做了可以讓他永遠存在於我精神裡的選擇⋯」她鬆手，大力喘著氣，望向我。

「哈⋯哈⋯我做到了。我知道我做到了。完整了自己。」她緩緩釋出渴望觸碰我的訊息。

「你恨我嗎？」她問，然後擁抱我，大力地。「對不起，我對不起你。」她重複著，哭泣，然後抓住我的頭，親吻；一再重複，一再重複。直到我將她推開。

「我沒有一天不想著他，你知道嗎？」話語勾引深處的情感，淚水牽引著淚水。我奮力從愧疚漩渦中抽離，起身動作撞倒椅子。

隨著她的離散，想像愈趨近眞實。原諒她，丟下產生的抵抗，擁抱她。允許過往，應許過去前進到未來。這才是，眞眞實實的**傷害**。

她的離散抵達臨界點；形體裂成了兩半，裂口長出了如尖牙般的絲線，雙眼在虛無間合而爲一。剎那，由心窩深處擠壓爆發的同理推開所有投射；促使我伸手拔出腰間那把信號彈槍。謊言堆積的時間因眞實歪斜。不可以。我感動著。不可以。同理幫助我逆著想像；槍口對準母親離散形象的裂口。

擊發的同時，虛無視覺收縮回眞實。這是我必須承擔的眞實。完整。發出劇烈橘紅光芒與灰白煙霧的信號彈從嘴巴進入她的身體；因作用力往後傾斜；她雙手在意識走動前嘗試掙扎，在往口部伸手挽救跟周遭尋找穩定間游移一晌。然後燃燒，火光從頸部皮下透見，光亮強到穿腦，從晶狀體些微冒出。她仰頭，反射握住脖子；火焰從口腔冒出，間斷兩次。然後是黑到不行的煙。

椅子後傾，然後回正；母親的時間停留在痛苦的極端，她往前倒到餐桌上；碰一聲，用力敲擊木頭桌面，大力震動；蠟燭被融蠟固定得很好，紅酒瓶不支倒下。剩餘的酒從瓶裡流出，滲入她的長髮。鬆手，信號彈槍掉落下地。

現實開始搖晃。

全球大地震發生在十二月二十一日〇〇時〇〇分。

耳膜內外充滿尖聲叫喊、破碎與轟隆。外部街道跟內部空間因震動搖晃融合，整個大地逐漸趨向一體。眞實與虛假恍如分離已久的戀人終將合璧。

傢俱坍塌，木製櫃子搖晃吱喳作響，餐椅倒下，玻璃迸裂；我攙扶著還挺立的傢俱與牆壁移動到沙發坐下。臉皮疼得劇烈，神經節點燃燒；有**什麼**要進入我，本能地逃離要前往**什麼**。裂痕經過樓梯扶牆往上攀爬。

陳吉全頭髮先出現，形體才爬上樓梯。站在樓梯口與我對望，手裡提著一大袋營養口糧。他與一切現實獨立，沒有搖晃，沒有與任何一物混雜。我們是兩者漂浮在混沌中的意識？

他注意到母親早成爲環境一部分的屍體，一起搖晃，一起融合。他冷淡的神情終於改變，看似落寞，卻又滿足。他明白此時此刻，在很久以前就熟悉當下的發生。他穩定地走向母親，我視線跟著他。他跪下，擁抱住那團模糊的輪廓。因爲擁抱，母親的形體短暫恢復穩定。

放開，她在一瞬間消失。與劇烈震撼合體。他站起，看了下右手的手錶，望向我。神情回復到一如往常的冷淡。我們對望。精神逐漸渙散，是不是也要與一切合而爲一？

他的形體越變越輕，甚至有點半透明，每一處變得像浮水印，整個所有開始吸取他的眞實，溶化、被抽取，化作一條條絲線，再化成一個個點融入背景；終於，陳吉全從現實中消失了，連同……

欸，我剛才在看什麼？剛才在想什麼？

物品在面前相互衝撞，朝著對向噴射；一個接著一個碎裂；尖叫擴大成嘶吼，恐慌的聲響好比越燒越旺的大火。一切正在進入我的身體，我的意識，漸漸的終於模糊到看不見，眼睛睜不開了。

一個閃動的符號在我的視神經裡漸變，噠噠聲跟從著晃動的節奏；失去對於一切的控制權，精神正被強大引力的質不停吸引。

終於被抽離。

不安停止了，震動停止了。

然後，降落。

純白的摺紙長頸鹿安置在全黑的空間，周圍被幾何的不安包圍，輕微抖動。我只是一個視點，觀看著還沒被同化的不安。

視點跟隨流動，發現更多的摺紙動物；有大象、鯊魚、熊、鶴以及貓、狗。所有的摺紙都來自一雙小孩的手。小孩一個人趴在黑暗某處，身邊放了一疊厚厚的摺紙。一張接著一張拿起，同時翻閱百科全書，尋找感到共鳴的動物塑型。

「你要幫忙摺嗎？」

……我只是一個視點，沒有手，沒辦法幫你。

「好吧。」

……為什麼要做這些動物？

「因爲我要養牠們。」

黑暗的環境出現藍色薄層脈動，經過幾次，部分的黑變化成建築的一小角落，是間臥室，我小時候的臥室，舊家。認得貼在窗上的玻璃貼紙。認得榻榻米地板。不過不認得那些摺紙，也不認得這個小孩。

……你叫什麼名字？

「我叫胡宗廷，那你呢？」

脈動在視覺前圍繞，以人形開展，不久，我有了手腳，身軀和臉。

「我也是胡宗廷。」

他停下摺紙的動作，坐起身面對我。

「哇，好酷喔。我們有一樣的名字。」

「是吧。」我在他的前面坐下，盤腿坐，一樣的姿勢。「你哥呢？」

「你怎麼會在這裡？」他沒聽見我的問題。我張望，其餘仍是黑暗。

「我做了一些事。所以過來了。」

「是好事嗎？」

「這要看會不會是好的結果。」

「聽不懂。」

「今天幾號？」

「不知道。」

「那是哪一年你知道嗎?」

「不知道。」小小的脈動,一個帶有日期顯示的時鐘在不遠處浮現,掛在黑暗中,沒有支撐。日期顯示:民國九十二年六月十三日。改變一切的開端。大火。他的注意力轉移,看著與我相同的方向,時鐘的位置,不過他在看別的東西。

「怎麼了?」我問。

「……爸爸跟媽媽在吵架。」他神情轉變,不是擔憂,也不是難過,是恐懼。

「你哥呢?」我又問了一次,他仍對這問句沒反應。開始著急,試著伸手去碰他。

「胡宗廷,**胡宗諺**呢?」

「啊!痛!」手在接觸到他身體時出現脈動,我們的輪廓短暫接合,波包圍接合處瘋狂抖動;我們產生相對應的痛苦,他微弱的意識被我些微覆蓋,若再深入,可能會洗去。孤獨感伴隨疼痛,我因此伸開手。

「不要這樣子!」他望著我,臉上充滿淚水。「你只是假的!幻想的!」他對我大吼,途中注意力還是不時被黑暗裡傳來的吵架聲轉移。

「快要來不及了,你必須讓我幫忙。」我感受著他的情緒,連帶牽拖許多沒見過的回憶,跑馬燈般載入我思緒。一個完全不一樣的人生,只因一個完全不一樣的選擇。

我們沒有再對話，他注意力完全被黑暗深處吸引。他起身，踢開榻榻米上的摺紙動物，長頸鹿被踩扁，往時鐘方向的黑暗走去。我看著他離開房間步入黑暗。我的形體跟著房間一起消失，回到只剩下視點的狀態，時鐘也消失了。整個世界，只剩一個在黑暗裡漫步的小孩。

視點慢慢靠近小孩，要追上不難，他走得很慢。

或許這就是虛無的怪物把我們吃掉時必須經歷的，並不愉快，而是同理。

做好準備，做到最好，別讓任何事物影響你。

我進入**我**的身體，合而爲一。痛苦伴隨回憶成爲漩渦捲繞；畫面、景象不停顫動。痛苦融入到回憶裡，回憶變成當下，而痛苦淸淡成一抹基底；只要是活著都會感知到的基礎。

完整了我所有的精神。

『你的靈魂是個被選定的美景
被迷人的假面舞會與舞者們所推薦，
彈奏琵琶與舞動，幾乎
掩蓋了他們美麗偽裝之下的悲傷。

當用小調吟唱著
勝利的愛，和愉悅的生活
他們似乎不相信自己真的擁有幸福快樂
而他們的歌曲與月光交融，

跟隨著悲傷卻又美麗的月光，
鳥兒們在樹上作夢，
噴泉因狂喜而抽泣，
細細長長的水流從大理石雕像之中流出。

——《月光》保羅．魏爾倫、一八六九』

十二月二十一日

金黃，暖橘色的光在模糊中凸顯，從側面撫摸著側臉及肩膀，溫暖我的手。吻是接觸能做到最柔軟的撫摸，帶有溫度，然後濕潤，更直接感受到情緒、意識、情感。停留在臉頰上的餘吻隨著視覺清醒，一起清晰起來。

母親的臉在眼前，她笑得很開心，是從沒在她身上看過的笑容；卻又熟悉，像在哪裡看過，我很喜歡，是某個……曾經認識的女孩？

「吃早餐了。」她說，輕撫我另一邊的臉頰，往上，摸摸我的頭髮。臉上掛著笑容，她離開房間。深吸，我活著。坐在書桌前的工學椅上睡著了。房裡的擺設與熟悉的不同，但是是我的習慣。看向側面的窗口外，景色與整體一樣，既熟悉又陌生……

胡宗諺。

我起身；因恍惚而搖晃，似乎很不習慣這個身體。走幾步路後就穩了。下樓來到客廳，站在樓梯口往飯廳看；家裡的擺設如記憶，不過細節多了些稜角。餐桌後方的窗戶陽光直射，從這裡看過去，那兒的形體都是影子。慢慢走進飯廳，影子才轉眞實。

父親……對。爸戴著戴了很久的細框方眼鏡，手裡拿著今天的報紙閱讀著。報紙遮住下半臉，日期在嘴巴的位置，二〇一二年，十二月，二十一日。胡宗諺坐在餐桌的右手邊。

我站在離餐桌一小段距離的位置，看著桌前的兩人。

「洗個手吃飯，快要遲到了。」媽端著早餐放到最後的空位，坐下。爸的眼球正掃描著報紙上的字，沒特別對什麼事有所反應。媽用手扶著下巴，對我微笑。仍是那熟悉，卻從沒在她臉上看過的笑容。我好像……好像，看到一滴，只有一滴，眼淚從她左眼內側眼角冒出，滑下臉龐。胡宗諺放下手上的烤吐司，拍掉手指上的碎屑，抹了一下嘴巴後，對我望回。

孰悉不過的臉，帶著一絲擔憂神情；望著，漸漸的，一種理解，一種不需言語描述的相互交流；許多無助與扭曲的苦痛團團被解鎖，視界裡沒有無法理解的線條。開始可以理解，眼神裡帶的必然；孤獨與追求間的和諧。真實和虛假難以分別，不去選擇。

我看著胡宗諺看了許久，逐漸那張臉上的擔憂消失。我們都能夠對鏡子擠出一個淡淡的微笑。

我願成爲你的鏡子
反射著你的眞實，以防你不明瞭
我會成爲這風、這雨、這個黃昏
這個告訴你你身在家中的門光

當你認爲黑夜已經籠罩你的精神
你的心靈已經扭曲並且刻薄
就讓我起身來告訴你你的盲目
請你放下你的雙手
因爲我看見了你

我發現其實很難相信你不知道
你到底有多麼美麗
但如果你不願意讓我成爲你的眼睛
成爲一隻在黑暗裡牽著你的手，讓你不再害怕

我看見了你
我願成爲你的鏡子，我願成爲你的鏡子
我願能成爲你的鏡子

後記

要是能由我來說的話，我期望中的《地下黃昏》會是一本科幻驚悚小說，我在寫作過程中追求的並不是恐怖的場景與嚇人的橋段，而是那種當你讀完之後，在某一刻想起時的恐怖；會經由生活中的恐懼將你的思緒連結回故事裡所蘊含的恐懼。當然這只是一個嘗試與期待。

爲了達到這個目的我在日常裡幾度將自己推向恐懼的邊緣，只能由你們判斷，我的恐懼是不是你們的恐懼了。同時，我也參考了許多作品，各式各樣，其中，最不可或缺的就是克蘇魯神話的原作。

我不敢說這樣靠自己鑽研、揣摩，就能夠成爲一個克蘇魯通；正在寫的當時我也不知道該怎麼聯繫到台灣的克蘇魯愛好族群者，但我相信，一定會有幾個看了這本書，我很歡迎有人能夠指出其中的錯誤並告訴我。

整個成品寫完後，到跟出版社確定有好段時間，最後決定從初稿的二十萬字刪到現在的十五萬字。在修稿的過程裡幾乎每天都有做惡夢，有幾次甚至夢到故事裡的怪物，起床滿頭大汗，甚至遺忘究竟是我把感受先寫進書裡，還是透過自己描述的感受傳染到我的夢中。

在做自己的最後編輯這段時間剛好是新冠肺炎在台灣的第二次爆發，每天關在家裡面對文字的感覺眞的蠻恐怖的，必須進入自己的思維，然後判斷有甚麼是不需要的，將之取出，很像做手術，可我不覺得自己是個好醫生。最後拿掉了許多抽象描寫的部分，讓角色們可以好好專注在故事上，雖然這不太像我的風格啦（自己說），但整體看下來似乎比較容易投入了。抽象的部分會放在我的個人網站上，作爲思維裂縫，有興趣的讀者歡迎進去看看最恐怖的東西是什麼。

花時間研讀了神話的原作，很想試著去傳承當中所領會到的精神；我相信，會去工作恐懼題材的人大多都是希望能藉由文字去化解一些在現實社會裡所體驗到的一些問題，藉由把恐懼實像化來對抗它，期望我有解決我在原作裡看到的目標，而這些目標現在仍在現實裡是模糊的。若我能讓它變得更清晰，那便足矣。

切記，害怕是必須的；但當你擁抱它，你一定能夠再也不去害怕了。恐懼事實上，就跟快樂一樣美麗呀。

附錄一

藝術作品參考、致敬及引用名單

小說

克蘇魯神話 I、II　著／H.P. 洛夫克拉夫特　譯／姚向輝　浙江文藝出版社

銀翼殺手　著／菲利浦・狄克　譯／祁怡瑋　寂寞出版社

神經喚術士　著／威廉・吉布森　譯／歸也光　獨步文化

天橋上的魔術師　著／吳明益　夏日出版社

電影

銀翼殺手　導演／雷利・史考特

銀翼殺手 2049　導演／丹尼・維勒納夫

仲夏魘　導演／艾瑞・艾斯特

不散　導演／蔡明亮

音樂

人之島　青春大衛　詞、曲／楊大葳

電子遊戲

惡靈古堡系列作　CAPCOM

邪靈入侵１、２　探戈遊戲工作室

極樂迪斯可　ZA/UM

Conarium　Iceberg

附錄二

地下黃昏的思維裂縫

（與影像版創作人員表）

特別感謝

六石藝文工作室有限公司
5ToMidnight International
奇異果文創
國家文藝基金會
有間燒烤環球店（現在叫津炙燒烤了）的大家
所有給過我意見的家人及朋友
以及贊助這本書出版的親朋好友

國家圖書館出版品預行編目（CIP）資料

地下黃昏 / 王善著 . -- 初版 . -- 臺北市：奇異果文創事業有限公司 , 2022.06
面； 公分
ISBN 978-626-95360-4-7(平裝)

863.57　　111008371

說故事
016

地下黃昏

作　　者　王善
原　　案　王首仁、吳桓中
美術設計　Benben
封面插畫　金芸萱

發 行 人　廖之韻
總 編 輯　廖之韻
創意總監　劉定綱
執行編輯　錢怡廷

法律顧問　林傳哲律師 / 昱昌律師事務所

出　　版　奇異果文創事業有限公司
地　　址　臺北市大安區羅斯福路三段 193 號 7 樓
電　　話　(02) 23684068
傳　　真　(02) 23685303
網　　址　https://www.facebook.com/kiwifruitstudio
電子信箱　yun2305@ms61.hinet.net

總 經 銷　紅螞蟻圖書有限公司
地　　址　臺北市內湖區舊宗路二段 121 巷 19 號
電　　話　(02) 27953656
傳　　真　(02) 27954100
網　　址　http://www.e-redant.com

印　　刷　永光彩色印刷股份有限公司
地　　址　新北市中和區建三路 9 號
電　　話　(02) 22237072

初　　版　2022 年 6 月 17 日
I S B N　978-626-95360-4-7
定　　價　新臺幣 400 元

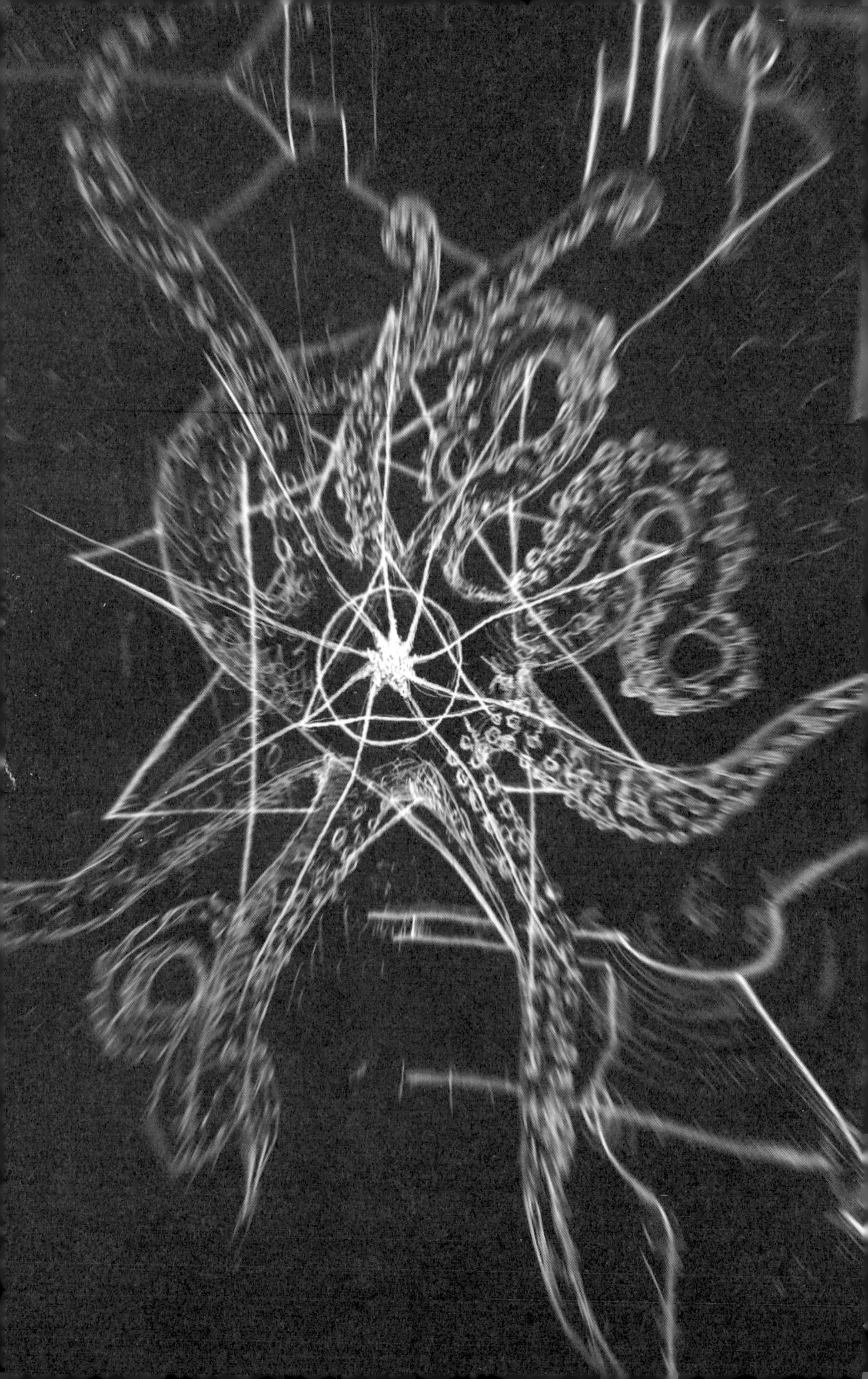